Gaea

Gaea

術数師

6

曼德拉超時空實驗

天航 KIM 著

術数師 6 ◇ 曼德拉超時空實驗

目錄

I 現世 …… 07
II 未來・A.D. 2088 …… 45
III 過去・1446 B.C. …… 111
IV 現世 …… 173

Ⅴ 未來・???年 …… 245
Ⅵ 過去・A.D. 621 …… 269
Ⅶ 現世 …… 291
Ⅷ 過去・A.D. 1962 …… 337
Ⅸ 現世 …… 359
台版誌／天航 …… 382
「曼德拉效應」附錄資料 …… 385

術数師

主要角色介紹

救世主陣營

樊系數／初次出場：術數師1
數獨門第六十四代傳人，精通術數、密碼學與駭客技術。

蕭紅／初次出場：術數師2
暱稱阿紅。蕭刀門傳人，繼承中國盜王之名，擁有「聯感」奇能，賴飛雲之姊。

張獒／初次出場：術數師2
阿紅的搭擋。用槍的天才。

賴飛雲／初次出場：術數師2
為劍而生的男人，絕招有「書法劍」、「二刀流」和「超導電極」。

巫潔靈／初次出場：術數師3
可與亡靈溝通的靈媒，曾是中國政府軟禁的對象。

紀九歌／初次出場：術數師1
日本人血統，窮究術數極致而掌握生命科學，文革後偷渡到美國。

瑪雅／初次出場：術數師5
墨西哥人，出生之謎成祕，除了預知夢，還擁有未知的能力。

《九歌陣營

李斯／初次出場：術數師4
組織幕後主腦，蛇的使者選中的人；靈魂可保留轉生記憶，精通術數與謀略。

王翦／初次出場：術數師3
傳承者，世世代代守護秦始皇的後裔。

鬼谷子／初次出場：術數師4
已被自殺。

蒙武／初次出場：術數師3
化學天才，善於調製毒藥和生化武器。

商鞅／初次出場：術數師4
超高智商的天才，受過間諜訓練，專攻生命工程，記憶力和超級電腦一樣。

蒙恬／初次出場：術數師3
力大無窮的搏擊技高手。

易牙／初次出場：術數師3
暗殺者，狙擊槍高手，命中距離可達兩千公尺。

干將／初次出場：術數師2
劍術高手及工程師，與莫邪搭檔，佩劍是泰阿。

莫邪／初次出場：術數師3
女劍術高手及工程師，佩劍是工布。

＊組織皆以秦國人物為核心成員取名

一切有爲法，如夢幻泡影，如露亦如電，應作如是觀。

——《金剛般若波羅蜜經》

現世

1

如果沒有戰爭，地球一百年內就會毀滅。

如果發生戰爭，人類反而可以多活一千年。

這是我老同事傑夫的怪論，他是一個環保主義者、無神論者和非常好色之徒。有一次，我們談到末日的審判，傑夫一臉不屑地說：「末日審判？由公元一世紀開始，基督徒已經有這樣的說法。都過了兩千年啦，末日到了沒？」

雖然傑夫不信有末日審判這回事，但他覺得地球會有滅亡的一天，而導致滅亡的原因是人口膨脹和嚴重污染，所以只有戰爭才能令地球重生。

神父先生……

我很好奇是不是眞的有末日審判。

或者，人死後就要接受審判嗎？

我是來懺悔的。

原諒我，上主，我要爲以前做過的壞事懺悔。

我上一次告解……是二十五年前的事。在這一間教堂，也是在這一間告解室。在這期間，我所犯的過失有傷害無辜的人、恐嚇別人、騙人、殺人和教唆殺人。若有忘記的過犯，都求神父全赦。

唉。

我的罪過都是因爲我的工作。

人啊，過了三十歲，時間就過得特別快。

晃眼，我已經是個退休的老男人。

我還記得第一次來這裡，那是一九九三年的四月。我自小就跟著父母做禮拜，但那一次是我第一次走入陌生的教堂，並且第一次進入告解室。這間教堂看來翻新過了，但這間告解室依然和以前一模一樣……我很喜歡這種老木的氣味，就當我開玩笑吧，我的棺材一定要用這種木材。

二十五年前，我做了一件冒犯上帝的錯事。

這一次，我也是爲同一件事懺悔。

人生之中，我一直對這件事耿耿於懷。

因爲我的工作，我這輩了做了不少骯髒的事。但我不會後悔。我所做的事，都是以國家的利益爲優先。美國的人民可以高枕無憂，就是因爲有我這樣的人，在他們看不見的角落，做出他們認爲違反人權的暴行。

我試過抓著一個疑犯的頭，砰砰砰砸牆，砸到他上下兩排牙齒都掉光。那種牆是特製的，撞擊的響聲會令人有顱骨碎裂的錯覺，可能會有腦震盪，但死不了人。最後，疑犯招供了。當他滿口含著血水吐出生命攸關的情報，那一刻，我內心冒出一種獲得救贖的感覺，抵銷了我的罪過。

我知道自己化解了一次恐怖襲擊，但沒有民眾會感激我，因爲每個人都覺得幸福與和平都是理所當然。

世上有些人眞是冥頑不靈的人渣，如果見過這種人，你就會明白以暴易暴是對付他們唯一的手段。

我曾審問過一個剛成年的小伙子，他走入一間教堂亂槍掃射，殺了十幾人。他犯罪的當天是星期天，教堂正在舉行彌撒。他這樣做的目的，似乎是要證明上帝無用，保護不了祂虔誠的信徒。

審問的第一條問題，就是問他的犯罪動機。

他的回答亦十分坦率：「我不爽別人看起來很幸福的樣子。我想自殺，但不想孤獨地死去。」

我氣得揪住他，瞪著他喝罵：「你殺的每個人，他們都有家人！」

想不到，他的嘴角掀起了笑意，像被邪靈附身一樣笑著。

「我就是希望他們的家人餘生都活在悲痛之中。多棒，哈哈！」

我彷彿讀通了他的想法。

有一個很特別的單字叫「Schadenfreude」，就是形容這一種心態，因爲看見別人的不幸而得到莫名的快感和喜悅。

只有人類才會有這樣的惡念吧？

我們會互相比較而心生嫉妒，我們會恨別人，我們會恨上帝，因爲恨而詛咒這個世界。

假如世上只有一個人，這個世界就不會有罪惡吧？

但只要多於一人，罪惡就像果樹結果，必然而生。

這就是原罪吧？

我聽過一個說法，說甚麼亞當和夏娃吃下的禁果，代表的是智慧。正如一個男人有了錢就會心癢難搔，一個白痴一旦有了智慧，亦會動歪念和做壞事。

智慧就是一切罪惡的開端。

在上帝原來要創造的世界中，人類應該是很純潔的物種吧？

我多麼期待眞的有審判，眞的有天堂和地獄，否則很多壞人在現世所受的懲罰都太輕了。

昨天傑夫聽到我這樣的感嘆，他卻唱反調：「基督徒都說天堂在天上，但NASA已經證明大氣層之外是太空。有天堂的話，天堂在哪裡？銀河系的外圍嗎？不過，我很喜歡研究黑洞，我倒是願意相信天堂就在黑洞裡。」

傑夫這傢伙是寧可信霍金，也不信上帝的了。

神父先生……抱歉我忘了怎麼稱呼你。

你當神父這麼久，有沒有看過異象？

我見過一次，是我這輩子最難忘的經歷，近乎目睹奇蹟一樣的事情。

說是異象，絕無半分誇張，因爲傑夫也是見證者之一。

二十五年前，我負責追捕一個人，這個人是個十二歲的孩子。

瑪雅．華奎斯。

這是那孩子的名字。

他現在已經長大成人，還在聯合國裡擔當要職。

聯合國在洛杉磯舉行會議，前天我在報紙上看到他的名字，再上網查一查他的背景，讀了他的投稿文章，我就確定他是當年遇見的孩子。

原來他是到了美國讀書……難怪啊，我曾經到墨西哥追查過他的下落，查了幾年沒結果，早就不了了之。

在發生那件事之前，我根本不相信上帝……對了，就是因爲那次的意外，才讓我走進這間教堂。我一把年紀，很多事情都忘光光，但我依然記得第一次告解懺悔的內容。

這也是我畢生接觸過最神祕的任務。

代號爲——

D計畫。

2

甚麼是「D計畫」？

傑夫的右手沒有手掌。

他的右手是被美洲豹咬斷的，這件事我在場目睹。

我和傑夫，就是因爲「D計畫」而認識。

通常局裡委派的任務，都會以一個名詞作爲代號。

而只用一個英文字母的任務代號，這樣的情況在我的職業生涯之中，可說是絕無僅有的一次。

我接觸到「D計畫」，是在一九九三年，復活節前夕。

任務的內容很特別：**尋找一個無名無姓的男童**。

與追查通緝犯大大不同，檔案裡沒有目標對象的照片，沒有半句關於外貌的敘述，居然連名字也沒有。人種不詳，國籍不詳，唯一肯定的資料只有一項：男性。

「這是認眞的嗎？」

我立刻向給我檔案的上司提問，就在他的房間裡。

上司聳了聳肩，不知是眞的感到無奈，還是眞的無可奉告。

「這件事的機密級別很高，我也不是很清楚。」

機密級別很高？

雖然我很好奇，但只有「男性」這條尋人線索，這樣的任務根本無從著手。

「總之，政府由可靠的情報來源得知，這個少年會在四月九日通過阿爾伯克基機場入境美國。資料是不是有他的出生日期？」

檔案上真的寫著一個出生日期：

1980-12-17

但我從未試過只憑出生日期，就找到目標對象。

反正也不是甚麼危險的差事，我只好奉命行事，也很好奇會有甚麼發現。負責案件的特派員還有傑夫，他是個其貌不揚的矮子，但我知道他很有女人緣。這是我第一次和他搭檔，他的能力比他的外表出眾，只是個性很急躁，有時候會亂來。

就這樣，四月九日當天，傑夫和我都待在機場裡執勤，好像做傻事一樣，查看成千上萬的旅客入境表。

同年同月同日生的機率是多少？這是一道複雜的數學題，我光想就懶得計算。我只知道，只要是會發生的事，機率再低都會發生，結果只是「0」和「1」的差別。

正午的時候，長桌上已排滿一摞一摞的入境表。

我想出去買午餐和咖啡，就聽到傑夫喊話：「找到了！眞的假的？」

塡表人名爲瑪雅，姓氏是華奎斯，墨西哥籍，男，十二歲。我們翻看監視器畫面，更知道了他的長相。他離開出境大廳後上了一個華裔男子的車，車子是租來的紅色休旅車，開向了美墨邊境。

一個由墨西哥來的男童，入境美國不到一個小時，就折返墨西哥？

我疑心大起。

雖然跨境調查是很麻煩的事，但我有我的辦法。傑夫和我很快有了共識，將調查範圍鎖定在「華雷斯城」這個罪惡之城。既然懷疑目標對象和販毒有關，我們就向認識的線人問話，一直等到了深夜兩點，終於有了男童的情報。

里奧斯。一個小混混，在毒梟的世界裡，只算是二流人物。

但這個叫瑪雅的是何方神聖？居然敢和里奧斯打交道，這一點我實在難以置信。我對里奧斯這種人所說的話，通常會打個五折。他告訴我瑪雅所住的酒店地址，可是未等到他派手下出來幫忙，我和傑夫已經親自去過一趟。

我倆在酒店的停車場繞了一圈，都找不到有美國車牌的紅色休旅車。

里奧斯這個騙子……

「不，他應該沒騙我們。」

傑夫叫我相信里奧斯。傑夫說，他的雙眼就是測謊機，透過觀察面部表情和肢體語言，可以判斷一個人是否在說謊。

他還補充一句：「我憑這一招攻破無數女人的心防！」

等到里奧斯和他的手下出現，我也看出這個老大不是在演戲，他更懷疑手下之中有內奸。也許有人通風報信，瑪雅才和那個叫安吉的少女溜跑，而那個叫史提芬的華裔男子負責開車。雖然里奧斯沒說謊，但我曾叮囑他要留住那個女的，他這個混蛋原來只是敷衍了事。人不見了，他也只是不要臉地說：「我保證他們逃不出我的手掌心！」

到了天亮，還是找不到那三個人的行蹤。

「他們應該逃向了北面。」

傑夫一邊吃早餐，一邊在地圖上圈出五個地點。他這傢伙似乎在吃東西時腦袋特別靈光。

「要找的旅館就是這五間。」

事實亦證明傑夫的猜測沒錯，當我們找到名單上最後一間旅館，一駛入停車場，就與紅色休旅車迎頭而過。

車裡果然有三個人。其中一個就是我們要找的男童。

我們開車追逐，到了塞車的公路，男童和少女離車而逃，跑向了叢林。我心想這樣正好，憑我追捕罪犯的經驗，兩個小鬼頭絕對是逃不了的。

傑夫和我很快就追上了他們。

那個女的我們根本不在乎，我們的目標只是那個叫瑪雅的男童。

「小子，你的生日是哪一天？」

「十二月十七日。」

我確定他就是我們要沽拐的目標人物。

傑夫這個人簡直亂來，拿出手槍來嚇人，使出了對付罪犯的慣常手法。不過上頭明言不可傷害目標人物，傑夫應該會有分寸吧……

抓住了瑪雅之後，我鬆懈了下來，一別過頭，忽然聽到傑夫「呀」的一聲尖叫。

男童掙脫了。

傑夫這個笨蛋眞的開槍了。

雖然他故意打偏，但他這樣做實在太過火了。男童卻比我想像中勇敢，他繼續奔跑，沒有因爲槍聲而嚇得腿軟。

傑夫跑在前面，我緊隨其後。

開了第一槍之後，他竟不知悔改，居然還射出第二槍、第三槍……

他瘋了嗎？

我終於看清楚了。

原來他瞄向的不是男童，而是不知哪裡冒出來的美洲豹。

美洲豹撲向了傑夫，咬下他的右掌，血淋淋的斷掌上還勾著手槍，那一幕觸目驚心，至今我仍記憶猶新。

我沒有帶槍，當機立斷，唯一可以做的就是牽著傑夫逃跑。

當天剩下的事，也沒甚麼好說的了，就是陪傑夫到醫院急救。

手術後，傑夫總算撿回一條小命，他一恢復意識，就嚷著要返回美國治療。

事後我們找到他的斷掌，但由於咬口破碎，這隻手掌是接不回來了。傑夫為人樂觀，他慶幸自己有買保險，又立志說要苦練另一隻手，來征服世上的女人。

這麼簡單的任務居然失手，在我看來是奇恥大辱。

一想到要向上頭報告：「受到不知哪來的美洲豹阻撓。」要是寫下這種史上最怪誕的理由，我可能畢生都會成為笑柄。

在我們人生之中，總有一些奇妙的經歷，令我們開始相信一些超自然的力量。

自那一天遇見了男童，我就開始作一個怪夢——

夢裡是白濛濛一片，如煙如霧，隱約可見一個巨大的十字架，而大十字架旁豎立著兩個小十字架。

整個夢，就只有這樣的畫面，如同一成不變的螢幕當機畫面。

但，在夢裡，有個尖銳的聲音，既像少女又像小孩，喃喃絮聒不休，說著一種我聽不懂的語言……我曾懷疑那是天使或者精靈的聲音。

只是一個怪夢，我也不會在意，但同一個夢一直重複就是不可思議的怪事。

這樣的夢，連續困擾了我至少一百夜。

我的精神變得很差，白天喝的咖啡應該有一公升。

話說回來，傑夫遇害當天，我在墨西哥那間醫院用投幣式公共電話聯絡上頭，向他抱怨：「整個案子這麼玄，又甚麼都不講清楚，教我怎麼追查下去？」

上頭好像也很委屈，安慰我幾句之後，就吩咐：

「你去見一個人吧。」

這個人的姓氏只有兩個字母：JI。

我都叫他紀博士。

3

在你眼中，紀博士是個怎樣的人？

由我知情開始，紀博士已經是「D計畫」的特別顧問。

一九九三年四月十六日，復活節週後的星期五。

儘管活捉男童的任務失敗了，我還是接獲指示，要搭國內線到紐約一趟，和紀博士見面。我只當是出差，公事公辦，當時壓根兒沒想過，這一次會面會對我的人生有深遠巨大的影響。

傑夫還在留院觀察，所以我單獨赴會。

雖然我毫髮未傷，但那個星期我飽受失眠的困擾。就像受到了甚麼懲罰，我每個晚上都會作一個怪夢，聽到擾我清夢的陌生聲音。而這個怪夢就是由我遇見那男童的當天開始出現，所以我相信不會是巧合。

華爾街的男人總是穿著西裝套裝，而我很明顯是個格格不入的過客，鬆垮垮的條紋襯衫，沒打領帶，連西裝外套都懶得帶。

我不喜歡《紐約時報》，我每天讀的報紙是《華盛頓郵報》。

當晚稍冷，華氏57度。

我衣衫單薄，來到十一號渡輪碼頭。

過了營業時間，渡輪服務早就結束，入夜後的碼頭別說是人，連海鷗也不見一隻。由這個位置可以看得見布魯克林大橋，水波五光十色，但我只顧注視四周和手錶上的時間。

做我這一行的人都是分秒必爭，所以我很討厭別人遲到。

到了約定的晚上十點，碼頭沿路還是沒有人影。

忽然有人聲由黑溜溜的水面傳來：

「喂！你是努比斯先生嗎？」

遠遠駛來黃色的水上計程車，亮著燈，駕駛員呼喚我的名字。他停泊在下方的凸台，向我招一招手，我就明白了，真正的會面點是在別處。

水上計程車是兩層高的機動船，黃色外殼，頗像用樂高積木拼成的玩具。

「我們要去哪裡？」

駕駛員是個黑人，他懶得答話，遙指夜幕下的自由女神像。

水上計程車飆速向前，劃過漆黑的水面，快得跟跑車一樣。

只消片刻，我就抵達了自由女神像所在的浮島。

上一次我登島參觀自由女神像，已是高中畢業旅行時的回憶，這種地標景點我沒興趣再來第二次。

我仰望自由女神像和高舉的火炬。

地基和底座泛著篝火的黃光，青銅的軀體亮著奇幻的異彩。

就像個遊客一樣，我走向寬門大開的入口。

主要通道和展廳都有亮燈，引導我走向上方。

我一直走，一直嘖嘖稱奇：「這麼晚，約我在這地方見面，要我爬樓梯爬得這麼累，這個紀博士到底是甚麼人？」

自由女神像是中空的，中心有一條螺旋梯，傾斜角度相當大，我一直要抓緊欄杆才能攀上去。這一次夜訪，我才知道，原來可以走上女神像的頭頂，即是那個尖芒頭冠的位置。

螺旋梯的設計很巧妙，樓梯其實有兩條，相互盤纏，就像兩條繩打成的辮子。這樣一來，往上及往下的遊客可以同時通行，而不必在狹小的梯間碰面。

自由女神像之冠，環窗斗室，夜光流轉。

男人轉身過來，莞爾而笑。

我沒想過對方是那麼年輕的男人。

日本人？華人？越南人？還是韓國人？單看他的外表，我根本分不出來。他留了長髮，束成一條馬尾，深邃的雙眼有種神祕的氣質。

「我是加利福尼亞大學的研究員。」

他講得一口流利的英文，毫無口音。

彼此握手之後，紀博士遞出名片。他的職銜是「終身榮譽首席研究員」。這個人看來年紀輕輕，已經攀到這樣的地位，並以亞裔的出身深受美國政府重用，這樣的履歷令我刮目相看。

紀博士洞悉了我的心思，下一句就說：

「別被我的外貌騙了。我已經年近五十。」

我只感到難以置信，目光細察他的眼角，找不到一絲皺紋。始終是初次見面的人，我也沒有多問，要麼他在開玩笑，要麼都市傳說是真的——亞洲人愛吃泡麵，泡麵的防腐劑都有抗老的功效。

說不出為甚麼，當我與紀九歌的視線對上，我會有種暈眩的感覺，覺得他的雙眼有種勾魂奪魄的魔力。

可能是我精神不濟，恍神了片刻，紀博士的話聲才將我帶回現實：

「努比斯先生，我已讀完你寫的報告。有一位『政府高官』拜託我協助你追尋那個男童。」

「噢。你不用幫我，我也有信心搞得定。」

我的語氣很堅定，但紀博士好像看穿我的疑惑。

「你不會好奇嗎？上頭要你捉拿的人，並非甚麼罪犯，而只是個天真無邪的小朋友。」

這番話正中我心坎裡的紅心。

任務失敗之後，這個星期我沒閒著，都在調查那男童的背景。那個叫瑪雅的男童，真的是為了幫朋友贖身才深入險境和黑道做交易。雖然我必須服從命令，但我始終是有良知的人，會因為傷害無辜而自責。

「那個男童是甚麼人？這個『D計畫』，又到底是怎麼一回事？」

紀博士目光低垂，只回答了後面的問題：

「據我所知，『D計畫』的保安級別極高，極度機密，恐怕連你們局長都未必知情。」

「局長也不知情？怎麼可能。那麼，誰有知情權？」

「也許是白宮裡的人吧……」

紀博士聳了聳肩之後，忽然由大衣內袋摸出一張磁碟。這種三點五吋的磁碟，可以儲存1.44MB的電腦檔案，我家的電腦可以讀取。

「委託我的那位高官，他的背景非常可疑，和美國某大宗教有關聯……你看完這張磁碟就會明白我的意思。雖然我是『D計畫』的特別顧問，但也是靠自己的方法調查，才取得絕密的檔案。」

他約我在這個隱密的地方見面，就是這緣故？

我半信半疑，接過那張磁碟，出言不遜：

「你真的只是一個研究員？」

紀博士笑對我的敵意，他的笑容充滿自信。

「嗯。我的研究領域是基因工程。」

「基因工程？」

對當時的我來說，這是個很新鮮的名詞。

紀博士指著下方的樓梯，向我解釋：

「DNA就像這兩條樓梯一樣，你可以想像成雙螺旋的結構。」

「啊？」

「這正是令我成爲顧問的原因。DNA鑑證是甚麼，你很快就會知道——今年六月，一名叫布魯德沃斯的死囚將會獲得釋放。他是被冤枉的，姦殺小女孩的眞凶，身高是一七六，但布魯德沃斯的身高是一九七。」

紀博士不管我有沒有聽懂，繼續暢所欲言：

「我相信，到了將來，DNA鑑證將會人行其道。只憑一根頭髮，一滴血，或者一點體液，我們就可以透析一個人的所有生理特徵。」

我半信半疑，只覺眼前這個男人深不可測。

紀九歌湊近我，目光炯炯。

「努比斯先生，我想求你一件事。」

「甚麼事？」

「放過那個叫瑪雅的男童，給他自由。他將會是一個偉大的人物。他的命應該屬於這個世界，而不單單是美國……」

我怔了一怔。

紀九歌不做解釋，竟然拂袖而去。

「你現在不必答應我。你回家看完我給你的磁碟，我有信心，你會站在我這一邊。爲了回報你，將來只要你需要我的幫忙，我都一定樂意效勞。」

那一晚，他神祕的背影消失在梯間的光芒裡。

甚麼？就這樣走了？

那一刻我只感到非常困惑。

遇見紀博士是我人生的轉捩點。

後來，他預言的一切都成眞，他掌握了接近神一般的生物技術。

這二十五年，我經常尋求他的協助。他眞的守諾，每次都是無償幫忙。我屢屢破案，在事業上步步高陞，他絕對功不可沒。

紀博士這個人醉心研究，落落難合，很像與世隔絕的隱士。

雖然我們很少談私事，但我已把他當成老朋友了。

尤其在打擊恐怖組織「IX」方面，他一直是與我並肩作戰的好夥伴。

4

過去一年，有甚麼關於「IX」的重要情報？

「IX」是全球最神祕的恐怖活動組織。

在羅馬數字之中，「IX」是「九」的意思，不過新聞媒體有獨特一套的稱呼，隨他們自己喜歡好了。

這個組織在網上招募「聖戰士」，只要是有網絡的地方，就有可能潛伏他們的成員。「IX」宣稱戰士遍布世界各地，這一點倒是真的，根據我們得到的名單，該組織就像聯合國一樣，甚麼國籍的成員都有。

「IX」如同一個國家，以中東為據點，全民皆兵，連七歲的孩童都會開槍。依傳媒估算，他們的軍力大約有三萬人，實際數字或者更高。但根據我最後收到的情報，十萬人是比較可靠的數字。

我可能是世上最了解「IX」的人之一，因為在我退休之前，整整十七年的時間，我的主要工作就是反恐，對付這幫十惡不赦的毒瘤人渣。

他們嗜血，世界愈亂，他們就愈高興。

明明是無藥可救的狂徒，但這樣的狂徒竟然可以活在我們的身邊。

他們有個不知所謂的信念：

毀滅這個世界，再轉生到新的世界享樂。

根本就是一幫被惡魔洗腦的瘋子。

英國有一位市長說過：「恐怖襲擊是城市生活的一部分。」

忠言逆耳，這位政治人物當然招致千夫所指，但我很贊同他的說法。「IX」的狂徒都採取孤狼式的犯案手法，只要租一台普通客車，駛上行人道，輾過毫無防備的路人，車下亡魂至少有一打。

在美國，一個十八歲的臭小子買不到酒，也不到買菸的合法年齡，但他居然可以買得到槍械。即是說，只要生活在美國，隨時都可能有狂徒抱住你一起下地獄。

過往國防級的加密技術現在一般平民也用得到。要破解恐怖分子用手機傳送的加密訊息，就算用超級電腦運算，最快也要三天的時間。這三天之內，壞傢伙興之所至，他已經可以策劃即興的恐怖襲擊，就像打電動那麼簡單。所以啊，我眞懷念可以監聽電話的時代，現在的情況眞令人頭痛。

「只要破解基因密碼，關於人的一切都會以精確的數字呈現。」

這是紀博士的名言。

在他用私募資金成立的實驗室，我看過一台外形像洗衣機的儀器，配合特別的電腦軟體，可以進行「DNA表型分析（DNA phenotyping）」。只要置入生理樣本，就能模擬出DNA擁有者的相貌，甚至連膚色、身高等等特徵都能細表無遺，結果準確得令人難以置信。

而紀博士開創的技術超群絕倫，一直都是美國國防部的機密。

ＤＮＡ表型是有可能變異的，原因可以是毒物、輻射或病毒的影響。每一天地球人都暴露在輻射之中，地域的差異會造成極微量的變數。只要我們成功採集到目標人物的生理樣本，紀博士就能分析出這個人過去三個月至半年的行蹤，羅列成一行行ＧＰＳ座標格式的資訊。

「ＤＮＡ行蹤定位」是我們對付恐怖分子和罪犯的祕密武器。

可是，無論我們多麼努力，近年更積極向「IX」出兵，卻有種摸不著核心的感覺，始終無法揪出這個組織的幕後主腦——當然，我們對外放出的新聞稿，總是宣稱對抗恐怖勢力節節勝利。

「IX」的最終目的只是擾亂世界的秩序嗎？

根據我這一年來收集的情報，恐怕他們有更大的陰謀。

去年，我還擔當要職，曾到國防部密談。

會議室的大長桌擺滿了由戰地運回來的玻璃器皿和儀器，此外，牆上還貼滿三排由衛星傳回來的照片。我方聯軍攻克了「IX」的主要地盤之後，在當地駐兵，發現了一間隱密的地下實驗室。軍人感到有異，即時匯報，將證物送返總部檢驗，於是就有了當天的會議。

其中一位白頭顧問走完會議室一圈，眉頭深鎖地說：

「很大可能是超級病毒。」

有個白痴的高官，湊過去搭話：

「哈，我們已經摧毀了他們的實驗室。」

「可是，只要敵人掌握了病毒的製法，摧毀實驗室也是無用。」

白痴高官冷笑一聲，亂下妄語：「哼，有了細菌武器又如何？區區幾萬人，根本不足為懼。」

果然是典型常春藤大學的菁英，只會紙上談兵。這個傢伙別說是戰地，根本連中國也沒去過，只是一直活在美國是全球霸主的白日夢之中。

不用我出聲，白頭顧問已經向他譏誚：「你有讀過美洲歷史嗎？」

白痴高官呆了一呆。

「幹嘛這麼問？」

「西班牙人佔領阿茲特克帝國時，他們的兵力有多少，你知道嗎？」

白痴高官滿臉漲紅，正要發作，白頭顧問已經自問自答：「不足一千人。西班牙人不足一千，卻攻破百萬人口的帝國。因為他們帶來了病毒，一種美洲土著沒有抗體的病毒。」

說得好！我心裡暗讚。

白痴高官勝在臉皮厚，嘿嘿乾笑兩聲，就說：「一班未受過教育的烏合之眾，玩細菌能玩出甚麼花樣？全美國的專家學者加起來，哪有輸的道理！」

我瞥見白頭顧問翻了翻白眼，對這種連細菌和病毒都分不清的白痴，真是千萬不要浪費口水。

一位女顧問人員卻忍不住插嘴：

「這間實驗室是一間無菌室，根據專家測量，潔淨度達到百萬級。百萬級就是最頂級。在戰火瀰漫的鳥不生蛋地方，竟然有一間最頂級的無菌室！你不覺得很詭異嗎？」

這時候，我乘機挺身而出，向著眾人，肅然宣告：

「如果恐怖分子擁有病毒武器，他們發動恐襲，死傷人數就不只是個位數或者十位數——美國甚至會亡國！」

整個會議室陷入一片沉默。

在場最高官位的大人物終於開腔：「我們只好加緊監察，不變應萬變。畢竟，現在增兵是違反民意，總統一定不許。」

眞是個懦夫。孬種。

唉。

正如坊間的陰謀論，世人以爲美國出兵伊拉克，只是爲了貪圖那邊的石油，而九一一事件只是一齣自編自演的假戲，用來贏取民意。

所謂民意，所謂虛假的太平——

怠惰的一代不會渴望戰爭，但敵人總會找上門。

要是恐襲的方式是超級病毒，我們的國家一定毫無準備。

殲滅「IX」是我畢生宏願，可是在我有生之年，怕是見不到的了……因爲我自知已時日無多。

去年我得知了患癌的消息。

五十六歲，胰臟癌第四期，五年存活率僅有百分之三。

我退休之後，寫下了遺願清單，默默等待自己的死亡。只是萬萬沒想到，我沒有因爲癌症而死，卻死在別人之手。

5

在你死前的二十四小時內，發生過甚麼不尋常的事？

我的死亡時間是十二時二十二分。

昨天，由正午十二時開始，我都在等一個人。

地點是洛杉磯國際機場二號航廈的候機區，傑夫用證件帶我過關之後，我跟他就坐在小餐吧，監視著前往登機閘口的行人。桌面上擱著一本黑封面的書，《中美終必一戰》……這種鬼扯的題材，居然是全美的暢銷書。

「這本書很精彩！」

傑夫極力推薦，剛剛經過機場書店，特地買了一本送我。

一扯到這種話題，他就興致勃勃，右手的義肢揮動得要甩出來似的，硬是要我接受他的高見：

「所謂『修昔底德陷阱』，簡單來說就是兩雄勢不兩立，最後就會用戰爭來改寫世界秩序。看現時的世局，只要有甚麼風吹草動，中美大戰就會爆發，導火線極有可能是北韓！」

「北韓不是放棄核試了嗎？」

「你信嗎？上世紀九〇年代，北韓就簽署過無核化協議，簽完又廢，廢完又簽……結果呢？死胖子。」

傑夫這個人啊，思想有點偏激。

不過，他的說法也不無道理，過去八十年確實是人類史上最和平的時代。在第二次世界大戰結束之前，戰爭才是常態，很少人可以倖免。

「這麼久沒發生大戰，絕對不是好事。我打個比喻，如果沒有小地震，地底的能量沒有釋放，憋得太久，下一次的大地震就會排山倒海地大爆發……你明白的，一個男人也不能禁慾太久……」

傑夫愛講黃色笑話，我習慣得好像在聽電台的報時廣播。

閒談間，我倆都在一心二用，每個在光溜溜的地板上走過的旅客，都逃不過我倆監視鏡頭般的雙眼。傑夫和我都穿著黑色大衣，款式不謀而合，老搭檔之間，就是有這樣的無形默契。

前天，我在《華盛頓郵報》讀到一篇文章，文章的作者自述童年時遇見的神蹟——有一頭美洲豹救了他一命。

投稿者是瑪雅．華奎斯，就是我當年遇見的男童。

我立即打電話給傑夫，告訴他這件事。

「你等一等，我之後找你。」

那時候，我以爲他只是在忙，不料到了中午，傑夫又再打來。他一口氣唸出：「瑪雅．華奎斯，明天起飛，QR740，LAX到緬甸，三時四十五分。」

我問他爲甚麼查得出來，手機傳來他咯咯的笑聲。

「我派人去搜過他的酒店房間。」

唔……這幾天，聯合國在洛杉磯舉行會議，華奎斯先生也在列席名單。而我退休後，就一直住在洛杉磯的老家。是命運的安排嗎？雖然我不齒傑夫的做法，但我考慮了一會，還是決定接受他的美意。

傑夫看過我的遺願清單，知道我有個未了的心願：

重遇那個男童，祈求他的原諒。

紀博士給我的磁碟，我早就銷毀了。

磁碟裡的資料讓人極度震撼，我才知道自己差點犯下彌天大罪。

一九九三年那一年，我不停祈禱，在失眠中苦苦度日，直到我走入教堂的告解室向神父懺悔，那個折磨我半年的怪夢才在懺悔的當天消失。

傑夫沒有宗教信仰，始終不信這等奇事，但他很夠朋友，願意陪我過來機場一趟，幫我完成遺願。

洛杉磯國際機場，二號航廈。

下午二時正，我捏了捏手心，發現手心都在冒汗。

我要等的人還沒有出現。

傑夫手裡的杯斟滿冰塊，倒入威士忌。

我盯著他，衷心答謝：「眞的很謝謝你。」

傑夫笑了笑，拍了拍我的肩膀。

突然有個年輕的金髮男人——我一眼就看出他是局裡的職員——他走到我們身處的餐座旁，遞給傑夫一個塑質的公事包，問候欠奉，來去倉促，而傑夫也只是在鼻子裡發出「嗯」的一聲。

傑夫喝光整杯酒，才緩緩地說：

「我今天陪你過來，也是剛巧有工作的事要找你——生日快樂！這是給你的禮物。」

傑夫把整個公事包給我。

「甚麼東西？」

「精液。」

我佯笑了一聲，拉開公事包的拉鍊，瞥見包裡只有一個條狀小布袋。不用打開布袋，我也知道袋裡藏著自動恆溫的攜帶式檢體盒。

傑夫指著餐桌上的《中美終必一戰》。

我翻到某一頁，有一張照片，照片中人是個華裔男子。而寫在照片後面的暗碼，顯示此人和「IX」有重大的關聯。

「我們查過這個男人的背景，他擁有生物學博士的學位。他最近入境美國，我們就在他待過的酒店房間搜出用過的保險套。我們想知道他過去三個月的行蹤。」

我點了點頭，願意幫忙聯絡紀博士。

華奎斯先生乘搭的航班，起飛時間是下午三時四十五分。

下午三時正，掛牆螢幕顯示該航班即將登機。

這裡是前往登機閘口的必經之路，我和傑夫都不可能看漏眼。我倆直接走到登機閘口，向航空公司的職員查問。

「這位旅客沒有報到。」

「怎會這樣？」

傑夫對我露出無可奈何的表情，我知道不是他的錯，當然沒有怪他。華奎斯先生臨時更改了行程，我覺得這樣也好，冒昧見面可能會嚇著他，或者我該好好寫一封道歉信，再託聯合國的職員轉交給他。

下午四時三十二分，我離開機場，直接返家，一路都在塞車。

那一天的日落，原來是我人生最後看見的日落。

晚上七時，我透過私人電子信箱，傳出一封電郵給紀博士，約他下星期一見面。

九時四十分，收到一封關於電郵帳號安全的郵件，說甚麼「已攔阻可疑登入」。但我不予理會就上床睡覺了。

十一時與午夜之間，小睡了兩個小時，我便醒來了。

凌晨五時，無法再成眠，我呆呆看著窗外的樹影，內心有股說不出的平靜。我特地開車到山上，看了一次美麗的日出。

早上六時，我心血來潮，繼續開了兩小時車程的車，到了二十五年前懺悔過的教堂。

八時整，彌撒開始。

合唱團天籟一般的歌聲令我聽得熱淚盈眶。

彌撒之後，我再一次走入了告解室。

十二時二十二分，當我正在告解，有人掀開了布簾。

一個華裔男子，剎那間，我認出他——昨天的照片，傑夫的目標人物，那個和「IX」有連繫的生物學博士。

他的手法相當熟練，極快對準我的太陽穴。

來不及聽見槍聲，我就失去了意識。

無痛的死亡。

瞑目之際，我全身輕飄飄的，腦裡閃過年輕時作過的怪夢。但這一次不同，大十字架上，有個背光的人物伸開雙臂迎接我……

感謝上帝，這是給我最好的結局。

6

封鎖線裡，告解室外，站著一男一女。

女人穿著黑色洋裝，一頭黑鬒鬒的秀髮。她的目光由混濁變得清晰，回神過來的一刻，就朝旁邊那個男人說話：「他口中的紀博士就是你吧？」

男人黯然一笑。

他穿著哥德風格的披肩式外套，長髮垂落領口。他戴著深黑色的眼鏡，手裡拄著拐杖。他雙眼看不見，但能洞悉世上的事物，在腦中參透宇宙間的奧祕。

告解室分隔爲兩邊，兩邊都有濺開的血跡。

封鎖線外面，警員仍在教堂裡搜查證據。

六個小時之前，週日彌撒結束之後，告解室這邊發生了槍擊案。

死者是教堂的神父，還有一名叫努比斯的前探員。

由於努比斯的身分特殊，中情局極爲重視這起謀殺案，特別用專機接送紀博士過來，由他親自協助調查。

紀九歌的雙眼永久失明，雖然是被弄瞎的，但他一直認爲是「天譴」，這是使用「天眼」這種超能力的代價。在紀九歌失明之前，他一直利用這種能力，來讀取努比斯靈魂深處的記憶。

靈魂是一串記憶。

人體只是個容器，焊接著靈魂，大腦就像存取裝置，靈魂才是保存永久記憶的主體。

靈魂不滅——

就像蒸發掉的水，肉眼看來是消失了，但水依然留在這片空間之中，只是由液態轉變成氣態。

而巫潔靈看得見。

她是眞正的靈媒，可以向亡靈盤問。

在別人眼中，她只是照顧紀九歌的女助手，取代導盲犬的角色。由二〇〇八年開始，她一直匿居美國，在美國上大學，現在和亡靈講英文當然不成問題。

老人家廢話特別多，巫潔靈最怕遇上這種亡魂，折騰了半天終於問完紀九歌想知道的事。其中一條是私人問題，紀九歌一生孤僻，聽到努比斯認同自己是老朋友，也爲之動容，嘆息了一聲。

巫潔靈看著陰魂不散的告解室，忍不住問：

「『IX』是爲了報復，才派人幹掉他嗎？」

紀九歌一臉嚴肅地說：

「恐怕他是接觸到非常重要的線索，才立即招致殺身之禍。」

接著，他拿出口袋裡的智慧型手機，朝巫潔靈的方向遞出。智慧型手機正發出天堂鳥叫聲的提示語音。

「照片傳來了。請妳幫我看一看，照片中人就是那個華裔男子……如果我猜中的話，他有可能是妳曾經見過的人。」

巫潔靈用手指滑動螢幕之後，不禁皺眉大叫：

「他！是他！」

殺害努比斯的華裔男子，巫潔靈曾在秦陵見過一面。

他在「九歌」裡的代稱是商鞅。

此人眞名不詳，商鞅也只是個假名，但他頭腦的厲害，即使連紀九歌也心悅誠服。八〇年代中期，在紀九歌獲得「天眼」能力之前，他已盜走紀九歌破譯《連山》和《周易》的實驗室檔案。

這時候，黃色的封鎖線抖了一抖。

來者是穿著深藍色制服的白人探員，他手上拿著一台平板電腦。

「分析報告出來了……」

話只說到一半，紀九歌立即打斷：

「是不是有北韓這個地方？」

「是的。這名華裔男子半個月前去過北韓。」

爲甚麼商鞅要去北韓？

這個疑問已不再是疑問，因爲就在一個小時之前，答案已顯露在世人面前。

巫潔靈單手握住手機，盯著螢幕播放的新聞畫面。

「眞的假的……太誇張了……」

無論看多少次，她都感到不寒而慄。

新聞正在直播熊熊火海中的都市廢墟——北韓誤發遠程核彈，核彈竟落在香港最核心的商業區。由衛星圖片可見，蘑菇雲的爆點在港島西邊，衝擊波遍及大嶼山及新界南部，輻射雲漸漸擴散，香港居民已開始集體逃亡。

巫潔靈向紀九歌說：

「瑪雅就是我們一直在等待的救世主……想不到他臨時更改行程，才在香港轉機，真是陰差陽錯……」

「有消息嗎？」

儘管紀九歌看不見，巫潔靈還是搖了搖頭。

「甚麼都沒有啊……還是聯絡不上樊博士。真糟糕！涼拌炒雞蛋，世界快完蛋……」

巫潔靈口中的樊博士就是樊系數。

如無意外，樊系數應該在飛機上和瑪雅相遇。

兩人生死未卜。

現時世界大亂，整個城市的通訊網絡中斷，別說是飛機失聯，根本連電話也打不通，香港變成了徹頭徹尾的死城。

紀九歌知道，「IX」和「九歌」之間有莫大關聯，兩者就像是子公司和母公司的關係。自從二○○八年秦陵一戰，「九歌」突然銷聲匿跡，但紀九歌知道這幫人早晚一定行動，實現他們驚世駭俗的滅世大計。

現在眞的一舉驚動了世界。

「陳連山……李斯……」

紀九歌喃喃自語。

他口中的兩個名字都屬於同一個人，一個由古代穿越到現代的術數師，一個將心計施展得淋漓盡致的謀略家。

紀九歌敗在李斯的手上，除了因爲看不穿他裝死的騙局，也因爲李斯知道他的生辰八字。

「李斯一定算得出來，我們一直在等待的『聖人』，他將會在香港出現。但因爲李斯不知道『聖人』的生日，未必能算準他的所在位置。」

但有一個方法行得通——

把整個香港炸掉。

最絕、最狠，也最高效益的方法。

就算紀九歌神機妙算，亦無力扭盡六壬。

「我們晚了一步……」

他想起，愛因斯坦說過：「我不知道第三次世界大戰會用哪些武器，但第四次世界大戰中人們肯定用的是木棍和石塊。」

核武器經過百年演變，破壞力如複利般大幅增強，如今一個垃圾桶大小的彈頭，威力可達廣島原爆的二十倍級數。

一場大浩劫即將降臨，末日時鐘開始倒數。

亂世一到，惡魔就會崛起，以假救世主的名義，來使愚眾頂禮膜拜。

唯一的希望，就在那個叫瑪雅的眞救世主身上……

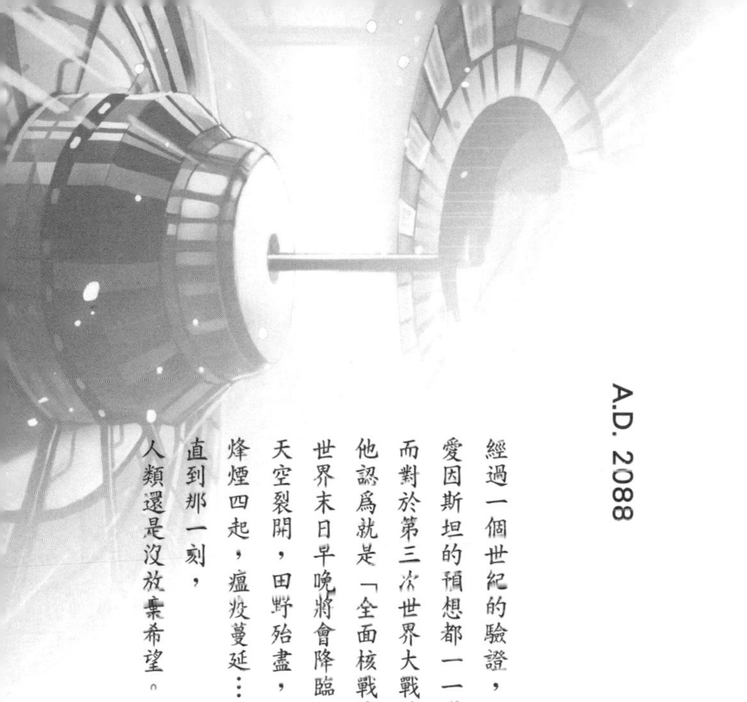

A.D. 2088

經過一個世紀的驗證，
愛因斯坦的預想都一一成眞。
而對於第三次世界大戰的臆測，
他認爲就是「全面核戰爭」。
世界末日早晚將會降臨，
天空裂開，田野殆盡，
烽煙四起，瘟疫蔓延……
直到那一刻，
人類還是沒放棄希望。

7

地面上是一片廢墟。

雲下的灰層像裹屍布一樣，隔住了陽光。

植物的生命都比其他生物頑強，苔蘚遍布廢置教堂的外牆。這種上世紀的舊建築通常都只剩半幢，下半部是斷壁殘垣，上半部斜崩在瓦礫堆裡，任由風雨侵蝕，但政府一直沒有多餘的人力去清理。

阿拉沿玻璃框通道踱步，看著隔絕在外的廢墟。

「嚴禁走出外界！」

這樣的警告標語無處不在。

她穿著印有大學徽章的米白色兜帽上衣，她的膚色卻比上衣還要白。住在地底的人很少曬陽光，冰肌玉骨並不稀奇，膚色黝黑的人反而是異類。

在外面那堆亂葬崗一般的建築物之中，偶爾會看見「HONG KONG」或「香港」等字樣，有的是正門招牌，或是外牆上的立體字。

阿拉知道，大約半世紀前，這城市的舊稱是香港。對十九歲的她來說，由懂事以來，就知道國家徹底摒除了城市的分野，而她的住址是「K11」，隸屬共和國的K區。

現在，共和國的人口只剩兩億多，人類即將邁入二十二世紀。世紀末，人心惶惶，但阿拉覺得統統都是妖言惑眾，因為西曆只是計算曆法的一種方式，只是以耶穌的誕生年為元年。

第三次世界大戰打了這麼久，至今還沒有停戰。

但所謂的世界大戰，已經由最初的多國參戰，演變到只剩兩個國家——愛比堅尼聯合國，以及大東歐亞共和國。

世人都深信世界最終會統一，這幾年的戰果將會左右大局，不是聯合國雄霸天下，就是共和國奪得世界。

「聯合國是邪惡的軸心！」

「吾國必成最後最強最大贏家！」

「死了一億，還有一億，戰至最後一兵一卒！」

阿拉想起剛剛上來，地下街兩壁都是顏色鮮豔的燈箱海報，印著字體大得有點恐怖的政治宣傳語。

玻璃框通道的前方有扇側門，門外有個站崗的軍人。

「妳可以進去了。請緊記門禁時間是六時正。」

阿拉向軍人點了點頭，喊出道別的口令：

「共和國永垂不朽！」

「永垂不朽！」

再穿過一條幽暗密閉的隧道，就來到大學的地下入口。

阿拉伸出右腕，掃過閘口感應器的上方，「嗶」的一聲，閘口的紅色激光欄擋自動熄滅。

到了樓上，四周都是矩陣排列的灰白色書架，還有一間間配備電腦的獨立格自修室。這裡就是六層高的大學主樓，也是全K區最大的圖書館，逾二百年歷史，收藏碩果僅存的實體書。雖然阿拉從小都是使用電子課本，但她第一次摸到了黃黃舊舊的書紙，就愛上那種奇妙的感覺。

今天是假日，圖書館沒甚麼人，阿拉最愛這樣的清靜。

正當她這麼想，卻遠遠看見了金銀菊姊妹花——金花身上總是有金飾，銀花愛戴銀，菊花穿著花俏，她們仨是密友，於是有了這樣的外號。

金花的爸爸是高幹，銀花和菊花來自公務員家庭，都是上等階層。阿拉和她們是同學，但有種相處不來的隔閡，曾經在小組科研項目鬧翻。阿拉自覺不是她的個人問題，因爲其他同學也不想惹上這三個姊妹花，始終圈子不同，窮人和有錢人只能做表面的朋友。

眞稀罕。竟然在假日碰見她們。

阿拉故意繞道，索性去上廁所，一轉進去，就在廁所外面碰見了黎教授。黎教授一看見她，就露出和藹的笑容。

「阿拉？妳總是這麼勤奮，連假日都回來大學。」

黎教授風度翩翩，年過四十的已婚男人，很少像他這麼會打扮，穿著天藍色的襯衫和白色長褲，再加上合身的西裝外套。

而且他是很有地位的學者，阿拉看著他的臉，不難想像他年輕時是多少女人的夢中情人。

「黎教授您好。」

「妳的俚語研究選好課題了嗎？」

「還沒。不過我有頭緒……本世紀初，互聯網創造了大量俚語……這個題目好不好？」

「不錯啊！看著妳，我就想起妳爸爸——陳皮和我是很要好的同學。一晃眼就二十年了……妳這麼優秀，陳皮他泉下有知，一定很欣慰。」

「嗯。我會更加努力的。」

「共和國永垂不朽！」

「永垂不朽！」

阿拉盡量提高聲音，但毫無激昂之情。

她拚命苦讀，終於成為高人一等的知識分子，畢業後將會在這個國家享有特權。她主修外語，即是俗稱的「匪語」。授課形式是師徒制，同學總共二十位，有的夢想是當敵國間諜，但阿拉甘於平凡，她只想當一名大學學者。

人類的科技在這個世紀進展緩慢，甚至有倒退的跡象，事實上人類連生存也變得艱難無比……而這一切都是由聯合國的惡魔科學家造成。很多憤青都立志向聯合國報復，阿拉自問只是小女子，她做人的理想只是豐衣足食。

阿拉盯著玻璃牆裡的電腦螢幕，走入獨立格自修室。

這是她最享受的私人時間。

冬季學期才剛剛開始，她趁著有空檔，就登入內部網路，在浩瀚的影片資料庫中搜尋外語片。這是成爲大學生的特權之一，可以讓她飽覽國家禁播的封鎖內容，包括她醉心的哥德式黑暗電影、吸血鬼科幻片……等等。

地下城的公民廣場有大銀幕，但上映的節目都要經過審查，好幾年才有一部新片，主旋律都是歌頌抗戰的成果。反而，阿拉覺得人類在大浩劫前拍的電影，都充滿了想像力和驚悚的劇情。

「今天就看法語紀錄片吧！」

阿拉心想法語再不用就荒廢了。

她抱著腿坐在椅子上，直勾勾地盯著螢幕。

冰川極地、島嶼祕境、綠洲走獸異卉、濕地珍禽漂鳥……影片裡出現的生態環境和野生動物，彷彿屬於另一個星球。

這個星球叫地球。

或者，正確的名稱是「昔日的地球」。

由阿拉出生至今，有時她和其他地下城的居民到地面曬陽光，只曾看過灰濛濛的天空。即使在電視上直播的空拍畫面，也只見一片瘡痍滿目的大地。

世紀初預警的末日景象，因爲大規模的核戰，早就變成了現實。

阿拉感慨萬千，那些舊影片彷彿是一個個小窗口，讓她窺見了舊世界。

「唉！如果我早一百年出生就好了！以前的世界，好像比較和平美好，人人平等……」

她想到了金花。

富家女的衣服都是新衣……哪像自己，衣櫃已經那麼窄小，都是舊衣居多，其中最好的長裙是從「遺物特賣會」撿回來的便宜貨。

這個社會就是一個階級分明的社會。

阿拉心想自己只要加把勁，畢業之後，她就可以成為社會的高階人口。

看了幾部影片，不覺已是下午五點多，圖書館即將在六時正閉館。阿拉伸了個懶腰，就想拿出隨身碟，下載一些參考文檔，回家再寫下週要交的短文。

「咦！」

阿拉翻遍小背包，找不到隨身碟。

在哪裡丟失了？她想到了一招，就是登入內部網路的尋物系統。這種隨身碟都會自動發出訊號，向物主提示其所在的位置。

顯示位置竟然是這幢圖書館。

哦！阿拉想起來了，圖書館六樓有講室，週五她曾在那裡上課，可能就是那時不小心丟失的。

阿拉看了看手錶，她的錶是男士款式，爸爸的遺物。

趁著圖書館還沒閉館，阿拉收拾好背包，沿著樓梯匆匆上去六樓。如果沒找到隨身碟，她就有麻煩了，這種東西是國家資源，報失要罰款，對她這種窮人來說不是小錢，感覺有如在身上割下一塊肉。

整層六樓一個人也沒有。

講室就在一叢書架後方的盡頭。

阿拉將手放在門把上，用力一推，發現門鎖上了。門鎖有點卡住，她也習慣了，大學裡的設施都有夠破爛的。

耳中彷彿有個聲音：「住手！多管閒事必招禍。」

阿拉再用力一推，竟打開了那道禁忌之門。

後面，其中一排棕色的絨毛座椅前，有兩團若即若離的身影，向阿拉露出兩張受驚的臉。

黎教授和金花。

而教授沒穿褲子。

8

一個光著屁股的男人和衣衫不整的女人。

阿拉完全不曉得這是甚麼概念，也不明白教授和金花在幹嘛……阿拉頭腦一陣暈眩，只覺得自己撞見了一件很恐怖的事。

「呃，對不起！」

阿拉慌亂中匆匆關上了門，瞥眼所見那兩張驚惶失色的臉，恐怕會成爲她抹不去的可怕記憶。

可以當作甚麼也沒看見嗎？

早知道不要找隨身碟了……

阿拉急得濺淚，只想逃離現實，腳步不由自主疾走至樓梯間。

往下，才走兩層，就聽見了銀花和菊花聊天的聲音。

阿拉不知怎地心虛起來，驀地回過身，慌慌張張地往樓上逃竄，躲得一時就是一時。可是，樓梯總有盡頭，阿拉很快就看到了通往天台的出口。

頭上是灰濛濛的天空，霾隙間的太陽就像散開的粒子，渲染西邊，猶如一片蒙了紗的暗光。

阿拉回過神的時候，已站在天台上面，背後是緩緩掩上的不鏽鋼門。

怎麼辦？

天台上空空如也，地面的污穢如黑色的枯籐般密布。樓頂沒有圍欄，只有矮牆，而矮牆上都漆滿了封鎖線，呈示「嚴禁外闖」的警告語。

在外面的世界亂闖，其刑罰比姦淫擄掠更嚴重，動輒連累家屬，不必經過審判就有可能全家入獄，直接送到焚化爐處決。

阿拉很想冷靜下來，卻愈想愈害怕：「就算躲得了一時，之後呢？哎喲，這次眞的很糟糕……日後總不可能不見教授吧！今天眞的倒楣死了……」

不管她是多麼天才橫溢的學生，沒有教授的批准，她也絕不可能畢業。公報私仇，在這樣的世界，絕對有可能發生。

阿拉害怕得發抖，抱住小背包，躲在無人的天台，很想放聲痛哭。就在此時，樓下傳來了裊裊迴盪的廣播錄音——

圖書館將於二十分鐘後閉館，請館內所有人士迅即離開，不得逗留，否則一經定罪，最高可監禁半年……

阿拉盯著手錶，心裡打定了主意，再等十五分鐘，只要在最後一刻離開圖書館，應該就不會碰見金花等人。

也許，相隔幾天，再跟黎教授見面，彼此可以裝作若無其事，談笑如昔……黎教授是個有眞才實學的知識分子，阿拉本來就很尊敬他。

阿拉抱著春秋大夢一般的幻想。

突然，緊閉的鋼門後方出現了細微的聲響。

阿拉後退了一步，嚇得一顆心似要跳出嘴巴。

怔住了好幾秒之後，她終於鼓起了勇氣，向前邁近了鋼門。

「喂？」

門後沒有回應。

但阿拉就是有股感覺，門後一定有人。

是金花？還是教授？

「對不起、眞的很對不起……我不是有意的，我可以對著偉大的主席列祖發誓，絕對不會透露任何事……請原諒我，給我一個機會……」

阿拉向著冷冰冰的鋼門，發出泣訴般的懇求。

「求求你、求求你……我跪下來求你了，我媽媽很需要我照顧……」

儘管門後的人根本看不見，阿拉還是跪在了地上，除了因爲她眞的腿軟無力，也因爲她抱著期待——只要對方一打開門，看見她這副可憐相，也許就會心軟。

門後果然有人。

咔。

阿拉呆住了好一會，才意識到那是象徵死亡的聲音。

她擲擲仆仆地站起來，衝到鋼門前，猛地一拉，可惜一切爲時已晚，門後已經上鎖，怎麼拉也拉不動。

「喂！不要這樣好不好……饒饒我……我知錯了……饒饒我好不好……」

無人回應。

阿拉雙手猛捶鋼門，鋼門近乎紋絲不動，結實得像是一個無情的硬漢。

鋼門是離開天台的唯一出口。

這不是惡作劇，對方存心要置她於死地。

樓下傳來了嘹亮的廣播聲：

最後警告！最後警告！圖書館將於十分鐘後閉館……

阿拉終於醒悟，她再掏出心肝來懇求也沒用，不管是金花，還是黎教授，這兩個傢伙都是壞東西。一旦沒在時限前離館，此舉即屬違法，而當阿拉淪爲有刑事記錄的罪犯，她說的話亦不會有人相信。

這個世界眞是個見鬼的活地獄……

阿拉走到天台邊緣，看著樓下荒蕪的草地，一念之間想過就這樣跳下去一了百了，可是她想到了媽媽。

目光一掠，她看見三樓的外牆有一扇打開的窗，恰好就在水管旁側。而水管的頂端連到天台，即是說可以由天台爬下去。

如果她能在門禁前離開圖書館，她就有救了。

「我還有選擇嗎？」

左右都是死，阿拉決定賭一把。

她深呼吸一口氣，轉身向下，攀著水管，踩著牆上的環釦向下爬。雖然時間緊迫，但她不敢看下面，在半空中駐足，一雙腳抖個不停。

「我能做到的、我能做到的……」

想像總是比較簡單，做起來方知艱難。

她沒抓緊，人已滑了下去。

少女鬆開手，在半空中展開雙臂，但飛不起來。

她不是折翅的天使，她只是從來都沒有翅膀的人類。

青春的軀體恰如瓷器一般易碎。

向下墜，墜到絕望的深淵……

9

灰色的天空要下雨。

一點一點小雨。

阿拉第一次嚐到了雨的味道，酸的，苦的，炙熱的。

她想起一年前成功考上大學，母親與她喜極而泣，那種苦盡甘來的愉悅眞是快活得無與倫比。像她這種家庭，地下城的低端人口，要翻身只有靠苦讀。苦讀還不夠，還要勝過95％的同輩，才能升上大學，否則一切年輕時的努力都只是徒勞。熬夜失眠胃痛青春痘……誰管那些？只要落第了，沒人會同情你，連老師都不會可憐你，而你只能在賤民的圈子裡度過餘生。

社會不平等，醫療資源有限，這是小學生都知道的道理。阿拉的媽媽有阿茲海默症的致病基因，一旦病發，就等於被判死刑——變成低端人口還不是最可怕，最可怕是淪爲「社會累贅人口」。甚麼「人道毀滅」，說得這麼好聽，根本是打完毒針，再將你的屍體送進焚化爐裡燒得灰飛煙滅。

——媽，我做到了！以後都會有好日子！

當阿拉考上了大學，有了上等國民的資格證，幸福就會降臨，政府會提供治療阿茲海默症的特效藥。一人得道，雞犬升天，阿拉覺得這是她光榮的成就，因爲她，母親總算得到治療的資格。

沒想到才過一年，燦爛的世界一下子崩塌下來。

要是她無法順利由大學畢業，又或者犯下刑事罪，政府就會停止給母親供藥。

所以，阿拉才會涉險攀爬，不料失足滑了下來。她的身體穿過了樹叢，又倒在厚墩墩的雜草上，才勉強保住一條小命。

——黎教授、金花……他倆也是因爲懼怕刑責，所以才把我鎖在天台上吧？人爲了自保，眞是甚麼都做得出來。

「他媽的！」

這是阿拉這輩子第一次怒罵髒話。

她這麼辛苦才考進了大學，她還不想死。

不想死。

也不甘心！

阿拉冒出生存意志，竭盡全力站了起來。

雙臂雙腿上都有多處擦傷，衣服給撕了幾道口子，這樣跌下來沒有骨折，簡直就是奇蹟。

天色黑透了，周圍朦朧一片，萬籟俱寂，如同墓園一樣。

阿拉舉起左手，看了看錶，始知自己昏厥了一個多小時。現在是七時十七分，只要立刻趕路回家，也許還來得及在九點的門禁前報到。至於能否暗渡陳倉離開圖書館，這又是另一個大難題。

她拎著小背包，越過了草叢，沿著一樓的外牆，摸著橫拉式的氣密窗。

「不行。又不行……」

阿拉試了幾個窗框，發現這種氣密窗都是由裡面鎖死的。

這個時間，圖書館裡根本不可能有人，所有職員一定早已撤離。圖書館沒有夜班保安，整幢大樓上下皆暗淡無光。

阿拉徒手打在硬玻璃上。

「救命！救命！救救我好不好！」

根本沒用。她明明在戶外，卻有種與世隔絕的絕望感，沒有任何通道讓她回到原來的世界。

「誰也好，來救救我吧……」

縱使明知誰也聽不見她的哭訴，阿拉還是淒聲自言自語，無力地癱坐在地上抽噎。她當然知道怎麼叫也是沒用，但反正人生都要完蛋了，難道發洩一下也不成嗎？哭了一會之後，她喉頭因爲哽咽而卡住，再也叫不出聲。

就像一股神祕的力量顯靈，有一面窗戶緩緩橫向掀開了。

阿拉呆望著那個窗口。

距離大約只有十步，有個人頭探出了窗口，而他就像要來救她一樣，向她招了招手。

噢！阿拉心中一凜，差點失聲驚叫。

這個人……他有一張嚇人的臉，左一團膿瘡，右一團肉瘤，醜得令人沒齒難忘。他的眼皮就和癩蛤蟆一樣，眼珠子圓滾滾，而這雙眼正在盯過來。

難得有活命的機會，阿拉也顧不得對方的長相，趕緊走過去求救。雖然男人長得醜，但他似乎古道熱腸，好心幫忙，拉著阿拉穿過窗框。

一進館內，阿拉也看清楚了，男人雖然長得醜，但衣著出奇體面，穿著一件黑沉的長大衣，中瘦身材，就是難以判斷他的年紀。

「妳是陳法拉嗎？」

醜男竟然知道阿拉的全名。

「你認識我？」

阿拉想來想去，頗肯定自己沒見過這個男人。

「嗯。算是吧。我知道妳是外語系的學生。」

「謝謝你。你是……大學生嗎？」

「大學生？哈哈，怎麼會，我年紀比妳大很多。」

阿拉盯著醜大叔，想起了大作家雨果筆下的「鐘樓怪人」。如果不是學生，他也許就是圖書館的職員，至於他爲甚麼會留到這麼晚，阿拉自覺不應該過問。

醜大叔忽然問起：

「妳怎會在外面的？」

阿拉有心隱瞞，也藏不住刮破的衣衫和血痕。

「我是掉下來的。由大台上掉下來。」

他的目光陡地變得溫柔，輕聲慰問：「妳是想不開要自殺嗎？」

阿拉怔了一怔，不禁覺得委屈，聲淚俱下，氣急地說：「才不是呢！有人想害我，將我困在天台……」

話到這裡，她就說不下去，始終覺得尷尬，不便吐露在講室裡撞見的事。

醜大叔靠近她，拍了拍她的肩膀，這個動作很有暖男的風度。

「不用擔心，現在沒事了。妳是命不該絕，我剛好在等妳，所以一直留在圖書館。我找了妳好久啊！想不到妳掉到外面……」

轉念間，阿拉忍不住過問：

「等我？爲甚麼等我？」

醜大叔一本正經地說：

「我想妳幫我一個忙。很重要的，關乎全人類的命運……說來話長，我需要至少一個晚上跟妳詳談。」

阿拉搶著說：

「我要趕著回家！」

「好啊！我跟妳回家，順便跟妳媽媽交代一下。」

「抱歉。我眞的要走了。」

阿拉說完這句話，旋即轉身，用衝刺的步法離開。雖然對方於她有救命之恩，但這個醜大叔怪裡怪氣，她內心深處有所畏懼，不想和他扯上關係。

「喂、喂！」

醜大叔在後面追著她，她走得更快了。

驀然間，阿拉想起他剛才只說「妳媽媽」……所以他很清楚她的背景？否則他怎麼知道她爸爸已過世的事？

閉關後的地下通道幾乎沒有照明。

時間緊迫，阿拉急步走，整條通道都是蹬步的迴響。

眼前就是地下通道的出口。

「EXIT」的綠色燈箱下面，兩道沉重的大鋼門深鎖。

阿拉不得不停步。

她的整顆心寒了一截，都怪她慌張沒想到，這條路會在晚上封閉。由大學下去地鐵列車的站口，這是唯一的路，只有駐場的軍人才有辦法開門。

醜大叔的腳步來到她身邊。

「怎麼了？」

「完蛋了……要等到明天早上，才會有人來開門。」

總之今晚無法在九點前回去K11區，阿拉就是違反了門禁，這也是嚴重的刑事罪行。倘若警方追究原因，必定就會查出她曾經掉到戶外的事，而這是必定會被判死刑的終極重罪。

如何是好？

阿拉欲哭無淚，垂坐下來，頭上就是門禁的感應器。

「妳借過一下。」

醜大叔忽然挺身上前，輕輕擠開了阿拉。

只見大叔就像個好奇寶寶，繞著感應器左看右看。阿拉垂頭喪氣，在他身後嘀咕：「這是電子鎖，沒有磁卡是打不開的……」

大叔頭也不回，喃喃自語：「這種電子鎖太落後了。」

下一秒，大叔竟伸手摸進口袋，掏出一個小圓鈕，放近感應器。小圓鈕閃出幾下紅光，「嗶」的一聲，兩道大鋼門就應聲解鎖。

阿拉瞠目結舌。

「你……你是怎麼做到的？」

大叔單掌推開其中一門，不以爲然地說：

「有甚麼難？這種電子鎖的原理是RFID，都是一組固定的八位數字，磁卡很容易複製。不過，我眞的很驚訝，共和國還這麼落後，會用這種一百年前的科技。」

「共和國？難道你不是共和國人嗎？」

醜大叔似有難言之隱，搔了搔自己的後腦。

「定義上，我不算是共和國人。」

「你是甚麼人？」

「我？現在很難解釋……妳就當我是個無國籍的流浪漢好了。」

阿拉鼓著眼瞪著他，丈二金剛摸不著頭腦。但她無暇多想，抬臂看了看手錶，便加快腳步闖出去。

10

不見天日的地下行車隧道，每隔十至二十公尺就有閃爍著微光的燈箱。

阿拉和醜大叔沿著路軌行走，看著拱頂的混凝土壁，有種在魔窟裡摸黑前進的感覺。

日間，這裡會有地下鐵列車通過，只有一心臥軌自殺的人才會走上路軌。不過，臥軌自殺也不是甚麼稀奇事，阿拉曾經碰上三次，她聽說在人類遷到地底生活之前，跳樓才是最方便的死法。

由於地下鐵列車不時發生故障，所以阿拉沿著列車路軌行走，這樣的經歷亦已到了習慣成自然的地步。

八時三十五分。

只剩二十五分鐘。

阿拉趕著在門禁前抵達K11區，起初她還能小跑，但現在她已精疲力竭，只能拖著破底的布鞋快走，而醜大叔一直黏著她不放。

「甚麼？地鐵最後一班車在七點開出，全線在八點前中止服務？以前，在我工作的時代，很多人忙到八點才下班，要是地鐵這麼早停車，管理公司一定被罵翻。」

由阿拉有記憶開始，地鐵系統已是這樣的服務時間。而且地鐵是國營的，誰敢罵政府呢？

阿拉只是冷淡地回答：

「沒辦法，現在電力都很吃緊。」

大叔的聲音中有淡淡的哀愁：

「妳說的也是。核電廠蓋好了，只會成爲遠程導彈的攻擊目標。」

醜大叔說話顚三倒四，好像與時代脫軌一樣，阿拉曾懷疑他是精神病患者。但他剛剛輕而易舉破解了電子門鎖，如果他是敵國間諜……阿拉連想也不敢想了。遇上這種情況，市民必須報警，但阿拉有一個很大的隱憂。

阿拉湊近大叔，將音量壓到最低，忐忑不安地說：

「求求你……不要告訴任何人我掉到外面的事……」

大叔先是沉默，然後點了點頭。

「哦。我了解的。在聯合國，和外界接觸也是要判死刑的重罪。」

阿拉聽了，心裡比較舒服。剛剛的對話也探到了口風，正如她的猜測，大叔眞的有可能是聯合國人。

共和國是活地獄，但聯合國也不是甚麼天堂，全人類都活在同樣的死亡陰影之中。

超級病毒。

從阿拉接受教育開始，每年都會有國家幹部來學校，講述發生在世紀初的歷史，鄭重警告大家不能走出外面的世界。

地面不宜居住，除了因爲核污染，也因爲有超級病毒。這是人類史上最恐怖的病毒，可以在一個星期之內奪走數億人的性命。

最可怕是這種病毒會自動進化，全球倖存的科學家研究了一個世紀，還是研發不出疫苗。

故此，要是有人知道阿拉曾碰過戶外的植物，她不僅會被隔離，更有可能被立即火化。

雖然大叔曾有救命之恩，但阿拉始終對他有所顧忌，有意無意地走在前頭，盡量避免和他有眼神上的接觸。沿途她都在盤算擺脫他的方法，但他偏偏就像討債鬼般死纏活纏，看來只好等抵達K11區再做打算。

八時四十分。

只剩二十分鐘。

回家的路尚有兩個地鐵站那麼遠，再不快走不行了……

阿拉一邊盯著手錶，一邊焦心如焚，大叔卻有一搭沒一搭地逗她聊天：「真懷念。這個地下鐵的建築已經有一百年的歷史……」

阿拉沒空也沒心情理會他。

大叔自顧自說著：

「以前我和老婆在同一所大學工作，每晚我都等她，一同搭地鐵回家……她是語言學的博士。不過，她可沒妳這麼厲害，我可是找遍全世界，才找到一個像妳這樣的語言天才。」

阿拉不禁回頭，詫異萬分，瞪著大叔。

「你調查過我？你還知道甚麼？」

大叔也毫不隱瞞，一股腦兒地說：

「陳法拉，十九歲，六月十九日生。學考成績全國文科排名TOP 1%，特別專長是通曉十六種語言，其中包括文言文、阿拉伯文及希伯來文等古語。」

阿拉心中一凜，冷眼看著他問：

「你爲甚麼要盯上我？」

「我需要妳幫忙拯救世界。不過我怕這地方有錄音，還不便明說。」

拯救世界、拯救世界……

這簡直是一場糊塗的怪話，阿拉根本聽不明白，也不相信自己有這樣的本事。

「拜託你放過我。我只是個普通人！我也不是甚麼天才，我是爲了特別加分才去學那麼多語言。我的學業壓力沉重，下個月開始會有很多考試……」

「妳這麼聰明，應該不會害怕考試吧？」

「很害怕。」

阿拉不自覺捏緊了拳頭，顫聲道：

「你能想像得了嗎？讀不成書，你就永不翻身，如果你生病，也得不到治療的機會……我媽媽患了重病，如果我升不上大學，她就會死。你知道嗎？從我十二歲開始，每天只睡三小時……」

大叔只是捏住下巴，靜待她說下去。

「不只是我，所有人爲了擠進大學都豁出了一切。社會沒有資源照顧老人，我們的父母過了六十歲，如果一無是處就會被送去集中營，從此一去不返……要救家人，我們都要拚命成爲上等國民。每年考試，我都看見有人害怕得屁滾尿流，有人呼天搶地哭得心碎，那簡直是煉獄……」

阿拉每晚不敢睡太久，也是因爲懼怕夢魘。

大叔瞇著腫塊一般的眼皮，若有所思地說：

「相比你們，我讀書時算輕鬆了。原來有這樣的老人政策，難怪共和國有這麼多人肉炸彈……唉，聯合國的安樂死膠囊，算是人道了。」

阿拉聽到「聯合國」一詞，心中一驚，再度懇求：

「大叔，雖然你救過我，但你是聯合國的人，我不可以和你扯上關係。我暫時不會報警，請你快走吧。」

「我不是聯合國的人啊。」

「你不是聯合國的人？你是甚麼人？」

醜大叔目光炯炯，朗聲回答：

「我是香港人。」

「香港人？」

她已經很久沒聽過這種叫法，哪怕是她父母那一代的人，都已經開始自稱是「共和國人」。

醜大叔忽然扯開了話題：

「陳法拉，這個名字眞特別……是誰幫妳取的？」

「當然是爸媽啊！」

阿拉以爲大叔在取笑她的名字，立刻回嗆：

「你這麼問才奇怪呢！」

「抱歉，在我的時代，有個明星的名字跟妳一模一樣。說到奇怪，我的本名才奇怪呢。」

「你的本名是——」

阿拉還沒問完，行車隧道出現一陣震動，轟隆聲由遠而至，剛剛走來的遠端冒出一道強光，紅色的光暈擴散，如噴湧出來的岩漿般接近。

「跑！」

醜大叔比阿拉先知先覺，拉了她一把，接著兩人沿著車軌與曲牆之間的地面，當成跑道向前疾衝。

這時間怎會有車？阿拉嚇得心驚膽跳。

只要車子輾過，血肉之軀頓成肉醬。

轟隆聲愈來愈近，強光已照到了背後。

雖然兩人已來到隧道出口，但尚有幾步才到月台，未必來得及爬到上面。

阿拉忍不住回頭一看，列車已近在眉睫，猶如高速擠壓過來的高牆，兩盞車頭燈射得她幾乎睜不開眼。

哎喲！

她一恍神，腳踝絆到了鐵軌。

這一摔真糟糕，她整個人趴在地上，雙腿抽搐強抖，根本連半寸也動不了。

來不及了！

列車毫無減速的跡象，強大的風壓沿著軌道壓來。阿拉呆呆盯著車頭燈，預料自己再過兩秒就會魂斷車軌，支離破碎、肚破腸流。

正當阿拉閉眼待斃，突然有一股力量將她拉向牆邊。

咯咯、咯咯、咯——

列車呼嘯而過。

一秒、兩秒……其中五秒都是近得削過髮尖的列車殘影。轉眼間，列車就消失在另一端的黑色洞口。

阿拉與大叔躲在月台邊的空隙裡。

原來月台下方有避難空間，就在千鈞一髮之際，大叔將她拉到了這邊。

「不停站？看來是空車或者載貨列車。」

耳邊是大叔的聲音，他的語氣相當鎮定。

好險……

阿拉嚇得三魂不見七魄。

醜大叔拍了拍膝蓋，向她伸出了右手，慢慢扶她起來。

同時，他滾著圓鼓鼓的眼珠，回答剛剛的問題：

「對了，我叫樊系數——姓樊的樊，系統的系，數學的數。我今天出現的目的，就是來邀請妳跟我一同拯救世界。」

11

八時五十九分。

眞的只差一分鐘就到九時正。

阿拉一瘸一拐地穿過K11區的「e道檢查閘」，將指紋按在閘口上的感應區，腕背上的植入式晶片亦同時閃出紅光。當她看見螢幕上「同志，歡迎回來」的訊息，竟然情不自禁流下兩行熱淚。

「有沒有這麼誇張？」

那個叫樊系數的醜大叔繞著手說話。

「如果我違反了門禁，就要坐牢了！」

阿拉不忿地說，正欲走出閘口，才走不了兩步，就累得趴坐在地上。剛剛她奔跑回來，大腿又抽搐了一次，痛得要死，多虧了大叔單肩揹著她趕路，才在最後一刻達陣。

兩人之間隔著高度嚴防的「e道檢查閘」，恐怕大叔無法通過。就算阿拉欠了他很大的人情，也不得不在這裡跟他告別，說眞的她也不想和他扯上關係。

「大叔，我今天很感謝你，不過……你……」

她的話只說到一半，樊系數就大搖大擺地走進了閘口，感應區的攝像鏡頭照向他那張百孔千瘡的醜臉。

要是非法入侵者闖關，警報就會立即響起。

別亂來！阿拉光張著嘴說不出話，而出乎她的意料之外，樊系數竟然可以過關，一連突破了人臉辨識和指紋的檢查。眼見他若無其事地出閘，阿拉難掩驚詫之色，血液好像由心臟倒流一樣。

「你不是K11區的人，怎麼……」

「你們每個人由出生開始，所有資料都儲存在國家的中央系統。很簡單，我把自己的資料加進去了。」

「加進去？那些都是機密資料，連我們自己都查不到……你怎可能做得到？」

樊系數微微一笑，傲然回答：

「世上有種人叫駭客。我就是一個駭客。」

阿拉頓時恍然大悟，為甚麼大叔對她瞭若指掌。因為中央系統網羅每個國民的人生資料，由身高、三圍到一輩子的考試成績，小至每天的消費記錄，幾乎無所不包，甚至可能保留她初中時在健康檢查拍的半身裸照……

一想到這裡，阿拉感到羞赧，不中得大罵：

「你這個人！要不是你幫過我，我一定報警！」

她可是認真的，但轉念又想到，要是警方問起她和他相遇的經過，搞不好就會穿幫，暴露出她曾經接觸外界的罪行。

沿停止運轉的手扶梯上去，地下街的商店早已打烊。近年為了節電，地下城的公眾通道和大堂廣場一到了晚上，燈光稀疏得只能勉強照路。這樣的地下城都是由原有的地鐵站改建而成，再拓展到下水道系統，密封成一個不受外界感染的空間。

空氣可以傳染、禽獸可以傳染、蚊子可以傳染……甚至連被子植物都可以是傳播媒介，這就是超級病毒最爲可怕之處，一旦傳入地下城，隨時會令全城人口滅絕。

阿拉內心掙扎交戰，曾有過自首的念頭，卻又不想終生淪爲罪犯，讓可惡的黎教授和金花逍遙法外。她一路上提心吊膽，幸好沒遇見幾個路人，這樣只要一回到家裡，她就可以自我隔離好幾天，要是沒出現病徵，也許就可以隱瞞下去。

樊系數依然纏著她。

阿拉煩得要命，急得擺手頓足，央求道：

「大叔，我快到家啦。你這樣來我家打擾，我家裡只有我和媽媽兩個人……這樣不太好吧？」

「我睡在地板上就可以了。」

「我就是說不行嘛！」

阿拉的話說得決絕。

樊系數卻不死心，楚楚可憐地說：

「這樣我會死掉的。我闖入這裡，其實很危險。」

「危險？爲甚麼？」

「實不相瞞，我是共和國的通緝犯。」

見識過醜大叔違法的本事，阿拉就知道此非虛言。這一刻，阿拉半掩著臉，扶著鋪滿紫色小格磚的牆，很想用頭撞牆來冷靜一下。

怎麼會和這種人扯上關係？他口口聲聲說要她幫忙拯救世界，但她只是個弱不禁風的少女，不凡之處也僅是她的語言天分。除了「與外界接觸」這條罪，她還有可能多犯一條「與外敵私通」的叛國罪。

「唉……你跟著我，最好保持一段距離。」

阿拉用上衣的兜帽套住頭，樊系數也戴上了一頂全罩式的布帽。

到了這地步，阿拉也不能見死不救，只好先帶他回家再看，挨過了超級倒楣的一天，也許明天的運氣就會好轉。但她就是擔心媽媽看見大叔的醜臉，會不會嚇得半死……不久前，大叔說過他有老婆，阿拉聽了，不得不相信世上有真愛。

「嘩！好壯觀。」

樊系數在旁驚呼，似是目睹了前所未見的事物。

在開闊的地下空間裡，四層高蜂窩般疊起的水管屋林立，如一面峭壁，亦像一個個蟻穴，數以百計的水管口都嵌滿了反射白光的圓形玻璃，簡直是既科幻又魔幻的混凝土建築作品。

阿拉見怪不怪，她自小就是住在這種公共房屋，全靠當年有個天才提出水管屋的方案，才解決了地下城居民的住屋問題。

樊系數跟著阿拉，一步步沿著棚架的鐵階級上去，目的地是三樓的平台。

樓梯是一條條的橫板，棚架的平台都是氣孔，目光可及其他樓層。一瞥眼間，樊系數已算出每一層有二十六戶，而每一戶皆由兩條相連的混凝土水管組成，水管的直徑大約是兩公尺，粗略估計各戶的室內總面積是四坪……他忽然覺得此城的居民很可憐，就算只剩一百萬人口，草根階級還是要在狹小的空間度過一生。

三樓的平台走廊上沒有其他人。

「太好了……」

阿拉鬆了口氣，快步走到門號「3010」的門前。

「怎會這樣？」

她面色煞白，睜眼瞪著門上的封條。

兩條螢光綠的封條交疊成「×」，橫跨整面白色門板，在走廊的照明燈中發出陰森的寒光。同層的門戶，唯獨阿拉這一戶有這樣的符號。

「×」下面有一張告示，但樊系數來不及看清楚，阿拉已經開門，匆匆拉了他進屋。

水管屋果然很狹小，另一端的大圓窗照進微弱的光線，彷彿淒楚的月色。三步廚房，五步浴室，七步可以走進臥室。臥室那邊除了衣櫃，只放得下一張單人床，而浴室是馬桶與沐浴空間的融合式設計。門口這邊是迷你的客廳，一進門就差點踢到疊在地上的兩行「書塔」，書堆旁邊就是小沙發床。

「媽媽？」

阿拉的聲音在空洞的室內迴盪。

地方蝸窄，浴室的門又開著，一眼就看到底，半個人影也沒有。

樊系數心裡雪亮，這時候阿拉的媽媽不在家，必定是發生了不好的事。他看著阿拉闖進裡面的臥室，亂轉了一圈，拉緊了遮圓窗的窗簾，驚色完全呈現臉上。當她黯然回來門口這邊，他立刻安慰：「不用慌張，這時候最重要是保持冷靜。告訴我，外面的封條是甚麼意思？」

阿拉全身垂軟，坐在了地上，抖聲道：

「這間屋的人……有可能受到病毒感染，必須採取隔離措施……」

「嗄？妳不是已準時回來了嗎？」

「我也不知道！特警一定來過，帶走了媽媽……奇怪，他們怎麼知道我曾掉落外面？對了……電話！」

阿拉瞟向頭上的掛牆式電話，忽然微微仰身，伸手操作控制面板。要不是她的提醒，樊系數還以為那塊鑲板是對講機系統。

單色螢幕上顯示兩條通話記錄，而地下城的居民通話，全部都會自動留下錄音。

阿拉播放下午六時十四分的錄音，竟聽到黎教授的聲音：

「陳媽媽，不好了，法拉一時貪玩，走到了户外，她來不及在限時前離開圖書館……我們已經盡力搜索，還是沒法找到她……」

12

「陳媽媽，我是黎教授。告訴妳一個壞消息：法拉一時貪玩，走到了戶外……」

黎教授的聲音又重播了一遍。

阿拉怔住了一會，才按下「↓⊏」鍵，播放下一段電話錄音。

來電時間是下午八時零五分，依然是黎教授的聲音：

「我是黎教授。法拉還沒有回來嗎？唉，我看已經無法隱瞞了，妳要有心理準備，我建議最好向警方報備……如果自首的話，警方會出動搜索隊，至少可以救法拉一命。」

難怪媽媽不在家，她一定已經聽信黎教授的鬼話，主動向警方自首。按照既定程序，特區警察當然會查封這個家，媽媽亦會受到逮捕和拘留。

阿拉愈想愈心寒，黎教授就是賭定自己今晚回不了家，哪怕是捏造的控罪，只要騙得了媽媽，他的奸計就得逞了。

對了……天台上沒有監視器，所以她也很難證明自己的清白，而警方一定寧枉莫縱，有殺錯沒放過。阿拉又想到，館內的監視器可能拍到黎教授的惡行，所以他才先下手爲強，用盡一切方法來趕盡殺絕。

「騙子！混蛋！人渣！嗚……媽媽……」

阿拉氣瘋了，一拳一拳捶牆，彷彿把牆上的陰影當成黎教授的化身。

人言可畏。

但人心可以令人寒透心底。

黎教授曾經是她熟悉和信任的人。他卻背叛了她。阿拉揪住自己的胸口，跪在地上無聲啜泣。

樊系數一直默默看著，當然猜到了是怎麼一回事。他也替她感到憤憤不平，忍不住大罵：「我見過不少人渣敗類，想害妳的這個人應該是吃大便的蛆蟲級數。為人師表，更加罪無可恕……」

突然，他腦裡掠過一個念頭，便改變了話題：「不好了！阿拉，我們不得不走了。妳媽媽在九點前已經報警，而妳能通過檢查闖出回家，這絕對是一個圈套！」

阿拉搖了搖頭，哭喪著臉說：

「我已經走投無路！嗚，反正都是死，死掉算了！他們又不能要我死兩次。」

樊系數正顏厲色地說：

「我是通緝犯，這件事千真萬確。如果妳跟我同時被抓，到時就不是死這麼簡單，生不如死的酷刑比死更可怕。但只要我倆成功逃出去，我就可以駭入圖書館的保安系統，調出監視器的錄影，幫妳揭發那個人渣教授的醜行。」

這番話激起了阿拉復仇之心，她抹了抹眼角，趕緊站起來，立刻跟著樊系數開門出去。

門外，有人。

隔壁屋外，有個穿著白色背心和拖鞋的中年大叔。他一看見阿拉，便露出張眉瞪目的怪臉。

「吳伯伯……」

阿拉勉強擠出笑容，只是剛剛開口，吳伯伯已經竄回了屋裡，以電光石火的速度關門，生怕惹上甚麼瘟疫似的。

「妳的人緣是不是很差？」

樊系數亂開玩笑，但阿拉笑得出來才怪。

這時候，棚架下方傳來腳步聲。

樊系數深感不妙，靠著平台的欄杆往下一窺，竟然看見一左一右兩個藍衣特警分別沿著兩端樓梯上來，手上提著佩槍，很明顯是要包抄這裡。

現在由三樓平台下樓梯，必定會受到攔截。

「我們來不及逃了，快回去屋裡！」

未等阿拉回應，樊系數一轉身，就將她扯回「3010」屋內，「砰」的一聲用力關上了門。

阿拉定一定神，惘然地問：「我們困在這裡，不是等死嗎？」

外面來了兩個持槍的警察，再外面是地下城嚴密的保安系統，在破案率高達百分之百的K區，從來沒有罪犯可以逃出生天。

樊系數一言不發，將沙發床推到了門後，只求擋得一時就是一時。

接下來呢？

他望著室內盡頭的玻璃圓窗，心生一計。

13

在狹小的水管屋之中，樊系數跨步走到裡面的臥室。

他使勁拉開了窗簾，用指節敲了敲玻璃窗。他知道，這是強化玻璃，即使用正常的鎚子也很難敲破。

樊系數回頭瞧向廚房，目光停在料理台上的陶瓷茶壺。

他走過去，抓起茶壺向浴室裡一甩，就將茶壺摔個七零八碎，然後撿起幾個豌豆般大的碎塊，揑在手心裡。

立定。

對準，投擲！

彷彿應用了不可思議的科學原理，撒出去的碎塊竟能撞碎玻璃窗，「鏘」的清脆一聲，玻璃碎片往水管屋外掉，破開一個大洞。

阿拉只是呆呆看著，動也不動地站著。

在她背後，出現一陣狂暴的拍門聲。

樊系數將棉被鋪在窗邊，順便清理那些獠牙似的碎片。他先翻身攀到屋外，踩在下層水管圓口凸出的踏腳點。他盯著屋裡的阿拉，高聲喊叫：「喂！快過來！」

阿拉遲疑不決，她這輩子都是乖學生，一直奉公守法，這當兒六神無主，一時拿不定主意。

嘭！

嘭！

外面的警員開始撞門。

樊系數傾盡全力大喊：

「相信我！」

阿拉一咬牙，橫了心，直闖到窗邊抓住他的手，有如抓住救命的繩索，跟他一起攀到了水管屋的外壁。也不知何來的力量，在她感到畏高之前，已經跟著樊系數的動作，踩著水管凸出的地方，由三樓攀下二樓，再由二樓垂手下墜，轉眼間就盤蹲著地跳到了地面。

樊系數一把扯起了她，一刻也不容耽擱，拉著她拔腿就跑。

「不要回頭，衝！」

阿拉使盡全身僅餘的力氣，拖著痠痛的雙腿，死命跟著他奔逃。她牽著他的左手，只感到他的手掌異常冰冷，但她已無暇細究，因為四周已響起嘈雜刺耳的警報聲。她的心跳快到極限，喘得上氣不接下氣。

「向上跑！」

如樊系數所料，警員都是由下面擁上來，往下面跑等於自投羅網。

他已經六十多年沒回來香港——這個K11區就是昔日的銅鑼灣。相隔這麼多年，地鐵站的格局還是沒有多大改變，在他冒死闖進共和國之前，他早就熟記了這一區的平面圖，甚至盜取了所有監視器的錄影。

他牽著阿拉奔跑的方向，竟然是地下城的禁區，通往地面的通道。

向上。向上。

尋找出口。

樓梯左彎右曲，兩人聽見了警察開槍的聲音，子彈彷彿擦肩而過，在腦後的牆上迸出雨零星散的火光。

上方就是盡頭，一道巨大的捲閘封住了通往地面的出口。

阿拉萬念俱灰地說：

「前面沒有路……」

「誰說的？」

說時遲那時快，樊系數又拿出那個小圓釦，放近感應器數秒之後，捲閘竟然自動解鎖，向上緩緩升起。

樊系數和阿拉低頭鑽過閘底，外面迎來清新的空氣。

四周一片荒涼，都是廢墟的殘骸，但可見的外圍都豎起了鐵絲網，在茂密的樹林後方，有一排在黑夜中巍然屹立的高壓電塔。

「去那邊！」

樊系數自知來不及走遠，便牽著阿拉躲在一堵斷柱後。斷柱本是行人天橋的橋梁，方方正正，剛好有足夠空間讓兩人躲藏。斷柱附近都是空地，要走到鐵絲網那邊大約是一個籃球場的距離。

阿拉伸頭斜睨，只見一整隊特警在出口那邊，個個舉槍戒備，竟然裹足不前，否則他們要圍捕過來只是頃刻之間的事。

阿拉立刻想通：即使是警務人員，沒有特許令，也不能貿然跨越外界。

斷柱後方，樊系數和阿拉緊張得喘不過氣，他倆都知道這裡是避風港，一旦離開就會被槍斃，但偏偏此地又不宜久留。

阿拉發現樊系數按住臂膀，又瞧見他的左袖上方破了一個孔，便問：「你……中槍了？」

樊系數只是點了點頭，並無露出痛苦的神情。

霎時，外圍的鐵絲網冒出嗞嗞的電光，看來已連上了高壓電流。

牆後傳來洪亮的聲音：

「你們已經無路可逃，現在警方警告你們，請立即投降，否則我們將會射殺你們。」

只要警方穿上防護衣，他們就能出來。

阿拉滿額冷汗，心想這次真的完蛋了，四面八方都是天羅地網。到最後，她不僅連累了媽媽，還要終生揹上叛國者的污名。

啪、啪、啪……

忽然間，降下一陣刺目的強光。

阿拉聽見螺旋槳的聲音，一仰起臉，竟看到半空中盤旋的綠色直升機。直升機掛著共和國的國旗，頭燈對準阿拉和樊系數，強光圈著兩人所站之地，有綠色軍裝的軍人探出頭來。

想不到軍方直升機也來了。

這種絕境，絕對沒有逃命的機會。

阿拉腦裡只有三個字——

死定了！

14

在疾風中，樊系數雙手插在口袋，任由長衣隨風膨飛，昂首看著上方的直升機，竟露出悠然自得的笑容。

阿拉嚇得要死，不明白他爲何如此鎮定。

只見這個醜大叔不疾不徐，捋起了左手的衣袖。他的前臂之上，竟有一塊嵌板似的異物，向上掀開變成一個電子螢幕。阿拉這才察覺他的左手是義肢，活動性能卻媲美眞的一樣，而螢幕下方的凹槽有個迷你鍵盤。

樊系數對著發光的螢幕通話：

「ROGER。我在這裡。」

直升機的頭燈下方有兩個砲口。

轟轟兩聲！

兩枚導彈一瞬間將地面出口的方塔炸毀，堵住了裡面的特警。

阿拉驚魂未定之際，睜著眼瞟向直升機，就看見兩個軍裝男牽著鋼索急降下來。軍裝男迅速下到地面，一把抱起了她，用肩帶似的東西套緊固定，一眨眼她就雙腳離地，隨著拉回的鋼索上去直升機。

離地懸吊，趴向機艙，彷彿都是十秒內發生的事。

樊系數比阿拉晚上來，但他先站穩，再把她扶起來。

開敞的艙門外，她第一次俯瞰熟悉的廢墟。

直升機不再懸停，慢慢起飛，陸地上的東西顯得愈來愈小。

一天之內，三番四次死裡逃生，阿拉實在受不了這樣的精神刺激。螺旋槳的聲音很大，樊系數自行戴上耳罩，好像身經百戰的老兵，他亦展現男士風度，幫阿拉戴上耳罩。

阿拉看著艙內的駕駛員和軍人，花容失色地問：

「這是聯合國的直升機嗎？我是不是犯了叛國罪？」

樊系數對著耳罩的麥克風說話，聲音隔空傳到阿拉耳邊：

「不是的，這不是聯合國的直升機。」

「不是？共和國的軍隊怎可能來救你跟我？」

「很多有錢人富可敵國，都有自己的僱傭軍，軍隊的裝備比國軍還要精良。妳沒有叛國，不用擔心。」

艙內的兩個軍人都是南亞裔面孔，其中一個向阿拉露齒微笑。

阿拉卻擠不出一絲笑容，自思自想，覺得樊系數的話應該可信，要是敵國的直升機這麼容易闖入防空領域，共和國也早就亡國了。

不過，就算她沒有叛國，單是拒捕、肇事逃逸和闖進外界這三條罪，已經夠她被判三次死刑。

阿拉暗哭：「我還有未來嗎？」

她念及媽媽的安危，頓時心如刀割，當時她撞破黎教授和金花的醜事，早該先發制人報警……

正自懊惱間，阿拉聽見樊系數的話聲：

「陶啓泉先生，這次眞的很感謝你，大恩永遠銘記。」

樊系數對著自己的左臂講話，臂上的螢幕自動轉換成文字，閃了一閃，就出現「成功傳送」的訊息，這一切阿拉都看在眼裡。

面對她詢問的目光，樊系數瞧過來說：

「妳的事也不用擔心，陶先生會幫妳擺平——他一定有本事幫妳擺平。」

「陶先生是那個超級富豪？」

「嗯。」

阿拉吞了吞口水，驚詫不已。

「他怎會還在人世？他不是在五十年前已經……」

樊系數吐了吐舌頭。

「哎呀，不小心說溜了嘴……妳知道就好，不要說出去。」

他那張醜臉眼角上肌肉抽動，似乎想向她打眼色，卻做出很滑稽的表情。阿拉欲言又止，樊系數便趁機改變話題：「早在我察覺不妙的時候，已傳了一通緊急短訊給陶啓泉……」

原來從樊系數潛入K區開始，直升機就一直在外候召，全靠預備好神機妙算的應急方案，兩人才可以在警方圍捕時極速脫險。解釋完畢之後，樊系數繼續忙個不停，右手指尖飛快在左臂的鍵盤上打字，這一次阿拉偷瞄不了他輸入的內容。

不到十分鐘的航程，直升機就開始降落。

停機坪位於一片平坦的空地，附近的燈塔射出直達雲層的強光，數條光束在半空縱橫繞旋交錯。空地外面，有一大片廣闊的瀝青跑道，黑漫漫的跑道上有一個白色泛光的物體——飛機！

樊系數俯身跳下直升機，回頭向阿拉說：

「我們要轉機，妳跟著我吧！」

阿拉來不及問要去何處，樊系數已走遠了，現在他好像變成她唯一可以抱住的救生圈，除了跟著他走，她已經別無選擇。

飛機就像銅皮鐵骨的大鳥。

阿拉這輩子，也是第一次如此近看飛機。

當阿拉走進機艙，驚訝得光張著嘴，眼前是美輪美奐的裝潢，皮沙發、木餐桌、格紋地毯……還有巨大的螢幕。若不是從艙門進來，她一定以爲這裡是豪宅，而她這輩子只在照片裡見過豪宅。

樊系數指著內艙的隔板門，漫不經心地說：

「那邊還有浴室和化妝間。」

阿拉好奇看著這一切，詫然問：

「這飛機，是你的？」

「這是陶啓泉的私人飛機。」

言畢，樊系數將大衣攤放在椅背上，從大衣口袋取出一顆藥丸，順手拿起茶几上的塑膠水瓶，咕嚕一聲灌水吞藥。他走到鏡子前，看著自己臉上的贅肉逐漸消腫，慢慢變成細嫩的皮膚，一雙明眸如同凝脂點漆，下巴亦變得尖尖的。

「噢！」

阿拉捂住嘴巴，不能置信地盯著樊系數。

樊系數扠著腰問：

「沒嚇著妳吧？這才是我的眞面目。爲了避開人臉辨識的監視系統，我給自己打了讓臉部浮腫的注射劑。」

「沒……」

想不到這位大叔滿帥的……阿拉不由得臉上一紅。這麼盯著男人的臉滿怪的，但她愣頭愣腦了不足兩秒，又忍不住再瞟一眼。

「大叔，你到底幾歲？」

「我剛好過了一百零八歲的生日。一個孤獨的生日，百年孤寂……妳有聽過這本書嗎？」

阿拉盯著樊系數的臉，眼角一條皺紋也沒有。

「怎麼可能？你……」

樊系數不假思索，隨即回答：

「因爲我曉得長生不老之術。」

長生不老？

阿拉腦筋動得快，想通了一件事，脫口而出：

「哦！陶啓泉還活著，就是你幫他的？」

樊系數無可詭辯，便搔著頭說：

「哎呀，我又不小心說溜了嘴。算了，讓妳知道也沒差。咦，有回覆了……等我一下……」

樊系數將左臂平舉胸前，讀了小螢幕上的訊息，微微一笑，嘟噥道：「陶啓泉眞不愧是陶啓泉，他幫妳擺平了。」

阿拉未明白他的意思，就看見手臂螢幕上的字：

「**陳法拉之母已無事。**」

短短八個字，勝過千言萬語。

彷彿由地獄折返人間，阿拉喜極而泣，稀里嘩啦哭得一塌糊塗。要不是看在樊系數的面子，陶啓泉也不會出手幫忙，她和媽媽也許根本過不了今晚，就會變成焚化爐裡的灰燼。

阿拉揉走一把淚光，那是感激的淚光。

她欠了大叔這麼大的人情，不禁眞情流露，衷心道：

「大叔，你眞是個大好人，我眞的很感激你……你說過要我幫忙，只要有用得著我的地方，我都願意幫忙。」

樊系數笑著說：

「首先，我要帶妳去歐洲。」

「歐洲？」

「那邊有我的同伴，他們正在實驗中心等我。」

「那麼遠，我……」

看著阿拉有所顧慮，樊系數立刻保證：「我保證會帶妳回來。妳看我今晚的表現，是不是神通廣大？」

阿拉聽了此話，眉頭頓時一寬，顯然盡信了他的承諾。而樊系數其實心裡沒譜，剛剛那番話是哄她的，只是爲了全人類的福祉，不得不犯下欺騙純眞少女的罪業。

機內晃動起來，阿拉望向窗外，跑道旁的景色正在後移。她依照樊系數的指示，坐到半環罩式的靠背椅上，繫上了安全帶。

一陣轟隆的引擎聲過後，飛機便以傾斜的角度一飛沖天。

第一次搭飛機，阿拉喜上眉梢，靠貼艙窗，鳥瞰寂夜中的陸地和海洋。

「地球……好美啊！」

聽到她這麼說，樊系數卻道：

「以前的夜景更美。」

樊系數悲從中來，想起了以前和妻子出國旅行的往事，儘管這已經是八十多年前的事，但美好的回憶永恆不滅……

阿拉情不自禁，像個小孩子，扯著他的衣袖問：

「我只在書裡看過，漂亮的海洋和蔚藍的天空……都是真的嗎？」

樊系數點頭，感慨萬千，緩緩道：

「當然都是真的。地球有很強的自癒能力。唉，也許對地球來說……癌細胞就是人類。」

15

灰色的蒼天，荒蕪的大地，千里杳無人煙。

在這片曠野的中間有一條柏油公路。

經過百年歲月的侵蝕，殘破的公路都是坑坑洞洞，無處不是長滿雜草的裂縫。這條漫漫長路綿延起伏，千里之內，只有一輛軍用的越野車在行駛。

雖然樊系數說以前的地球更美，但阿拉剛剛看見破曉的景色，第一道朝陽撒落積雪的山脈，夾金裹銀，流光溢彩，真的令她感動得想哭。

現在，阿拉望出車窗，目光又亮了一亮。

兩頭野鹿。

她這輩子第一次看見活生生的鹿。

吉普車裡只有兩個人。

阿拉瞄向旁邊的駕駛席，樊系數正在凝視擱在方向盤上的報紙，他的指尖提著筆桿，在未填數字的空格上繞來繞去。他曾告訴她，這是一款叫「數獨」的數字填充遊戲，老人最愛，歷久不衰。

這是裝載自動駕駛系統的越野車，車子一直按照小螢幕上的路線前進，有時會彎來彎去，繞過路上的障礙物。

過了一小時車程，阿拉才想到要問：

「這裡是哪裡？」

樊系數沒瞧她，目光依然盯著報紙。

「瑞士。一個昔日叫瑞士的地方。這裡曾是核輻射的重災區。」

瑞士？共和國十年前失去的領土？現在不是戰區嗎？

阿拉突然想吐，拚命捂住嘴。

「不行了，停……嘔……」

樊系數改用人工操作，緊急煞車。

未等到車子停定，阿拉已推開了車門，伸頭出去吐得嗚嗚哇哇的。樊系數掩臉不忍睹，心想腹瀉都可能比暈車嘔吐來得優雅。

「早知道提醒妳別吃太多……」

飛機上居然有大廚，阿拉彷彿在餓鬼界住久了一樣，很難得才有吃肉的機會，大快朵頤一番，竟然一個人吃了三人份的肉排。乘飛機不會暈機，乘車可不一樣。下機之後，阿拉跟著樊系數，直接在機場跑道上轉乘吉普車，一路上已經吐了三次——嘔吐物先是五顏六色，然後是土黃色，這次就是半透明。

阿拉用借來的手帕抹嘴，臉憋得通紅，尷尬地抱怨：

「我這輩子……從未坐過這麼久的車！」

樊系數淡然一笑，只道：

「快到了。」

阿拉看著小螢幕上的倒數時間，知道還要再忍耐十分鐘，才會到達目的地。這十分鐘，阿拉為了分心，只好瞄著樊系數填數字，大概看明白了玩法。她頭昏腦脹，看出窗外，發現車子開進了岔路，周圍是一片荒野，恬靜的天空飛過一些黑色的鳥。

當樊系數填滿了所有空格，便擱下原子筆，得意洋洋地說：「好了！完成！」

阿拉眼望前方，目的地似乎是山林後的峽谷。

車子直衝向峽谷。

「噢！」

阿拉驚叫出來，峽谷底竟然有個神祕的洞口。

樊系數親自操作，將車子開進洞口，用頭燈照向窄道裡凹凹凸凸的岩壁。行駛了一會，眼前出現一道圓形精鋼大門，鋪滿整面岩壁的鋼板釘滿了密密麻麻的鉚釘，彷彿是通往銀行金庫的入口。

阿拉跟著樊系數下車，看他拿著一小塊數字面板，那東西像一台迷你的自動計算機，大小剛好可以嵌入圓形大門的中心凹位。然後，樊系數拿出捲在長衣口袋裡的報紙，逐一在數字面板上鍵入數字。

樊系數向她解釋：「這裡的密碼每天都會更換，密碼來自昨天的《聯合日報》，就是數獨題目的答案，第一行的九個數字。」

阿拉忽然省悟，難怪早前下機的時候，樊系數會帶走機上的報紙。

圓形大門的厚度驚人，但寬度不足以讓車子通過。

兩人只好徒步走路，阿拉貼在樊系數背後，跟著他手上那手電筒的光圈，摸黑沿著一條下水道般的地道前進。

阿拉不知怎地緊張起來，忍不住問：

「裡面就是你提過的實驗中心嗎？」

「沒錯。對了，我想起一個很重要的問題——妳有讀過《聖經》嗎？」

樊系數總是突然問一些怪問題，令阿拉跟不上他的跳躍式思維。

「有啊！這是我大學的必修課。聽說聯合國的人都相信上帝，知己知彼，所以我們要了解他們的信仰。」

「太好了。」

「有甚麼好？」

「這個有點難說……等一下和妳解釋比較方便。」

阿拉不禁提出了疑問：

「我一直覺得《聖經》很不合理。如果上帝是全能的，祂爲甚麼不消除世上一切罪惡、疾病和痛苦，讓世界只剩好人？如果有上帝的話，怎麼會讓世界變得這麼糟？」

樊系數直視暗道的前方，惘然道：

「以前也有哲學家思考同樣的疑問，而他的答案就是『FREE WILL』，自由意志，上帝讓人類決定自己的命運和未來。」

「你是說……我們遭受的命運都是自食其果？我在世界大戰前還沒出生，我到底做錯了甚麼？」

「唔……應該說……是我們上一代或上上一代的錯。」

「這樣太不公平了！」

樊系數無話可說，因為他也不知道眞相，他的見解都只是拾人牙慧。

但阿拉好像以為他是萬事通，繼續扯談：

「眞的有天堂嗎？」

「天堂啊……我不否定眞的有這樣的地方。我只知道，大多數人死後，靈魂都會在這個世界徘徊。」

阿拉感到難以置信。

樊系數想到甚麼，就說甚麼：

「我認識的富豪都活夠了，但他們還是不想死。比起生無可戀，他們更害怕死亡。」

「為甚麼？」

「他們一旦死了，就會進入輪迴系統。這是個概率問題：世界貧富懸殊，假如成為富人的機會率只有1％，妳敢賭這百分之一嗎？」

阿拉圓睜著眼，瞪著樊系數的側臉，微弱的燈光映得他如同鬼魅。

「大叔，你到底是何方神聖？」

「我？我只是打不死的蟑螂……孤獨而死不了的數學家。」

他的聲音在地道裡迴響，這個鬼地方一點也不像實驗中心，反而像通往地府的幽暗冥道。

阿拉受不了這樣的闃寂，便繼續找話題：

「大叔，你剛剛在飛機上作噩夢嗎？」

「妳怎麼知道？」

「你睡覺的時候，不停發抖冒冷汗，我還聽見了你的驚叫。」

隔了一會，樊系數才黯然道：

「在二〇一九年那一場決戰，我的同伴都死光了。」

阿拉感到抱歉，但抑制不了好奇心，忍不住問：

「決戰？和甚麼人決戰？」

「一個叫『九歌』的邪惡組織——他們就是散播超級病毒的罪魁禍首。」

「真的假的？」

「我們已經很努力，可是還是一敗塗地。到了萬不得已的關頭，美國政府使出最後手段，發射終極武器——反物質光輻射彈。這武器的威力遠超想像，相等於一千枚原子彈，幾乎毀了三分之一個地球。」

阿拉聽過這樣的陰謀論，聯合國的前身——美國——故意散播超級病毒，以此當藉口來發射核武器，牽一髮而動全身，引發第三次世界大戰。

樊系數說下去：

「後來……我終於想通了其中的玄機。在我當時的救世團隊之中，有一位『聖人』的角色，他是拯救世界的關鍵，但他的能力到最後都沒有覺醒。如果他能活下來，全人類的命運都會改寫，這就是我的結論。」

可惜，過去已成過去，過去沒有如果……阿拉這麼想的時候，樊系數卻說出一番驚人的話：

「我生存下來的意義，就是爲了改變過去。」

阿拉還以爲是胡言亂語，卻透過手電筒散開的光芒，瞧見樊系數嚴肅的神情。

「你認眞的？」

「嗯。」

「不可能的……你怎麼可能改變過去？哎喲……」

眼前是一片巨大的帷幕。

帷幕是黑色的，四周也是漆黑一團，阿拉整張臉碰到軟綿綿的東西，才驚覺已走到地道盡頭。

「妳看！」

樊系數掀開帷幕，萬丈光芒溜進來。

阿拉一瞧見幕後的龐然大物，登時緘口結舌。

縫隙裡，別有洞天，像飛機庫一般的基地。

一座巖牆鐵壁一般高的紅色圓輪，一閃又一閃，圈吐藍色的電波，散發出如同太陽四周的環形強光。

這機器……

簡直是棲息在地底的巨獸！

16

一切都是命中註定。

有人說誰都不可戰勝命數，每個人都只是上帝的棋子，或者天公的傀儡。

但渺小如一粟的人類，就是永不放棄，向命運展示拚命的勇氣。

七十年的孤寂，差不多一個世紀。

樊系數悲憤地苟延殘喘，如遊魂野鬼般活著，但他相信這是自己的天命，也是倖存者的使命。

相較於數千年來前人爲文明造出的貢獻，他只不過是站在巨人肩上的小螻蟻——螻蟻極爲細小，但牠可以推動比自己重一千多倍的東西。樊系數亦自命如此，要傾盡己力推動命運之輪。

「歡迎來到我們的祕密基地。」

樊系數喜不自勝，成功將阿拉帶來這裡，他就是完成了第一步。

彷彿進入了另一個次元，上方都是掛滿吊燈的鐵罩蓋頂，後方的分層棚架總共有六層高。

阿拉站在下面，仰望著兩座儼如巨龍一般的機器。

一左一右兩個超巨大圓環，各自嵌滿亮晶晶的金屬板塊，由底到頂，幾乎佔滿了整個空間。

右邊是紅色的巨輪，偶爾會閃出藍波，周遭密布鮮藍色的粗大纜線。

左邊是金銅色的巨輪，乍眼看來與右輪有相似的結構，但拼接成環的金屬板塊較爲細密。

紅色巨輪的中間是中空的大洞，而金色巨輪的中心點凸出圓柱接頭，兩者湊雙成對，有如一陰一陽的合體組合。

可能時間尚早，基地裡沒有其他人。

阿拉回頭看著樊系數，指著紅色的巨輪問：

「這是甚麼東西？」

樊系數走近她身邊，昂然回答：

「CERN[註]建立世界上最大的粒子物理學實驗室，昔日曾經結合六千名科學家的智慧，創造出史無前例的粒子碰撞機。二〇一二年的時候，科學家就是用這台機器發現了希格斯玻色子——即是俗稱的『上帝粒子』。」

俗稱的上帝粒子？阿拉卻聞所未聞。

樊系數伸手按著粗大的纜線，流露出肅穆之色，就像撫摸著神木的樹根。沒錯，如假包換，這是可以媲美神蹟的發明，堪稱是人類智慧最偉大的結晶品。

他瞧著阿拉，正式回答她之前的提問：

「當中的理論十分複雜，妳一定不會有興趣。總之，再經過半世紀的研究，我們成功將它改造

註：CERN法語全稱爲「Organisation Européenne pour la Recherche Nucléaire」，即歐洲核子研究組織。

成時光機。這東西就叫——CERN時光機。」

時光機？阿拉簡直無法置信。

「你是說……這台機器可以讓人回到過去？」

樊系數似乎料到有此一問，侃侃而談：

「理論上，只要是有形之物，都不能超越光速。所以，這台機器不是讓人回到過去，而是讓人的靈魂回到過去。因爲人的靈魂由微中子組成，而微中子可以在時空之間自由穿梭。」

阿拉只是乾瞪著眼。

樊系數試圖解釋，指向她腕上的手錶。

「試想像，我們身處在時間上的一點。告訴我，現在是幾點？」

「八時……十七分。」

「我和妳說話的當兒，八時十七分就過去了，我們無法回到八時十七分這一刻。但我們的靈魂如同手錶上的指針，想撥到哪一點都可以，時間只是一片任意活動的空間。」

阿拉仰頭看著紅色的巨輪，就像看著一個巨大的時鐘。

樊系數怕她不明白，不厭其煩地說：

「我們現在經歷的世界是三度空間，再加上時間，就變成四度空間，即是所謂的『時空』。時間是直線向前推進，但靈魂不同，可以不受時間束縛。」

「但……這樣改變了過去，會影響我們現在這個世界嗎？」

「問得好。由於從未有人試過，所以我也不知道答案。有人提出過平行世界的概念，但一日未有實驗證據，一切都只是假設。」

物理學不是阿拉的上修科目，她只聽了個半懵半懂，但習慣性發出了「啊」的一聲，示意樊系數說下去。

「經過精密的計算，時光機可以將靈魂射向指定的時空，降落在合適的地點。限制就是每次只能有一個人進去，運行期間亦不能換人。所以，人選很重要，先決條件就是語言能力，這樣才有辦法和古人溝通。」

「哦！」

阿拉恍然大悟，他千里迢迢帶她來這裡，原來就是要借助她的語言奇能。

大驚之下，她結結巴巴地說：

「你……不會是……」

「如果成功的話，妳就會成為地球上第一位時空宇航員！」

二十世紀，人類有了第一位太空宇航員。

而到了二十一世紀，世上亦即將出現第一位時空宇航員。

阿拉皺起了眉頭。

「聽起來……你是找我當白老鼠吧……」

樊系數沒察覺她面有難色，只是雀躍地說：

「操作由我們的團隊負責，基本上妳無須接受訓練。但我會教妳一套憑星空和月亮來判斷日期的方法。」

「喂！我可沒有答應！」

樊系數不爲所動，一副認定她「別無選擇」的模樣。

「妳一定會答應的。我對妳很有信心。妳在過去只是靈體狀態，所以應該不會有任何危險……除非機器壞掉。另外，一旦妳進入了別的時空，妳所經歷的時差，就會和我們現在經歷的一樣。這座基地有可能受到襲擊，加上能源有限，妳在過去都不能逗留太久，大概就是半年吧。換而言之，妳必須在半年之內完成任務。」

阿拉無言以對，任由樊系數說下去：

「半年，也是妳肉體承受得了的時間……要是妳回來了，沒了肉身，妳也不能向我們報告。放心！這期間，我們保證會一直監察妳的身體狀況。」

一語驚醒夢中人，阿拉立即有了疑問：

「等等……就算我回到過去，只是靈體的話，那麼……怎麼跟古人溝通？」

樊系數故意慢慢吐字：

「託、夢。」

「嗄！！！？」

「這是我們唯一想到的方法……我們都只是賭一把，希望妳可以成功。時間有限，妳一回到過去，必須極速學會古人的語言。不過，妳也不是由零學起，我們第一個要送妳過去的地域，妳學過的希伯來語將會派上用場。」

根本就是亂來的吧——

天啊——

阿拉吞了吞口水，戰戰兢兢地問：

「你們要送我去哪裡？」

樊系數雙眼一亮，就在此時，他背後的巨輪又閃出奇幻的藍波。

「1400B.C.——古埃及！」

1446 B.C.

他是三大古老宗教共同承認的先知，
亦是殺人犯、王子和民族英雄。
耄耋聖者，天命所歸，
因爲他就是神選中的人。
而神的敵對者，就是阿蒙之子，
也就是古埃及最高的領導人。
在刻意磨滅的宮廷祕史裡，
藏著不爲人知的驚世眞相……

17

一群黑鸛飛過胭紅色的天空。
霞彩直照大地的面龐。
金色的夕陽，黃澄澄的尼羅河谷，紅彤彤的土城，泥磚裡的沙粒閃爍，就像雀斑一樣顯眼。
法老王的宮殿。
殿外。
夕陽照在高高在上的塔門。
塔門外，十個光頭的門衛裸露古銅色的上身，本來都像雄赳赳的銅像，但當下他們都不顧形象，把手伸進短裙褲裡抓癢。最近不知怎麼了，蚊子和蚤子變得好多，人人全身上下都很癢。
來替更的門衛終於出現，但只有五位。
有個看來最傻最年輕的門衛，哭喪著臉，向旁邊的大哥問：
「我還不能走？」
「走？你今晚都不准回家！」
「為甚麼……有必要這麼多人嗎……」
「你竟然不知道？大前天有人在宮裡鬧事。都是那個混蛋害的……」

法老王大人脾氣暴躁，自大囂張，經常得罪別人。他既是神的化身，又是太陽神阿蒙之子，所以一直以來都橫行無忌，子民拜倒在他的權杖之下。但他由大前夜開始疑神疑鬼，要求加倍人丁嚴守門戶，日夜守得滴水不漏，連小老鼠都不可通過。

門衛們都要熬夜加班，當然叫苦連天。法老王是個刻薄的主子，又要馬兒好，又要馬兒耐勞。但殿內的差事始終是一份優差，門衛只好啞忍，他們都把惡氣指向同一個人身上，不停咒罵同一個名字。

門廊後，畫柱間，有個紅紗飄揚的妙齡女子走出來。

她的辮髮又黑又直又亮，每條辮子都串著藍玻璃珠，貓兒般的身段和步姿，明眸皓齒，綠眶朱唇，傾國傾城的美艷。一條長身紅裙在她的身上，如同霓裳羽衣一樣，襯托出她不凡的氣質。

眾人一見伊人，登時立正，俛首聽命，分站兩邊，讓出一條空蕩蕩的直路。年輕的門衛都不敢多盯她一眼，免得熱血下湧，撐起遮醜布。

當紅紗女子走到門衛中間，噗哧一笑，冷不防問：

「你們是得罪了貓咪，還是家裡的女人？」

有人與她四目相覷，才知道她在取笑他們肌膚上紅紅的抓痕。

紅紗女人一說完閒話，隨即收起笑容，肅然道：「法老命我來傳話，直到他解除禁令，你們都要好好守門，日日夜夜都要有十個人。你們自己好好商量怎樣安排，陛下會派人來視察。」

眾人的面色很是難看，卻異口同聲回答：「遵命！」

紅紗女人輕拂裙襬，回去宮殿的深處。

等她離開，眾人都罵聲四起：

「都是那個混蛋害的！」

聲音飄遠，響徹雲霄。

夕陽照在宮殿外的民宅。

方方正正的磚屋沿谷林立，滿院花果的房子是富人的，室內還有水池。而距離王宮愈遠的房子就愈破爛，錯落的白色泥磚屋沿著坡道亂蓋，糞坑無處不在。無論在任何時代，富人都過著奢靡的生活，窮人則活在水深火熱之中。

中城區附近的河畔有座採石場，高高堆起的礫丘之間全是愁苦的工人。他們都是在埃及人眼中像狗雜種的異族，直到傍晚，仍不得安逸。百多個袒肩露胸的男人不是在和泥，就是在做磚，都是汗流浹背的苦差。

「草又不夠了！」

如同一犬吠形，百犬吠聲，一眾男丁都罵出很難聽的髒話，唧唧呱呱地響徹整片工地。

「又要我們做泥磚，又要我們去撿草！」

督工聽到工人抱怨也相當無奈，因爲這是法老親自下的命令，不許把草發給工人，又要他們準時交貨，磚數一塊也不能少。督工爲求自保，只好逼迫工頭照辦，才兩天已弄得怨聲載道。

人人都知道法老小器，這是他公報私仇的手段。

但這又如何？王命就是王命。

工頭舉起雙臂，放聲大罵：

「都是那個混蛋害的！」

那個混蛋——

這一聲在空谷中迴響。

夕陽照在貧民窟的市集。

外城區中心地段的貧民窟，井邊有個市集，十數個商販正在擺地攤。人來人往的小街之中，有個老翁對著一個男童，舞著手中的石刀。

手起刀落。

紅汁飛濺，濺到滿是皺紋的臉上。

手起刀落。

綠皮破開，劈出一塊西瓜。

老翁嘴裡銜著薄荷葉，噴氣吹了吹落腮鬍。

男童起初瞧見老翁凶神惡煞的臭臉，著實有幾分懼怕。直到老翁用刀削削削，送上用西瓜雕成的小鷹，男童才笑逐顏開，未道謝已溜走，跑向狹小的巷口。和這一帶的居民一樣，男童衣衫襤褸，目不識丁，根本就不懂禮貌。

老翁繞著臂，仰望薄暮的餘暉。

他是殺人犯。

他已屆八十高齡，但他有六塊腹肌。

他就是臭名遠播的「那個混蛋」，人憎鬼厭的罪魁禍首——似乎只剩下神沒有嫌棄他。

到了傍晚，市集熱鬧起來，唯獨老翁這攤異常冷清，烏雲般的蒼蠅繞著堆滿西瓜的手推車亂轉。

一個鬈髮的男人來到老翁背後，甕聲甕氣地說：

「好一個摩西啊！埃及人愛吃西瓜，賣西瓜可以虧錢，應該只有你做得到。」

老翁就是傳說中的摩西。

摩西悶不吭聲，他已飽受了一整天的白眼，想不到還會遭受老哥亞倫的奚落。不過，也多虧了亞倫的遠房親戚收留，摩西一家才在城中有容身之所。摩西不想白吃白喝，好心幫忙賣西瓜，卻想不到自己會成了衰神。

亞倫暗自點算木頭車上滿堆的西瓜，知道摩西只賣出一個，而且說不定是他自己吃掉的，生意眞是慘澹得令人難過。

「哎，摩西老弟，你有想過麼……吩咐我們去見法老的『神』，他會不會在玩弄我們？早知如此，我就不幹了。」

聽到亞倫這麼問，摩西只是搖了搖頭。

亞倫愁眉不展，又說：

「我們得罪了全世界。再這樣下去，我們一定惹上殺身之禍。這樣吧，明天再去求見法老，看一看有沒有求饒的餘地吧！」

摩西半晌不說話，只是一直盯著亞倫的嘴巴。

「你……你……的嘴很臭。」

摩西有點口齒不清，因為牙齒幾乎都掉光了。

亞倫瞪著摩西，明白這是一番提點，因為法老王鄙視有口臭的人。王宮裡有頭有臉的人物，原來都很重視牙齒和口氣，由於摩西四十歲前都在宮中生活，所以他很清楚這樣的規矩。

傍晚已至，亞倫帶走兩個西瓜，說是為了巴結長老。摩西獨自收攤之後，就以一個老漢之姿推車上坡，車上擱著的長杖忽前忽後地晃動。沿途，泥磚屋外的婦人看見摩西，都露出很厭惡的表情，急步帶著小女孩躲進家裡。

摩西仰望夜空，自怨自艾：

「神啊，祢在耍我嗎？」

他口中的神，就是從前向亞伯拉罕、以撒、雅各顯能的神。他的祖先和民族都不知道祂的名字，直到祂向摩西顯靈，摩西始知祂的尊稱是「耶和華」。

大前天，摩西和亞倫大鬧王宮，大挫法老王的威風，明明就是神的旨意，沒想到反而招來法老王的報復。殃及池魚，罰在摩西的族人身上，他們便把氣出在摩西的頭上，這一招正是最狠毒的借刀殺人。

摩西實在看不透命運。

他拖著疲累的腳步，擱下推車，跨過了糞坑，走入其中一間磚屋。

磚屋內室頗爲髒亂，牆邊有一堆破罈和水罐，爐頭旁鋪著一層稀薄的碎禾莖。在熱不可當的炎夏，這樣的棲身之所已是恩賜，之前露宿曠野的日子，每天醒來都是滿身黃沙，好不狼狽難堪。

摩西側身躺在冰涼地板，手腳縮成一團，很快就沉沉熟睡，再也感覺不到身上亂叮的蚊子。

腦裡一片空白之際，有人來擾夢，嘟嘟噥噥：

「摩西……摩西……」

陌生的女聲。腔調十分奇怪。

「我找你好久了……」

少女的聲音？

摩西半夢半醒之際，卻無法睜眼，四肢也無法動彈，彷彿有重物壓在他的身上。他的意識依然模糊，慌張之中張開嘴，幾乎語不成聲：

「妳是誰？」

摩西生出奇妙的感覺，彷彿有股看不見的氣流在他的耳邊低呼。

少女的怪聲支支吾吾地說：

「我？我叫安琪兒……」

18

安琪兒就是阿拉。

由於摩西問得突然，阿拉不假思索，就說出了自己的英文名。

阿拉的肉體置身於二〇八八年，但她的靈魂來到了三千多年前的古埃及。

結合全世界倖存科學家的終極智慧，成功改造了CERN留下來的粒子碰撞機，人類史上第一台時光機正式誕生。

這個穿梭時空的計畫名為——

曼德拉超時空實驗。

阿拉摸著石頭過河，在極短時間內完成了時空宇航員的特訓。她挑夜燈苦讀，進修希伯來語、埃及語及阿拉姆語，此外更將〈出埃及記〉背得滾瓜爛熟。

樊系數曾向阿拉解釋何為「蝴蝶效應」：

一隻蝴蝶在巴西輕拍翅膀，可以導致一個月後德克薩斯州的一場龍捲風。

「這只是一個比喻，用來闡述數學裡的混沌理論。大意是說，初期一個微小的改變，都可能帶來骨牌式的連鎖變化。」

「所以我回到過去，會不會影響我們現在身處的世界？」

「問得好。不過答案應該由妳來告訴我。」

「我？」

「所以我們的計畫才叫實驗啊！妳去一趟，只要成功回來，我們就會有答案。」

「回不來呢？」

「第一個上太空的人，應該也問過妳這個問題。」

「怎可以這樣……」

自從加入了曼德拉計畫，阿拉常常有一種受騙的感覺。不過阿拉也暗自好奇：**她回到了過去，到底會不會創造出平行世界？抑或會覆寫歷史？**

根據任務指引，時空宇航員的角色主要是觀察者，盡量不可以干預歷史。畢竟時空是一個環環相扣的複雜系統，到底能否改變過去仍是未知之數，所以阿拉必須堅守不變應萬變的原則。

每啓動一次粒子碰撞機，都會消耗大量電力，故此每次試驗的機會都是彌足珍貴。假如一旦斷電，阿拉的靈魂就可能永遠回不來，好比不小心掉出太空船的太空人一樣，受困在暗無止境的異度空間。

阿拉在第一次出發前十分鐘，樊系數才告知有這樣的後果。

她來不及後悔，就躺在了時光機中樞的單人艙位，帶著惶恐不安的心情進入了麻醉狀態。

嗞！

就像接通電流一樣，阿拉一恢復意識，就驚覺自己置身於沙塵滾滾的小鎮。黃土磚屋，雲天瀚漠，四周好像不眞實的仙境一樣。

阿拉暗暗稱奇，東看看，西望望，這裡有土房子，看來是一座小鎮。目光所及，不遠處有堵破牆，牆影蔽住三頭驢子，驢子旁坐著黑髮鉤鼻的人種。這伙人統統穿著亞麻布一樣的白衣，就像圖書裡的阿拉伯商旅。

經度35°26'39"E，緯度31°52'16"N。

如無意外，這裡就是耶利哥古城，也就是《聖經》所述的「棕樹城耶利哥」。

第一次時空穿梭成功了！

阿拉驚呼之際，往下看一看自己。

透明。沒有軀殼。

一個提著陶壺的小伙子穿透阿拉而過，證明她的存在就像一團空氣。

靈魂沒有實體，所以阿拉沒有四肢，沒有面孔，也沒有眼耳口鼻。她根本看不見自己，但她可以活動自如，感覺眞的和做鬼一樣。她的視野就像攝影機的鏡頭，此外也可以收聽周圍的聲音，如同她眞的有眼睛和耳朵。

但她嗅不到氣味，也無法觸碰任何東西。

原來如此！

靈魂看見的一切就像電影畫面一樣！

至於「鬼哭牆」、「騷靈移物」和「鬼上身」這些招數，基於實驗性質，阿拉也要嘗試去做，結果都是不可行。屢試不爽之後，阿拉不禁犯傻：「是不是我的怨氣不夠重，要變成厲鬼才做得到呢？」

這是相當奇妙的經歷，阿拉不會餓也不會倦，彷彿在一片虛擬實境的世界中徘徊。眼前都是新奇事物和壯麗山河，阿拉興奮得飄飄然，但她可沒忘記自己這趟時空之旅的首要任務——尋找曠野中說希伯來語的民族。

第一次時空穿梭只是試驗性質，時光機的時間設定是二十一天。

如果理論正確，阿拉在過去的時空逗留三週，她本來的時空也會經過三週。時間一到，阿拉周遭的世界彷彿向內捲起，瞬即收縮成一個點，然後她的意識好像神遊太虛一般地消失。

嗞！

她睜開眼就看見樊系數，而實驗中心的團隊人員亦站在他背後，個個露出萬分殷切的目光。

阿拉有種夢醒的感覺，但她對經歷的一切記得清清楚楚。

「大成功！我完成了任務！我還遇見了約書亞，我在他的夢境與他對談，知道了摩西出埃及的準確年月日！」

整個實驗中心歡聲雷動。

後世稱爲「猶太人」或「以色列人」的民族，曾在迦南地區的曠野生活四十年。摩西出埃及的時間一直是歷史之謎，所以樊系數就用反向追溯的方法，先尋找曠野上的「猶太人」，再向他們打探出埃及是在何年何月發生的事。

這支遊牧民族逾百萬人，阿拉沒多大困難，很快就找到了他們。

就算是同一種語言，經過二千年的演進，古今必然有別，但始終大同小異。阿拉已有深厚的基礎，學他們的語言，搞懂他們的曆法，全部都很容易上手。

憑著阿拉帶回來的重要情報，樊系數領導的團隊開會，策劃第二次時空任務。

「第二次時空旅行才是來真的，我們拯救世界的大計能否實現，全看妳這一次的成果。這一次的任務時間設定爲八個月，我們會送妳回去1446B.C.的時空，降落地點是圖特摩斯三世的宮殿。」

第二次啓動CERN時光機，阿拉躺臥在膠囊似的艙位，臂彎的針管連接著維生設備，頭部黏著監察腦電波的頭套。

她望著時光機的外環全面啓亮，藍燈就像湖面的漣漪般散發光波。

圓光彷彿就是時光隧道的入口。

CERN時光機由兩個巨環構成，單人艙置於金環凸出的軸心，當兩環緩緩合二爲一，阿拉閉上了眼睛。

有了第一次的經驗，她覺得不再那麼可怕，反而有點期待。

「尋找摩西、尋找摩西……」

阿拉不停在心裡默唸，唯恐自己會在時空轉移的過程中，忘記了這件至關重要的要務。

嗞！

碧天下，黃土上，聳立著兩面高大的梯形巨牆，中間有一條石板大道，經平拱門洞，直通宏偉的宮殿。

在殿外的大道，男的光頭戴假髮，女的披彩領畫眼圈，統統都是埃及人。

阿拉知道自己來對了時空。

埃及王朝留下的遺址，到了二十一世紀仍有跡可尋。曼德拉計畫的成員都是超一流的學者，其中包括考古學的專家，合眾人之力計算出來的落點簡直是完美。

第一個難題就是要找到摩西。

茫茫人海，漫漫天地，要找一個人談何容易？

外邦人，即是「外來勞工及其眷屬」，都穿著不一樣的服飾，阿拉在貧民區找到了他們。她接通腦波的頻道，在夢中與他們對話，可是都無法打探到摩西的下落。這時候的摩西，只不過是個與世脫節的逃犯，搞不好還在某片荒野上放羊。

不過，這樣的事也在計畫之內，既然眾裡尋他不成，便只好守株待兔。

如果〈出埃及記〉的記述是眞的，摩西就一定非見法老王不可。

由晝入夜，阿拉都在殿門外等待。

「摩西叔叔，你在何方？天涯茫茫，你知道我在等你嗎……」

八個月的時間極爲有限，阿拉一直都很焦急，最怕是等到花兒也謝了，摩西仍未現身。

一個人要成功，除了能力，還要看運氣。

等了半個月，就來了兩個穿麻袍的窮酸老男人。

看起來較老實的老男人，向門衛報上名頭。

摩西叔叔！

阿拉一陣狂喜，決心要當跟屁蟲，跟在摩西的後面。摩西身旁的人應該就是他的兄長亞倫，在〈出埃及記〉中是最重要的男配角。

而阿拉就在宮殿裡，看到了極為不可思議的怪事。

19

王宮大廳，石柱如林。

地面平鋪白石，牆身是紅色花崗岩，宮頂鑲著閃閃發光的青金石。

廳裡的支柱都像老樹一樣粗大，部分地板覆蓋金箔或銀箔。每一根柱，每一面牆，皆可見色彩斑斕的壁畫，還有碑銘似的鐫刻圖符。

兩排雕柱之間，三人邁步而出。

帶頭的是披著頭巾的侍從，緊隨其後的兩名老漢就是摩西和亞倫。

此外還有阿拉。

她跟在摩西身後，但由於她是靈體狀態，所以別人根本看不見。

「摩西叔叔，哈囉！」

阿拉一見面，就不停測試，證明摩西並無異能，聽不到她的聲音。

這位傳奇至聖的大人物，外表只是個彪悍的老翁，要不是他向門衛報上名字，阿拉可能會不識廬山眞面目。不過，細心一看，摩西手持長木杖，腰繫白杖，身上合共兩杖，而權杖在古埃及人眼中都是領袖的信物。

法老王壯麗無匹的宮殿，阿拉自出自入，早就參觀過好幾遍。她因此沾沾自喜：「這就是當鬼的好處！」

壁畫上的棕櫚葉和紙沙草花，支柱上的金龜子和聖甲蟲……圖案和她在電子螢幕上見過的參考圖毫無二致，但實物的原貌美得多了，都塗滿了色彩鮮艷的顏料，並且有股純樸的手工美。

即使宮殿的遺跡屹立萬世，後世的人也無法像她這樣，可以親臨三千五百年前的時空，默默見證埃及文明最璀璨的浮光掠影。

而且，她可以探索深埋在歷史中的眞相。

阿拉已深深愛上時空宁航員這份工作。

刻在牆上的除了壁畫，還有圖符一般的聖書體——即是古埃及文。

聖書體是一種深奧的正規書面語，只有王族、貴族和達官吏人才能讀寫，但阿拉當然沒被難倒。雖然埃及文都是圖符，但埃及文不是象形文字，因其圖符的主要功能還是「以形表音」。

摩西和亞倫穿過了立柱大廳。

前面就是百官拱朝的正殿，石高台上豎起了金光四射的王椅。

分列長廊兩側的男人都穿著亞麻布的圍腰裙，華服白潔如新，有的還戴著圓領金飾。他們都以輕侮的目光，瞧著摩西和亞倫，就像看著兩個鄉巴佬。這兩老曬得面目黝黑，長袍蒙塵染垢，連阿拉都覺得他倆像非洲難民。

大殿長廊正中孤空一地，摩西和亞倫都在呆站乾等。

在場眾人，除了大臣公吏，還有男侍和女僕。阿拉出發前惡補的考古知識，沒想到眞的學以致用，她只憑衣著打扮，就可判斷出一個人的身分和地位。

眾人私下密語，阿拉閒著沒事幹，便走到他們之中，偷聽一下八卦。她才知道原來摩西和亞倫是第二次晉見法老王，而他倆上一次受盡了嘲弄。古代也有罷工這一回事，摩西和亞倫自命是民工代表，結果不僅沒爭取成功，還激怒了法老王，害得民工的苦役更重。

也不知等了多久，眾人忽然齊聲高喊：

「法老！法老！法老！」

阿拉跟著眾人的目光，朝石高台張望。

一位手持曲柄權杖和連枷的男人跋扈登場，一言不發就坐在金椅上。

法老王其貌不揚，有一張大嘴，但他的目光凌厲，精神矍鑠，桀驁不馴，確有霸主的氣勢。在阿拉眼中，他長得頗像美國第一位黑人總統歐巴馬。

其實阿拉之前入宮探查，早就見過他了，這位法老王就是圖特摩斯三世。

在古埃及人留下的文物之中，全無記述摩西等人的事蹟，至於那位跟摩西爭執不下的法老王，一直都是眾說紛紜。

法老王的名字是「THUT<u>MOSES</u>（圖特摩斯）」，而摩西的名字是「MOSES」。儘管只是音譯，但尾音一致，樊系數覺得冥冥之中有關聯。故此，他就決定送阿拉回去圖特摩斯為王的時代，結果證明是對的，間接亦證明了曾收養摩西的埃及公主，原來就是歷史上著名的女法老王哈特謝普蘇特。

阿拉亦想起樊系數的叮囑：

蛇，或者和蛇有關的圖騰，都必須特別留意。

而法老王戴著的頭冠上有一條聖蛇。

蛇在古埃及有尊貴的地位。

圖特摩斯舉起了曲柄權杖，指向台下的摩西和亞倫。

「你兩個比尼羅河的蠢鴉還要糟糕的東西，怎麼還不下跪！」

這一聲洪亮，傳到眾人耳中。

摩西和亞倫對望一眼，由亞倫挺身而出，向法老宣示神諭：「我們的神要求我們帶族人離開埃及！」

法老聽了也不動怒，只是冷嘲熱諷：「嘿嘿，你們的神這麼厲害，不如給我看看他的神力！嘿嘿！」

眾官跟著法老一同哄然訕笑。

摩西將手中的白色短杖遞給亞倫。

亞倫喊出一句狠話，但阿拉聽不懂，姑且只好幫他配音：「看招！」

手杖約一尺長，擲在地上，一團幻光竟變出一條巨大的蟒蛇！

蟒蛇一擺一擺地豎起了身子，竟然比常人還要高，若隱若現的棕褐色條紋，滿嘴銳牙，吐出充滿殺氣的舌頭。

在場有人嚇得雙眼瞪大，不敢相信眼前的異象。

阿拉沒心看蛇，只在意地上的短杖——杖頭正在冒光。

她一開始就注意到了，那支杖的外殼竟然是塑膠！古埃及哪來的塑膠？哪怕是大爛片，也不會將這種時代錯誤的道具置入場景。

說出來誰會相信啊——實在太離奇了！

離奇的事陸續而來。

圖特摩斯突然大喊一聲：

「那芙魯拉！」

在一眾侍從之中，走出一位身穿紅紗的女人。

滿庭皆白，所以她的衣著特別惹眼，有如萬綠叢中一點紅。

阿拉瞧著那女人，猛然想起：「是她！宮中的大祭司！」

紅紗女人的名字就是那芙魯拉，她只瞟了摩西一眼，就走向空庭上的巨蟒，面上竟無絲毫懼色。她的美貌有艷壓群雄的魔力，當她嬝嬝婷婷地來到亞倫的正對面，翦水雙瞳的媚態，竟令亞倫為之一怔。

她緩緩抬起了纖瘦的右手。

眾人都看得見她手上的短杖。

那短杖和亞倫擲出的短杖幾乎一模一樣。

那芙魯拉輕輕一揮短杖，白石地上就出現了一條赤鏈蛇，雖然體型比不上巨蟒，但牠昂然向著巨蟒進逼。接著，赤鏈蛇疾捲成團，倏地抬高尖頭，嘴裡噴出了一大球烈焰！

巨蟒扭動身軀，躲過了烈焰的攻擊，而火球直撲向後面的一排男侍。只聞幾聲尖叫，但那些男侍居然沒有灼傷，火球瞬即如幻影一般化爲烏有。

群眾目睹如此奇術，無不驚愕失色。

阿拉卻看出了門路，暗自疾呼：

「全息圖！」

在阿拉身處的時代，這是見怪不怪的投影技術，原理是透過控制激光在空中的折射，來構造立體呈現的實體。而在電力吃緊的未來，這種儀器都是使用太陽能驅動，主要應用在娛樂和教育方面。

在未來，有這樣的東西毫不出奇。

但在公元前十五世紀的古埃及，這是何等匪夷所思的怪事！

阿拉想起一個專有名詞：

歐帕茲。

此詞源自英文的「OOPArt」，全寫是「Out-of-place Artifact」，即是「在不尋常的時空出現的人造物品」。

古埃及怎麼會出現二十一世紀的東西？

阿拉無主孤魂摸不著頭腦。話說回來，〈出埃及記〉原文的敘述就是如此詭異奇幻，反而「全息圖」這樣的解釋還較爲科學。

下一回輪到巨蟒進攻，巨蟒埋身肉搏，絞住了赤鏈蛇，再張開血盆大口，一口將赤鏈蛇吞下。場內響起了呑嚥的聲音，只有阿拉聽出那是效果音。阿拉身處的未來，就有一款叫「決鬥者聯盟」的召喚魔物遊戲。

兩支短杖……根本就是對戰電玩的控制桿吧！

阿拉正自忖量，望向高台那邊。

圖特摩斯瞪大眼睛，額頭暴出青筋。

蛇就是王，王的面子受損，這樣的事絕對是奇恥大辱。

這下子摩西和他的族人都有麻煩了。

整件事的進展尚在預期之內，眞正令阿拉意外的是那件歐帕茲，歷史也沒有記載這樣的事——要史官理解全息圖這樣的科技，也眞的太難爲了他們。

阿拉一直盯著那芙魯拉，無聲自問：

「這個女祭司是甚麼人？」

20

阿拉多番試驗之後，總算掌握了託夢的竅門。

重點就是「接通腦波頻道」。

睡眠有不同的週期，一般人在入睡大約九十分鐘之後，就會進入快速動眼期睡眠，簡稱「REM」狀態。這是一個很奇特的異相狀態，人的腦波和清醒時很相似，亦是最容易作夢的時期。

由大前天纏上摩西開始，阿拉都在等他進入「REM」睡眠。第一次出現的「REM」，只有短短十分鐘。機會轉瞬即逝，一日錯過了，阿拉就要等下一次，幸而之後出現的「REM」會越來越長，最長可達一小時。

腦波頻道接通她就可以與他對話——當事人就像在夢境中聽到聲音，甚至幻想出阿拉的形象。

「妳是誰？」

「安琪兒……」

這幾天摩西都在勞碌奔波，睡得很差，沒怎麼進入「REM」狀態，阿拉試來試去都無法接通腦波，還擔心是招數失靈。直到當晚，摩西終於呼呼大睡，一開始對話，阿拉糊裡糊塗便不慎胡亂報上了英文名。

摩西平時本來口齒不清，說起夢話竟如此伶俐，發音十分清晰：「安琪兒？妳是來幹嘛的？」

阿拉直截了當，道出來意：

「摩西，我需要你幫我一個忙。」

「幫忙？」

「是的。求求你。只有你能幫我這個忙。」

摩西卻悲從中來，自嘲道：

「嘿嘿，妳找錯人了！我摩西只是個糟老頭，都快活不下去了！怎麼神來找我幫忙，妳也來找我幫忙，我自身難保，我才想找人幫忙呢！」

「才不是呢！你將會是偉大的先知，只要十災出現，法老王就會向你屈服。」

「十災？」

「呃……呃……」

阿拉自覺可能說了不該說的話。

摩西果然懷疑起來：

「妳是甚麼人？是誰差遣妳來？」

到了這地步，如果阿拉閃爍其詞，只怕會惹起摩西更深的猜疑。既然無法含糊過去，阿拉只好坦言：「我是來自未來的人。爲了令你信任我，我可以告訴你將來會發生的十個災難……」

如此洩露天機，阿拉覺得應無大礙，反正之後摩西和上帝對話，也會聽到相同的預言。就當是提前告訴他，來幫助加深他的記憶……阿拉將會有求於摩西，也顧不得這麼多了。

「首先，尼羅河的河水會變紅。然後是蛙災和虱災。跟著是蠅災。第五災是畜疫。第六災會令人長滿爛瘡。第七災和第八災分別是雹災和蝗災。第九災一到，就會烏天黑地……」

十災之中，最殘暴的是第十災——上帝的大開殺戒模式啓動，全埃及人的長子都會慘死。

「這麼殘忍啊……」

摩西聞言也爲之一驚。

「我也覺得很殘忍。可是沒辦法，法老是個很固執的人。總之你能說得出十災，就能嚇傻法老……喂？嗨、嗨？」

阿拉等了很久，摩西也沒回音，這狀態就是「斷線」，夢中人進入了非「REM」的睡眠週期。整個託夢的過程，感覺就是靈魂之間的電波對談。

阿拉慶幸摩西不是老糊塗，當他一覺醒來，走出外面，向別人轉述在夢中聽過的話，都能一一說出十災的細節。

十災的次序有特別的意義。

在CERN的基地，阿拉聽過科學家這樣解釋：

「水變成紅色，這種現象就叫紅潮。蛤蟆和青蛙都會逃到陸上，但牠們離水後都活不久，結果滿地蛙屍。昆蟲類沒了天敵，就會滋生，結果嘛，不就同時釀成了虱災、蠅災和蝗災嗎？一切都很科學。蒼蠅一多，傳染病就會多，就像登革熱，這就是第五災和第六災。雹災我就不曉得了，可能是紅潮帶來的聖嬰現象吧！」

阿拉由早到晚跟著摩西，沒有深入做甚麼生態考察，但十災眞的如預期般出現，埃及人吃盡苦頭，法老和摩西結下的梁子也愈來愈深。

新月、蛾眉月、上弦月……

滿月、下弦月、殘月……

經過四輪朔望月，摩西成了無人不識的先知。

這期間，摩西繼續擺攤賣西瓜。

來買西瓜的婦人都要排隊，推車上的西瓜未到中午就賣光。

每一天，摩西劈開上百個西瓜，而他毫不覺累，依然樂此不疲。他自小就很喜歡劈東西，很享受那種一分爲二的快感——阿拉和摩西閒聊，曾聊到這麼無聊的事，她才明白偉人也是凡人，只是神明選擇了他們。

未來似乎都符合阿拉的預期，但她心中有個很大的疑慮。

那個叫那芙魯拉的女祭司，似乎懷著不軌的企圖。

阿拉曾入宮調查，跟蹤過這女人，但都沒有揭開她的眞面目。

只知那芙魯拉沒有丈夫，獨居閨房，而她有個很猛的外號：「火烈鳥」。圖特摩斯是她的主子，卻對她恭敬有加，受得住她美貌的誘惑，沒有任何性騷擾之舉……阿拉想起，古埃及有種叫「神妻」的祭司，她們就像奉獻給神明的祭品，凡夫俗子不得侵瀆。

有一晚，那芙魯拉對圖特摩斯說：「我的丈夫是偉大的神，他答應保佑你，你會成爲埃及最偉大的法老。」

那芙魯拉眞的有丈夫？

神？

可惜阿拉分身乏術，不能跟丟了摩西，是以無法日日夜夜監視那芙魯拉。即使阿拉是靈體，她的飄移速度和正常人的步調差不多，往返也需時，快就快在可以穿牆過壁抄捷徑。

也許，這個女祭司只是裝神弄鬼……阿拉看著那芙魯拉熟睡，知道再也打探不了甚麼，便匆匆離開了王宮，趕回貧民區。

就在那一晚，明明在地上睡著的摩西不見了！

等到了晨光初露，阿拉才看見摩西和亞倫。她偷聽兩人的談話，便曉得兩人披星戴月夜出，就是受到了上帝的召喚。

她感到懊惱，就像特派記者犯傻去了廁所，錯過了歷史性的一刻。

「哎喲！都怪我多管閒事……」

自責也不是辦法，阿拉很想和摩西聊一聊，但摩西只是小歇，沒有好好進入「REM」睡眠期。

阿拉還未接通腦波，就有人來叫醒摩西。他蓬頭垢面，拎起了木杖，就前往眾長老聚會之地，當眾宣告了神諭和逾越節的規矩。

族人開始打包行囊，點算牲口，準備無酵餅。

七天又七天……

明天就是出埃及的日子。

雖然阿拉只是旁觀者，難免也緊張起來。

在那破屋之中，摩西一家身無長物，阿拉看著大包小包的細軟，忽然覺得哪裡不對勁，卻又說不出來。直到看見摩西神色有異，團團亂轉地找東西，阿拉才幡然醒悟：「咦！摩西的木杖呢？」

果不其然，摩西向妻子西坡拉問：

「妳有沒有看到我的木杖？」

西坡拉決然搖頭。

摩西又問了兒子，他們沒看到也沒碰過。

「肯定有人偷走了我的手杖！」

摩西急得頓足，勃然大怒。

那根木杖如同傳家之寶，摩西連睡覺都要放在旁邊，但今天一整天他都沒帶在身上。至於他是何時丟失，竟然連阿拉也渾然不知，要是有小偷，這傢伙的手法實在高超得很。

全家人再搜遍屋內屋外，結果還是找不著。西坡拉在床邊柔聲安慰，大兒子說要去外面撿一根樹枝代替。然後，老么終於提出阿拉最想問的問題：「那根木杖很重要嗎？」

摩西神色凝重，搖著頭說：

「你們不明白的……那並不是一般的木杖……」

旁人一臉木然，但阿拉明白。

21

在渡海過程中，摩西的手杖是關鍵物品。

樊系數曾經提醒：「與歷史不符的地方，都要特別注意。」

阿拉緊隨摩西這四個月，手杖他一直貼身攜帶，就連睡覺都放在枕邊。除非摩西有特殊的戀杖癖，否則那根杖必然有奇特之處。

怎麼在這重要時刻，才不見了手杖？

是誰偷走了？

就在阿拉憂思之際，摩西對家人說：

「算了，罷了！不見了就不見了。今晚午夜，我們就要離開埃及，這件事比較要緊。」

阿拉卻替他乾著急，暗自疾喊：

「不可以不見的！沒有手杖的摩西，還算是摩西嗎？」

摩西邁步出門的一刻，就與亞倫撞個正著。

「亞倫？你來得正好。」

「法老要見我和你，我們快去吧！」

當下摩西和亞倫並肩出門。

阿拉寸步不離，尾隨兩人頎長的背影，在閒靜無人的街巷之上，看見死神鐮刀一樣的下弦月。

平安夜，殺人夜。

外面風聲鶴唳，亂世之景，當摩西和亞倫抵達中城區，不時都會聽見哀號和慟哭之聲，響徹沉寂的夜空，當真淒涼得令人心碎。油燈的火光沿著牆垣遊走，阿拉看見石縫裡的髒東西，都像是黑黴菌，陰翳濃密，隨風四散。

一週前，從天空降下奇怪的黑色塵粒，籠罩全城各處，整個埃及彷彿黑掉了。

摩西說：「第九災。」

過去一週，陸續出現吐血的患者，而到了當晚，埃及人聚居的城區同樣病徵的患者如雨後春筍般大量冒起。疫情一爆發，這一帶頓時成爲重災區，甚至連王宮裡的貴族都不能倖免。

「無酵餅！」

阿拉不知眞相，但她隱隱覺得，有一種看不見的病毒或者細菌可以透過酵母而傳播到人體，又或者和酵母有甚麼化學作用，因而醞釀出毒素。

那些黑色塵粒帶來了病源，第九災是第十災的成因。

要在這麼短的時間內大量殺人，最有效率的方法就是播毒……阿拉由超級病毒肆虐的未來而來，早就見怪不怪，不過超級病毒絕對可怕得多，致命率一直都是百分之百。

阿拉觀察了這麼久，察覺古埃及人有個習俗：長子負責打理糧倉，用膳時有優先享用的特權。當長子咬著餅吐血，誰還敢吃餐桌上的食物？

縱使摩西的族人逃過了一劫，但人人見識了疫情的恐怖，心裡都覺得毛毛的。此處不是久留之地，民眾終於下定決心，追隨大先知摩西，約定在今晚撤出危城。

摩西和亞倫進宮，門衛連攔都沒攔。

王宮的長廊很長，而今夜，不見任何舞女和侍從。

一轉眼，摩西和亞倫就來到寶座下。

寶座上的圖特摩斯憔悴萬分。

「你們這幫外族想走就走吧！離開我的人民、離開埃及，你們想怎麼做就怎麼做，連羊群牛群都帶著走吧！」

圖特摩斯就像送走哀神一樣，爽快答允摩西的要求。

摩西和亞倫稱謝之後，便即奪門而出。

阿拉知道，上帝曾向兩人下令，今晚就要展開出埃及的浩大旅程，不容片刻遲緩。但阿拉心繫一事，便做出大膽的決定，故意落單，朝遠離摩西和亞倫的反方向移動，直穿過層層疊疊的廊柱和彩圖牆。

她很清楚，這是解開真相的唯一機會。

深宮，閨房。

桌上有一排獸形油燈，浸泡在油裡的燈芯發出微弱的光。窗口開在高處，一側是藤編木床，一側是靠牆的銅鏡壁櫃。

阿拉也不是第一次暗訪，她今晚過來只是因爲懷疑摩西的木杖在此。當她掃視完一圈之後，感到大失所望，目光才落在那芙魯拉的身上。

她正穿著薄麻美紗，輕掩酥胸，坐在長長的鍍金皮條椅，一雙美腿墊在象牙靠枕上。燈光映紅她毫無瑕疵的嫩臉，又照黃她手上的蓮花形雪花膏石杯，金耳環和玉手鐲折射著微光，整個人就像一件藝術品。

空房自酌，斜影暗沉。

但她悉心打扮，沒有半點寂寞的愁緒。

阿拉暗喜，覺得自己的直覺沒錯，今晚應該來對了。

「那芙魯拉，妳到底是甚麼人？看來妳今晚在等人，是妳的丈夫嗎？我今晚就要揭穿妳的祕密。」

也不知等了多久，那芙魯拉仍然姿勢如一，只是偶爾著地，稍微來回踱步。她一臉好整以暇，倒是阿拉急得不時東張西望，可是室內除了幾件家具，便再也沒甚麼好看的了。

摩西等人勞師動眾，那麼一大票人，要尋找他們的足跡應不成問題。但阿拉覺得再等下去也不是辦法。走又不甘心，不走又不行，正當猶豫不決之際，就聽見外面傳來了零碎的腳步聲。

蹬蹬答答……

有人來了！阿拉的情緒高漲起來。

「那芙魯拉，我來了！」

再也熟悉不過的男聲。

阿拉倏地一震，看傻了眼。

腳一般的木杖先至，然後是一雙涼鞋跨門進來。

門口那人，正是亞倫！

22

亞倫手裡提著的東西，就是摩西的長木杖。

阿拉愕然看著他，又轉向看著那芙魯拉。

那芙魯拉兀自笑著。

——亞倫是叛徒？

只見亞倫徑直走近那芙魯拉，拜倒在她跟前，輕提起她的纖纖玉足，滿臉陶醉地親吻了兩下。

「你果然是我看中的男人，沒有令我失望。」

那芙魯拉伸手撫摸亞倫的鬈髮，就像在撫弄一頭公狗。亞倫亦露出神魂顛倒的表情，喉結因吞涎而上下鼓動。

這樣的畫面極爲詭異，阿拉想起了黎教授和金花，不由得泛起了一股噁心感。事到如今，難得撞破兩人幽會，阿拉爲了探究眞相，不得不繼續看下去。

那芙魯拉倏地站起，拿走亞倫獻上的木杖，湊近燈芯前，端詳了一會。

亞倫懵懵地問：

「這木杖有何奇特？」

那芙魯拉伸指沿著杖身摸索，背著他說：

「你沒問過你的好兄弟摩西麼？」

「他就說是普通的木杖，不過他一直用了四十年，所以很有感情。」

那芙魯拉哼出嚶嚀的一聲，含笑回答：

「四十年啊？你知道是誰送他的嗎？」

亞倫不由得一怔，皺著眉問：

「誰？」

「一個女人。男人都該聽女人的話，對不對？」

那芙魯拉嬌態動人，亞倫竟看得痴痴出神，向她點了點頭。

這傢伙！阿拉認定亞倫只是色迷心竅，才會受到這個蕩婦唆使。最毒婦人心，她到底有何圖謀？阿拉怎麼猜也猜不出來。

就在燈前，那芙魯拉似乎有所發現，運指一捏，「咯嚓」一聲，觸動了木杖上的甚麼機關，杖頭即時與杖身分離，露出來的暗管竟藏著一卷紙。

亞倫雙眼瞪大，阿拉也心頭一震。

那芙魯拉信手拈來，展開紙莎草紙，匆匆一瞥，就將紙莎草紙捲回原狀，重置入暗管裡。

「很好，這就是我要的東西。」

亞倫忍不住問：

「這是甚麼東西？」

那芙魯拉笑意盈盈，語重深長地說：

「摩西逃亡四十年，你說是甚麼原因？有些事情，你知道得太多，可能會為你帶來不幸。你是聰明人，明白了麼？」

亞倫目光呆滯，欲言又止。

那芙魯拉向他打了個眼色，繞到鍍金皮條椅另一邊，用腳尖踢了踢下面，傳出清脆的撞擊聲。

「這是我應許的打賞。」

原來皮條椅下有個木盒，約兩尺寬，鑲嵌著鍍金圖案，阿拉以為只是擺設，想不到內有乾坤。

亞倫似乎花了一點力氣，才將木盒抬到了椅上。

木盒一開，珠光寶氣，金光閃閃，其中最亮眼的是一匹金牛。

而在一堆珍寶之中，有一柄黑沉無光的連鞘匕首。

那芙魯拉撿起匕首，推到亞倫的胸口，自己也俯身靠貼，耳鬢廝磨，低聲對亞倫說了一些話。

阿拉一直看得入迷，察覺到異樣，已錯失了偷聽的良機。

短短不到十秒，那芙魯拉已講完悄悄話。

亞倫很用力點頭，握住了匕首，向那芙魯拉許諾：

「我答應妳。我一定做得到。」

「你快回去吧。別令摩西起疑。」

怎會這樣？

《聖經》有記述這樣的事嗎？阿拉想來想去，都想不出個所以然來。這黑幕裡的風波就像月球的背面，地球上的人從來都看不見。

亞倫將匕首收入衣襟，抱起了木盒，就向那芙魯拉告別。

阿拉惘然看著他的身影愈來愈遠，既著急，又躊躇不決：「怎麼辦？我該追著亞倫，還是留下來？如果我不阻止他，會有甚麼後果呢？天呀，救命，我只是一個小女子，眞的搞不定……」

她可以肯定，若摩西出了事，往後人類文明進程都會改寫，絕對會發生宇宙大爆炸式的改變。

「怎會這樣？我已經很小心翼翼，盡量沒有干預歷史……」

在她第一次向摩西託夢之前，那一場幻蛇大戰已經開始脫軌，那芙魯拉怎會有那種超時代的高科技魔杖？

阿拉想到了一個可能性——

「難道除了我以外，還有別人回來這個時代嗎？」

這是一個很不妙的可能性。

正當阿拉苦惱之際，又有人來了，她是那芙魯拉的侍女。

那芙魯拉劈頭就問：

「他已經走了嗎？」

「是的。」

「妳去法老的寢室外面等，早上他一醒來，立即跟他說……不，妳還是請他過來好了，這是很重要的大事。不過，吵醒法老是大罪，這一點妳要記住。」

「遵命。我現在就去叫人，找一隻在叫春的貓，拋在他的房間裡面。」

這個侍女雙目機靈，善解人意，難怪會深受那芙魯拉重用。

阿拉看著昏暗的門外，亞倫走了，侍女也走了。

寬敞的寢室又只剩下她和那芙魯拉。

阿拉看著擱在皮條椅上的木杖，暗自盤算：「這根杖雖然大有隱情，但應該沒有分開紅海的特異功能。反而是亞倫比較令人擔心，我要盡快趕回去……」

就在阿拉正欲離場之際，卻見那芙魯拉做出奇怪的舉動。

那芙魯拉走向鑲著銅鏡的壁櫃。

她伸手沿著壁櫃摸了摸，似乎解開了甚麼鎖釦，又輕輕推了推銅鏡的邊框。

整面銅鏡翻轉，暗藏其後的畫像呈現在阿拉眼前。

忽聞那芙魯拉嬌聲呻吟：

「我神聖的丈夫啊！」

畫像中人是個赤裸的帥哥，兩耳上有像角的東西！

23

與粗糙的壁畫不同，銅鏽後的木板畫線條細膩，應是蠟筆彩繪，畫中的男人有清晰的五官，連胸肌上的蛇形紋身都輪廓分明。

阿拉細看之下，才發覺畫中男的雙角並非眞的角。

而是……

全罩式的耳機。

由於阿拉覺得耳機不可能出現在這時代，乍看下才認爲是頭角，但以一個未來人的角度來看，男人頭戴的東西確實是耳機沒錯。

那芙魯拉向著畫中的帥哥含情凝睇，嬌喘微微。

「路西法大人，我的愛夫，你是最棒的男人！我將一切獻給你，請你完全佔有我的肉體和靈魂吧！」

路西法？

阿拉曾懷疑自己聽錯，又或者有所誤解。

那芙魯拉又低吟了幾聲，阿拉再三確定她叫的是「路西法」。阿拉記得，路西法是墮天使，也就是與上帝作對的撒旦。

撒旦戴著耳機？

這是後現代主義風格的藝術畫嗎？

阿拉有時空錯亂之感，喃喃自語：「這裡可是古埃及啊！一定是哪裡搞錯了，太荒謬了……」

下一秒，那芙魯拉掀開櫃台的暗格，眞的拿出了一副耳機，而且是跟畫中人一模一樣的全罩式耳機。

阿拉看傻了。

只見那芙魯拉戴上耳機，耳機外側赫然閃爍著白光，轉眼間她的頭上好像有個光環一樣。

那芙魯拉對著空氣說話：

「我已經照你的吩咐做了。」

阿拉知道她在跟別人對話，偏偏耳機耳罩隔音極佳，沒有半點聲音漏出。阿拉三番四次竊聽，結果都是失敗。面對這種劇情暴走的情況，她只感到很無助，而這期間那芙魯拉滿臉春風得意。

隔了半晌，那芙魯拉再說話，統統都是情話：

「路西法大人，我愛你。雖然你有很多妻子，但我只有你這個丈夫，我的心都給你。在你臂膀中一天，勝過世上千萬日。我好想你，好希望你可以像上次那樣撫摸我，像蛇一樣由上而下……」

那芙魯拉不曉得阿拉在場，綿綿情話口若懸河。阿拉打了個冷顫之後，便開始細想兩人之間的聯繫。

神妻。

路西法。

如果路西法是魔鬼撒旦，豈不是說他就是埃及人崇拜的神？阿拉想起了法老王的冠冕，那頂以蛇為尊的金冠。

這當兒，那芙魯拉已脫下了耳機，放回暗格，卻沒有刻意掩藏她愛夫的藝術畫——或者可稱之為春畫。

就像鏡頭迴轉一樣，阿拉跟著那芙魯拉的視線轉到門口那邊。

圖特摩斯一身簡裝出現，雖然倦容滿面，但眼裡有股神威，一進房就問：

「是不是有好消息？」

那芙魯拉一邊走向皮條椅，一邊說：

「法老大人，你朝思暮想的東西，我終於拿到手了。」

接著她提起擱在椅上的木杖，輕輕拔出暗管裡的草紙，再端到圖特摩斯面前。

圖特摩斯攤開草紙，懸空靠近燈台，紅光透出紙上的字跡。

如此大好機會，阿拉當然繞到他背後偷看，但才看了幾眼，就暗呼不妙，因為紙上所書是比較深奧的聖書體，與口語有很大的差別。阿拉解讀聖書體的本事未學到家，要逐一拆字拼音，閱讀速度相當緩慢。

說時遲，那時快，圖特摩斯已合掌收起草紙。

雖然時間短促，阿拉還是來得及看懂其中最重要的一段——

圖特摩斯三世不是圖特摩斯二世的親生子。

這時期的法老王系族譜，阿拉都記住了，能認出法老名字的圖符。剛剛她急中生智，先尋人名，再速解同一句中的關鍵詞。她萬萬沒想到，以前考試時練就的閱讀理解技巧，竟然在這種時候大派用場。

此外，阿拉還發現天大的祕密——

這張草紙的署名，竟然是哈特謝普蘇特。

哈特謝普蘇特是圖特摩斯三世的繼母，僭坐了王位之後，就成爲了女法老，統治埃及十五年。根據後世的考古發現，圖特摩斯三世有可能深恨她，所以塗抹一切和她相關的記錄，甚至在文獻上抹去她的存在。

當中必有隱情，阿拉思前想後，就有了一個大膽的假設：「哈特謝普蘇特沒有子嗣，她收養摩西，可能並非出於好心，而是想要繼承人來幫她爭奪王位！她最後索性自己當法老，用圖特摩斯三世的身世來威脅他……難怪啊，他和摩西有過節，就是這樣結上了梁子。」

眼前這個圖特摩斯三世崇武好勝，赫赫功名垂千古，但他極不尊重歷史，曾命人消去前任女法老的一切功績，當然也會抹去摩西這個人。事實上，這些宮廷恩怨都與阿拉的任務無關，阿拉只想查探那個路西法是何方神聖，無奈今晚可能到此爲止，未必再有新的線索。

就在阿拉的眼前，圖特摩斯笑容滿面，向那芙魯拉說：

「太好了！妳立下這樣的大功，我將重重有賞。」

「感謝法老恩賜。」

圖特摩斯將草紙揉成一團，放近燈芯。阿拉跟著他的目光，看著紙角冒煙，一把火燒成灰燼，隨即滿室都是他的狂笑聲。

笑畢，他雙眼忽然精光四射。

「好！妳的預言果然靈驗，那班奴隸今晚就會離開。軍隊已整裝待發，只待我的傳令，天亮前就會出兵。摩西令我煎熬了四十年，這個仇我一定要報！」

那芙魯拉眨著眼說：

「陛下英明。請你放心，摩西身邊有我的人，他和他的族人將會受到懲罰……」

糟糕！

阿拉自覺不該逗留太久，差點把亞倫的事拋諸腦後。在這節骨眼上，阿拉一定要盡快追上摩西，阻止那芙魯拉的陰謀。

臨走前，阿拉又盯了這位「神妻」一眼。

只見她露出既神祕又曖昧的微笑。

24

月下，漫沙遍野都是出走的民眾，一直延綿到岩山的另一邊。

摩西和他的族人午夜起程，男男女女，攜幼帶老，由於人多勢眾，阿拉很快就找到了他們，並來到了隊尾。

眼前人海浩瀚，好像傳說中的大遊行一樣，阿拉頓感無所適從，暗暗叫苦：「人這麼多，我該先找摩西，還是找亞倫？」

要是摩西遭遇不測，這幫人出不了埃及，以色列和猶太就不會立國，世上也不會有猶太教和基督教，接著整個歐洲歷史都會脫軌……未來世界毫無疑問就會大變。

阿拉只是一介靈體，所以急需現世的人幫忙。

一路上，都是由埃及出來的難民，除了希伯來人，居然還有埃及人。

瘟疫在古代是很可怕的事，難怪有這麼多人逃難，不惜離鄉背井。眾人踏著平坦的沙土，在黑暗之中匆匆趕路，直擁前方的山丘。

到了生死關頭，人人都卯足全勁，不眠不休向前衝。

阿拉繼續穿透密密麻麻的人群，目光四處搜索，焦慮萬分：「這下子麻煩了！兵荒馬亂，哪裡去找一個熟睡的人幫我傳話？」

偏偏託夢就是她唯一的溝通手段，而這時候還睡得著的人，似乎只有躺在推車上的幼童和嬰孩……

阿拉回想法老和那芙魯拉的密談，埃及大軍將會在天亮前出兵，戰車快馬馳騁，一時三刻就會迎頭趕上。雖然〈出埃及記〉沒詳述中間經過的時間，但按理應該相隔好幾天，阿拉萬萬沒料到是同一晚發生的事。

難道……路西法眞的是魔鬼撒旦，他要與上帝對抗，意圖改變歷史和重寫世界的秩序？

阿拉早就有心理準備，如果過去眞的受到改寫，說不定會創造出平行世界，她的下場要嘛是失去意識消失，要嘛就是成爲不生不滅的萬年孤魂……這兩個下場都很可怕！

與其坐以待斃，阿拉決定要介入，盡力讓歷史回到正軌之上。

穿過人叢和車輪，越過牲口和曠野，望向雲月與星光，阿拉終於瞧見半空中的異象——遠遠竟有一條如火柱一般的雲柱！

阿拉這才想起：「對了！我差點忘了，上帝會用雲柱指引方向。只要跟著雲柱，就能找到摩西！」

在清澈的夜空，雲柱發出高強度的紅光，光源來自上方，明明滅滅，恍如旋轉的閃爍燈。

可是，阿拉十分清楚，只是找到摩西還是沒用，所以她沿路亦不忘探尋可以託夢的對象。這件事好比緣木求魚，過了大半夜，走遍芸芸眾生，阿拉還是找不到一個在路途上睡著的大人。

別無他法之下，阿拉瞧見一個在推車上睡著的胖小孩，便費了一些工夫，與他接通腦電波，對他說起了夢話。

「喂、喂、喂？」

「不要煩我！我在喝奶。」

這個胖嘟嘟的男孩脾氣很差，阿拉只好出盡十成哄小孩的功力，好不容易，成功再逼得他與自己對話。

「小弟弟，你幾歲？」

「七歲。」

這孩子太多肉，發育太好，竟令阿拉高估了他的歲數。

儘管阿拉覺得不妙，只好死馬當活馬醫，柔聲哄他：

「姊姊是天使，神的使者。我要你幫我一個忙，好不好？」

小屁孩竟然討價還價：

「幫甚麼忙？幫完妳，有甚麼好處嗎？」

眞勢利的小鬼……阿拉就是討厭小孩。

「你可以成爲英雄啊！」

「英雄？能拿來賣錢的嗎？我才不要呢。沒興趣。」

「呵……由你決定好了，你想要甚麼？」

「我想要葡萄和椰棗。要好多好多，吃之不盡。呀！我還要蜂蜜。」

「沒問題。你幫我辦完事，我可以滿足你一切慾望。」

阿拉說得天花亂墜，當然是亂開空頭支票，爲了拯救世界，她願意承擔欺騙小孩的罪業。反正就算他發覺上當了，也不能揍她一頓……

「好！」

小屁孩爽快答應之後，忽然就沒了下文，一直不作聲，擺明是愛理不理。

阿拉急得直嚷：

「喂！喂！你不是答應幫忙的嗎？快醒啊！」

「我還好睏，我要睡到飽……」

再讓他睡下去，整個民族就要滅亡了。阿拉使出必殺技，元神聚氣，發出超刺耳的女高音，一口氣終於吵醒了小胖子。

小胖子醒轉之後，仰起半身，揉了揉眼。

車旁的女人應是他的母親，盯著他問：

「醒啦？要去尿尿嗎？」

小胖子興奮地說：

「媽，我作了一個怪夢。有個姊姊說要請我吃葡萄和椰棗。」

「這麼好！」

「對啊。我要繼續睡，希望食物已經準備好……」

原來他根本沒把阿拉的話當眞。

阿拉氣炸了，在旁直呼「喂、喂」，但小胖子很快就呼呼大睡，含著指頭吸吮，還發出豬一般的鼾聲。

現世報來得好快，阿拉看著這個小孩熟睡的臉，很想重重踹下一腳，但她連動他一條寒毛都做不到。

月沉天角，愈見低垂。

不到一個小時，天亮將至。

阿拉感到極度無助，暗自嘆息：「唉！我沒轍了。小孩子不可靠，大人又找不到……我已經無能爲力。」

就算能找到託付重任的大人，單是接通腦波至少得虛耗一個小時，無論如何也來不及向摩西通風報信，更不消說要阻擋所向披靡的埃及軍隊。

阿拉神不守舍地脫離大隊，站在路旁，好幾分鐘動也不動，就這樣停留原地。

突然，她感到有人在看著自己。

她的目光與大鼻少年對上了。

25

阿拉與大鼻少年對視，當她故意走到一邊，少年的眼珠就跟著轉。由於她背後是空無一物的曠野，所以這一下動作絕對不是巧合。

「朋友，你看得見我？」

大鼻少年反應有點慢，但他還是點了點頭。

這樣的事豈不就是通靈？阿拉不勝訝異，儘管搞不懂是甚麼原理，也不曉得自己在別人眼中是甚麼樣子，她就是覺得抓到了救命稻草，這次真的遇上了大救星。

「太好了！你叫甚麼名字？我需要你的幫忙……」

未等阿拉問完，大鼻少年已經搖頭晃腦，整個人傻裡傻氣，摀住自己的嘴巴。直到他「咿呀」怪叫了兩聲，阿拉才發現他是個啞巴。

難得遇上了這樣的救星，阿拉也不能挑剔，既然問不出名字，索性就稱呼這位小哥作大鼻哥好了。

「你知道摩西是誰嗎？」

大鼻哥立刻點了點頭。

「我告訴你，摩西的大哥亞倫是壞人，亞倫將會殺害摩西。摩西一死，你會死，全部人都會死。」

阿拉生怕大鼻哥聽不懂，再將同一句話複述三遍，說出最壞的可能性：「亞倫會殺摩西。亞倫會殺摩西。亞倫會殺摩西……你明白的話，就向我點一下頭。」

大鼻哥驚恐得睜大了眼，似乎感到難以置信，但他還是點了點頭。

「現在『只有你』能救摩西一命。現在，我們就一起去找摩西吧！」

阿拉一邊催促，一邊向後飄移，穿過密密叢叢的人群，朝後仰望高空的雲柱，又回望大鼻哥引導方向。

「好了！你跟著我走！」

大鼻哥一路跟上，但他笨手笨腳，忙於閃避其他人。後來他終於學乖，乾脆離開人叢，跨開闊步在空地上奔跑。阿拉沒有所託非人，如果她有手掌，眞想比出大拇指向他讚好。

距離雲柱愈來愈近。

時間也愈來愈緊迫。

在荒野中，疾風嗚咽。

越過山頭後，與雲柱只剩一段直線距離。經過這半夜的奔波，星光已沉，天也眞的快亮了。

阿拉和大鼻哥來到了坡嶺，由高處往下望，眼前出現了一條大河，急流如怒濤排壑，不可遏止。阿拉不知道這條是甚麼河，但以她的地理常識推斷，這條河一定不是聞名後世的紅海。

一河之隔，遠遠可望見對岸，而雲柱就在水面上盤繞，慣性飄浮之際，發出奇幻的紅光，映得水面一片奼紫嫣紅。

摩西鶴立的背影就在岸邊。

還有亞倫！

他正徐步沿著河岸走向摩西，兩人之間只剩下二十來步。

隔著成千上萬的民眾，由大鼻哥這邊衝到他們那邊，最快也要兩分鐘，而大前提是大鼻哥要有頂級運動員的身手。

沒想到禍不單行，就在此時，另一端鬧得沸沸騰騰，哄哄翕翕。同時有人傳話上來：「埃及大軍殺來了！」阿拉聞言，彷彿出頂梁骨走了真魂，只感到昏眩迷亂。而極度驚慌的人群前擠後擁，頓時亂作一團，大鼻哥亦差點失足跌倒。

到了這裡，群眾密集，有如密不透風的人牆，別說是繞行，連鑽過去也很難，大鼻哥完全是舉步維艱。

「快、快、快！」

阿拉回望大鼻哥，以這樣的速度，她已預見絕對來不及。

她決定賭一把，發出緊急命令：

「叫出來！叫出來！」

大鼻哥先是一怔，隔了幾秒，總算弄懂了阿拉的意思，便大叫好幾聲「咿呀」，不計一切引起遠眾的注意。

可惜距離還是太遠，大鼻哥叫得喉長氣短，始終徒勞無功。在一片喧噪之中，摩西根本聽不見他的呼聲，仍是漠然不動面朝水面。

只差幾步，亞倫就來到摩西的背後。

阿拉穿越人群，徑直移到岸邊，但她無法從異度空間伸出援手，只能目視亞倫提起暗藏在腰間的匕首，而摩西依然毫無知覺。

到了只剩一步的距離，亞倫拔出了寒光四射的刀刃。

一把好厚的匕首，像劍一樣的直刃，通體都是金屬，而柄身鑲著一顆藍水晶般的寶石。

咦！

難怪阿拉初見此物，老是覺得哪裡不對勁，因爲匕首明顯就是鐵器，但古埃及仍未有鑄鐵的技術！

來不及了——

亞倫刺出的匕首，已經觸及摩西毫無防備的後背。

阿拉勉強只能趕至兩人身後，正覺目不忍睹，以爲會滲出一片血水，卻見亞倫只是輕輕一戳。這麼近的距離，阿拉才看得清楚，原來匕首是鈍頭的。引得摩西回頭之後，亞倫雙手各執匕首一端，微微前傾，如同獻上聖物一般，遞到摩西的面前。

「這是神杖！請相信我，用它就能過河。」

聽完亞倫這番話，摩西甚爲疑惑，但他還是接過了匕首。

他凝神斂息，抬頭望天，將匕首伸出岸邊。

終於到了命運的時刻，摩西彷彿是爲這一刻而生。

「呵！」

就像劈西瓜一樣，他由上而下直劈。

一刀將海水劈開吧！

阿拉直勾勾地看著摩西揮完一刀，一刀又一刀，向著洪流亂揮一通。接著摩西將匕首插入水中，在水面劃來劃去，只弄得小花四濺。

抽刀斷水水更流，結果甚麼都沒發生。

摩西就像傻子般站起，怔怔盯著手中的匕首。

「錯了錯了！不是匕首，是神杖才對吧！」

阿拉心想這一次完蛋了，再過不久埃及軍隊就會追上來，前無進路後有追兵，這幫難民只有任由宰殺的份兒。

摩西絕望地垂下右腕，看來匕首很重，揮不了一會，就會手軟。

剎那間，天邊亮出第一線曙光。

垂下的鋒刃傾向水面，斜方的水波忽然彎曲，明顯向下凹陷。

摩西驚訝得光張著嘴，稍微舉起匕首，水面的異象即時消失。阿拉正站在摩西身旁，匕首就是扭曲洪流的主因，這是誰都看得出的事實。

「神啊！賜我力量！」

摩西試了又試，發現只要握柄中央的晶石朝上，對準陽光，鈍尖所指之處呈一直線，就會發生一股看不見的力量，將水面壓向下方。

超重力波！

阿拉看得靈魂都要尖叫，這是哪來的超時代科技？

瞬息萬變之間，水位沉到了河床，闢出了一條寬路。

民眾目睹了這神蹟般的現象，一波波驚悸讚歎之聲此起彼落，一傳十，十傳百，哀鴻遍野立時變成了普世歡騰。

與此同時，海面上的雲柱疾捲，如一道冷鋒般繞旋到難民潮的隊末，擋在埃及軍馬的正前方。雲柱行跡詭異，左左右右迴旋，發出變幻的紅光，奇觀異象，嚇得埃及軍隊裹足不前。

阿拉回看這一邊，摩西似乎已掌握了匕首的用法，緩緩調整頂端的角度，將河水壓到露出河床，造出一條大道直通對岸。

左右兩側的流水上捲翻騰，猶如兩堵垂直的水牆。

亞倫一聲令下，三個少年身先士卒，沿著岸邊的斜坡滑到下方，踏穩之後，開始在軟黏黏的河床上探路。其中一人只是輕輕將手伸向水牆，整條臂膀就連著人向下沉，要別人出力拉他才能重回泥地，弄得滿身污泥，並且留下一個人形大坑。這一幕證實了阿拉的想法，這股神力極有可能就是超重力波。

不久，所有難民一擁而上，有的揹老抱幼，有的互相攙扶，遵照亞倫及其部下的指揮，全都走得井然有序。

烈日下，筆直的大道很快變成乾地，人群愈走愈順，陸續抵達對岸。

上方的摩西有如雄偉的石像，固定著姿勢，緊握著那柄鈍頭的匕首，背著光呈現出永垂不朽的黑影——這世代的人未見過鐵器，以眾人的成見，很有可能會錯當那東西是短杖。

阿拉樂見其成，只是百思不解：

「看來法老是被蒙在鼓裡的傻子。我不明白，那芙魯拉和那個路西法——他們為甚麼要幫摩西過海？這件事真是詭異，我回到過去，以為可以解開歷史真相，哪想到會弄出更多的謎團……」

她看著雲柱，又看著水牆，盯著摩西又盯著亞倫，心中實在有很多疑問。

26

月夜恆河星曉明。

萬千光斗輝映，天上地下金燦燦。

八個月的時空任務即將完結。

在這二百四十多個夜晚，阿拉一直寂寞地靜觀，仰望上方那一片清淨的星空。她如痴如醉，百看不厭，因爲她知道在三千多年以後，地面上苟全的人類再也看不見這樣的星空。

美得無法形容，宇宙行星盡皆天工，運行的軌跡精密完美。

整個太陽系是一個時鐘。

樊系數這樣說過。

現在，阿拉一眼就看得出天狼星，即可判斷出陰曆的日子。摩西新創的曆法也是陰曆，根據月的盈虧變化來計算日子。今天是他們的三月三日，蛾眉新月將會呈現天上。

在披星戴月的荒野，在飛沙滾滾的大漠，自此多了一群數逾百萬的遊牧民族。他們不再有家園，卻獲得了自由。他們不再是奴隸，卻要風餐露宿，承受上帝給他們的懲罰。

是禍是福？即使阿拉已知後事，她也答不出來。

猶太人，或者以色列人，都是這個民族的稱呼，一個由神所揀選的民族，將會影響歐亞以至全球人類千秋萬代的命運。

只是……

阿拉實在想不透——

王宮裡的幻蛇大戰、戴著耳機的魔鬼撒旦、還有能發出超重力波的匕首……

到底是怎麼一回事？

如何解釋這些超時代的人造物？

阿拉苦思深究，都想不出答案。

難道除了她之外，還有別人回到了過去？

「這樣不對啊！就算是像我這樣回來，也只能憑靈魂穿越時空，不可能帶來任何物品。」

更何況，以未來人類極爲有限的資源，還有可能做出更厲害的時光機嗎？

她寧可相信外星人曾降臨地球，帶來了高度的文明。

這一切的答案，都要等她回到未來，才能問一問總部的科學家。

她的任務只是記住這半年多的所見所聞，向樊系數等上級匯報，一切由他們自行解讀。只不過，這麼鬼扯的事，他們也許會懷疑她在時光旅行中產生了幻覺。

「我能成功返回未來嗎？」

這也是阿拉最大的顧慮，畢竟她這次回到過去，做出了一些干預之舉。如果她不能返回未來，她的魂魄會去何方呢？

星光漸漸黯淡。

晨光乍現。

今天是阿拉來到這個時代的第二百四十三天。

到了午夜子時，就是任務設定的期限，但阿拉還未完成最重要的使命。

今天就是那個最重要的日子。

幸好在最後一刻趕上了——樊系數都算得很準。

由拂曉開始，阿拉形影相隨，盯著摩西沐浴更衣。經過這段日子的視覺鍛鍊，現在她盯著男人的裸體都可以保持心如止水的鎮定。她也不時盯著天空，留意變幻莫測的天象。

忽然間，本來晴空萬里的天氣，變得山雨欲來。

不一會，山上密雲四布，雷鳴和閃電接踵而來，並且出現愈來愈大的奇怪號角聲，長音就似警號般刺耳。

又過了一會，山的煙氣緩緩上騰，如燒窯一般，遍山巨震。

摩西率領百姓出迎，百姓都驚得渾身發抖，而他們都聽令站在山下等候。

只有摩西獨行，他就拿著他的新杖，徒步踏上燥熱的土壤。

西乃山上，與神見面。

「上帝是無所不知的。」

樊系數就是相信這一點，才指派阿拉回到這個時代。

在曼德拉計畫之中，這是關乎成敗的第一步。

這亦是尋找摩西的最大意義。

只要找到摩西，跟著他，就會有與上帝對話的機會。而樊系數就是相信《聖經》裡的記述，期待上帝能回答他的問題。

中間縱有變故，但阿拉總算不負所託，成功跟著摩西在歷史上的腳印，等到了他上西乃山的這一天——摩西即將領取「十誡」，兩塊傳說中的石板。

上帝未必會察覺阿拉的存在，阿拉為求萬無一失，早前好幾晚已透過託夢，向摩西傳達了要問上帝的問題。

摩西扶著長木杖，徐徐往山上行走。

山路傾斜，處處險道，上下皆是懸崖絕壁。

愈來愈接近山頂。

神的所在地。

由前一個安息日開始，摩西就傳令下去：除他以外，不許山上有任何人或牲畜，誤入此山邊界者必死無疑。

至於上帝的真身，原來摩西也未曾見過，他只聽過祂的聲音。

阿拉緊緊跟著摩西不放，暗自嘀咕：

「我是個靈體，不算一個真正的人，上帝見到我應該不會生氣吧……」

雲海一鋪萬頃，宛如白浪翻滾，千溝萬壑都被淹沒在這白浪之中。

這裡彷彿就是蓬萊仙境。

摩西……

阿拉聽到了。

迷霧愈來愈濃，而在寰宇之間，出現了震魂的聲音。

聲音彷彿是由半空傳到地面。

摩西雙膝下跪。

阿拉感到無比激動，機緣巧合成爲時空宇航員之後，這是她最感動的一刻。試問世上有幾個人何其有幸親遇上帝？上帝要給摩西石板，這次很有可能現身，間接成全阿拉見到上帝的機會。

摩西伏身下拜。

「我偉大的神，我懇求祢回答我的問題。」

上帝未有回應。

「我在夢中遇見一個女人，她自稱是來自未來的使者。她說世界在三千五百年之後，會出現滅絕全部人類的傳染病……請問如何治好這樣的病？」

摩西洪亮的聲音在山谷中迴盪。

他遵守了對阿拉的承諾，向上帝提出這樣的問題。

死寂。

依然死寂。

阿拉緊張不安起來。

上帝會回答這樣的問題嗎？

或者祂覺得是一派胡言？

一陣異常的沉默過後，還是沒有回答。

正當阿拉感到氣餒，由上空傳來了震耳欲聾的嘆息。

那是——

上帝的千古一嘆。

現世

27

瑪雅彷彿來到一個外星人拓建的基地。

這裡是深圳寶安國際機場，瑪雅是第一次來這裡，也沒想過會來這裡。今天的候機大廳一片大亂，坐滿了緊急轉飛降落的乘客。

沿著點式玻璃幕牆看上去，白色的天花板都是密密麻麻的孔洞，無窮無盡的天窗網格，整個封閉式的結構就像蜂巢。

「這是義大利設計師的傑作。深圳人都說，這個機場是密集恐懼症的治療聖地。」

鄰座的男人由搭機開始到現在一直纏著瑪雅，嘮嘮叨叨講英文。小哥自稱是「MATTHEW」，表面身分是數學系教授，真正身分是拯救地球的救世主。他似乎想證明自己可信，還向瑪雅出示了護照。

護照上的名字：樊系數。

瑪雅看不懂中文，但他瞧見側欄的英文拼音，就知道如何發音。

玻璃幕牆外是遼闊的停機坪，外面的天色異常漆黑，彷彿匯聚一大團暗物質，包圍著瑪雅身處的候機大廳。

在這幢像白色蜂巢的建築物，瑪雅盯著四周的白色網格，腦裡一片空白，似乎真的有助減輕長途旅行的疲憊……不過，他看著眼前眾多泣不成聲的亞裔人——想必都是香港人——他好像跟眾人一樣，都得到了創傷後遺症，深切感受到瀰漫在空氣中的絕望和悲痛。

劫後餘生，同機乘客都聚集在這裡，低頭看手機，個個不是雙眼通紅就是面如死灰。航班延誤了二十分鐘，原來是天大的幸運，要是準時降落在香港國際機場，大家早就成爲核彈之下的亡魂。

近處的電視螢幕正在播出令人駭然的新聞——

畫面中的香港滿是倒塌的大樓，港島以西及大嶼山一帶盡爲焦土，數之不盡的白骨和殘骸，預估死亡人數是一百多萬，比廣島與長崎原爆的死者多出四倍以上。由於災難現場瀰漫著核輻射的污染，即使國家已派出解放軍和救援隊，遇著這情況也無從入手。

北韓誤射核子彈，該國的領導人暫時神隱，只派出發言人，可憐他聲音顫抖，爲國家犯下的大錯辯解：「我們……我們也是受害者……有個神祕的科研團隊爲我們提供核技術……」

世界竟出現這樣的核災難，人禍總是遠比天災可怕。

瑪雅覺得胸口苦悶，想起樊系數在機上說過的話，便問：

「這就是你說的大浩劫嗎？」

樊系數沉默半晌，神色一分惆悵。

「坦白說，我沒料到這樣的事。我預料的眞正大浩劫不是今天，而是發生在不久的將來……」

「這樣的災難還不夠可怕？」

「我預料的大浩劫，地球人口至少滅絕一半。」

瑪雅聽得傻了眼，這位教授的話太誇張，簡直令人難以置信。

剛剛飛機一降落，瑪雅拿出手機，樊系數卻不准他開機。問是甚麼緣故，這個教授說得煞有介事：「我和你現在已被盯上。一開機就有可能洩露行蹤。剛剛的新聞你有在看吧？我已收到情報，協助北韓發展核技術的恐怖組織，就是『ㄐㄧㄡˇ ㄍㄜ』，直譯成英文就是『NINE SONGS』。」

樊系數的英語還不錯，瑪雅字字都聽得懂，但瑪雅總是懷疑對方的表達有問題，以致常有溝通上的誤會。

「你意思是說……我被恐怖分子盯上了？」

「一個源自中國的恐怖組織，他們的目的是毀滅世界。我就說過嘛，你擁有很奇妙的能力，你就是阻止他們大計的關鍵人物。」

「他們爲甚麼會有核武技術？」

「他們手上有一本叫《歸藏》的書……抱歉，這個書名我不懂如何翻譯。總而言之，這是一本『全知之書』，記載了宇宙一切知識，其中一定包括了核武技術。畢竟製造核武的原料很難取得，所以他們就利用了北韓這個漏洞……眞敢幹。」

瑪雅不把樊系數當成精神病患者，還跟他並肩而坐，已經算是很厚道的了。雖然這個自稱是教授的香港人古裡古怪，瑪雅還是對他有種莫名的好感。

飛機急降之後，乘客在機上等了六個小時，才獲准下機，移至候機大廳這一邊。又過了快兩個小時，現在將近晚上八時，航空公司的職員過來呼籲乘客入境，暫住在機場附近的酒店。

樊系數一直在操作筆記型電腦，螢幕畫面不是正常的視窗系統，而是一片不停跳出程式指示碼的黑屏。

瑪雅瞥了兩眼，暗自納罕：「他是駭客嗎？」

樊系數忽然停止敲鍵盤，側首對瑪雅說：

「我真失策，沒有多帶匿名登記的ＳＩＭ卡。你想聯絡家人的話，我可以幫你，我的筆電有很厲害的加密系統。」

瑪雅心想還是算了，先出去外面再說，到時才向家人報平安不遲。

「樊先生，今天很高興認識你。我要出去了。我今晚會住在外面的酒店。」

「哦……我也正有此意。我對深圳滿熟的，由我來帶路吧！」

樊系數擺明是要纏著不放，雖然瑪雅知道他並無惡意，但人在異地，總是難抑提防陌生人之心。瑪雅暗自盤算：「他該不會要求跟我同房睡吧？明天一大早，我悄悄開溜好了。」

至於拯救世界這樣的事情，瑪雅壓根兒不相信，而他亦不相信自己有甚麼打敗壞人的超能力。

走了一會，兩人來到了「中國邊檢」的關卡。

樊系數跟著瑪雅，一同排在「外國人」的隊伍。這期間，樊系數一直不作聲，不停觀察四周，舉止頗爲反常。瑪雅看在眼內，就是不知他在緊張甚麼。

從剛剛的電視新聞，瑪雅得知深圳和香港正掀起逃難潮，夜間的機場擠滿旅客。與此相反，入境檢查的櫃台沒甚麼人排隊，不消十分鐘，瑪雅就排到了最前一個。

瑪雅未等邊檢職員招手，就走到了櫃台。

邊檢職員是個國字臉的男人，本來擺著一副悶相，直到將瑪雅的護照放在掃描器上，神色忽然變異，突然吩咐：「等一等。」

等待時間有點久，瑪雅有種不好的預感，但他自問沒有任何刑事記錄，絕無過不了關的道理。

稍後，瑪雅轉首一看，瞧見有兩個武警過來分站在自己兩邊。樊系數那邊也發生同樣的事，後面又來了另外兩個武警。

武警包圍住瑪雅之後，來了一個貌似警官的中年男人。

他板著臉，語氣很不友善：

「請往這邊走。」

瑪雅瞥向樊系數。

樊系數不說話，只是眨了眨眼。

28

瑪雅沒想過，自己居然會被帶進邊角的暗室。

小室裡只有一桌兩椅，而樊系數坐在另一張椅上。

天花板有半圓形的監視器鏡頭，而牆上貼著公告，內容中英並列，都是關於假證件、逾期證件、逾期回國的罰則。

兩名年輕武警靠牆直立，瞪過來的目光淩厲。

審問未開始之前，樊系數仰著頭，主動和武警講話：

「你們可以幫我聯絡一個人嗎？這個人你們應該認識的。」

武警小哥本來不瞅不睬，但聽到他這麼說，眉頭翹了一翹。

「誰？」

「賴飛雲上尉。他隸屬空軍特種部隊『雷神』。」

武警聞言後，只是冷眼以對，似乎不認識誰是賴飛雲。

樊系數說話的當兒，竟拿出一張面值一百的美元鈔票，捲成了香菸般大小，作勢要遞到武警的手裡。

雖然瑪雅聽不懂普通話，但他看出樊系數開罪了對方。武警小哥面色一沉，鼻子哼氣，一副馬上要爲樊系數戴上手銬的模樣。

「別誤會……我只是很餓，想拜託你們幫忙叫外賣。」

臭臉近在眼前，樊系數還不收斂，繼續瞎三話四。

好在武警小哥懶得理會，只是白了他一眼。他正直的面容露出陰惻的眼神，彷彿在說：「從來沒有人可以安然離開這間房，之後有你好受的了。嘿嘿。」

樊系數轉臉回來，對瑪雅淘氣地笑了笑，用英語道歉：「眞的很對不起。要你陪我坐在這裡受罪。」

瑪雅立刻會意過來，便問：

「我會被抓進來，是因爲你的緣故？」

樊系數點點頭，直認不諱：

「你不怪我嗎？」

雖然惹上了麻煩，但瑪雅見慣了世面，既來之則安之，很少會對別人懷有恨意。在這樣的窘境，他仍不失幽默感，笑著說：「我一直對中國的人權狀況感興趣，現在正好體驗一下。」

樊系數忍不住說：

「你眞有趣。」

他的原意就是要測試一下瑪雅，結果證明「聖人」名副其實，心胸廣闊寬宏，這樣的氣度果然令人折服。

同處一室，樊系數一直暗中打量著瑪雅，腦中滿是同一個疑問：「這個墨西哥人雖然一表人才，但看來也和凡人無異，他究竟有何拯救世界的大能？」

就在此時，緊閉的門再度掀開，剛剛見過的警官帶著跟班進來。警官竟然和顏悅色，給樊系數和瑪雅送上剛剛沒收的電腦包。

警官揑著手，低聲下氣道歉：「樊先生，不好意思，我們搞錯啦……你的朋友很快會來接你，她請你在這裡等一等。如果你肚子餓，我可以幫你叫便當。」

樊系數言笑自如，盯著啞然失色的武警小哥，又回望警官，毫不客氣地說：「好的，請幫我買兩份廣東炒麵。呀，再加兩杯凍奶茶。謝啦。」

警官居然眞的答應，速速叫部下去辦。

房門一關上，瑪雅就投來詢問的目光，很好奇樊系數使了甚麼神通，令這樣的人物點頭哈腰。

樊系數打了下響指，故作高深地說：「關係（ㄍㄨㄢ ㄒㄧ）。這個MADE IN CHINA的詞語，已經被牛津詞典收錄……你有聽過嗎？」

雖然人性天下皆然，但瑪雅難以理解這樣的文化。

瑪雅盯著樊系數，認眞兮兮地問：

「你故意帶我進來這裡，應該不是鬧著玩吧？」

「欸？」

樊系數一時沒會意。

瑪雅從左而右掃視房間，直話直說：「請你告訴我，從頭到尾發生了甚麼事？」

恰巧樊系數也正有此意，便拿出剛剛開啓的筆電，螢幕上正顯示十六分格的監視器畫面。瑪雅看了看畫面，便認出場景是他們身處的這幢航廈。樊系數指著其中一個分格，吸引瑪雅的視線。

「我駭進了機場的保安系統。注意看，這個男人……」

畫面中有個濃眉大眼的男人，他就像走入民間的職業籃球員，比旁邊的群眾高出一個頭，而體格精壯得不輸摔角手。有個紅框鎖定在此人的正臉，框邊呈示一連串資料和數值，由於都是中文標示，瑪雅根本看不懂。當樊系數在鍵盤上按了一下，螢幕立即彈出副視窗，顯示詳盡的個人檔案。

瑪雅大開眼界，第一次見識這麼厲害的人臉辨識系統。

樊系數解說：「他叫蒙恬，是我們的敵人。他埋伏在接機大廳，很明顯就是衝著你而來。我們一出去就是送死。」

瑪雅一臉惘然。

「我？爲甚麼要殺我？」

「請你相信我，在救世主團隊裡，你的角色是最重要的。就像棋局裡的國王，殺掉你，他們就大獲全勝。」

後面兩個武警睜大眼看著螢幕，要不是剛剛警官來過，他倆一定立刻用拳腳向樊系數逼供。

樊系數又說：「我一發現這樣的事，立即通知我的駭客團隊。他們幫我修改政府的資料庫，我和你就被當成了可疑人物。之後的事，就是我另一位朋友幫忙擺平，你等一下就會見到她。」

瑪雅只聽了個懵懂，也沒追問下去。

不久，有人送來了塑膠餐盒，瑪雅第一次嚐到了廣東炒麵，還有額外附送的「開心酸辣粉」。

「你是耶魯大學的畢業生？現在是聯合國的職員？」

「嗯。」

「你的爸媽是甚麼人？」

「墨西哥人，當然是平凡的墨西哥人。」

這期間，樊系數跟瑪雅聊起了私事，但瑪雅大都避而不談，或者敷衍回答。

兩人在密室吃完了晚餐，就有一位邊檢職員來敲門，提點兩人可以離開。瑪雅只好跟著樊系數一同在職員帶領之下，沿著通道前行。

下一個門口站著一個女人。

她穿著一襲花裙，韓式盤髮，身材嬝娜，端的是清秀麗人。而她站在這裡，沒穿制服，所以很明顯是來迎接樊系數的朋友。

「別來無恙？今天看新聞，我還以爲你……太好了。」

女人笑容可掬，鳳眼瞇成一線。

樊系數乍見老朋友，上前與她輕輕一抱，彼此都有點激動。瑪雅站在一旁，聽不懂兩人的話語，但猜得出是互相問候。

樊系數一轉身，就開始引見：「我來介紹……這位是秦箏小姐。別看她這模樣，她是某人黑幫家族的後人，在官場很有影響力。」

秦箏和瑪雅握手，說出一口優雅動聽的英語：

「幸會！想不到是大帥哥呢！你知道我們等了你很久嗎？看著你的帥臉，我覺得都值得了。」

瑪雅忍不住讚美：「噢，妳的英語講得真好。」

「我曾在英國留學。好遙遠的記憶呢，已經是五十年前……」

秦箏風姿綽約，至今仍不乏追求者，只是眼角略有魚尾紋，堪稱美魔女的典範。只是瑪雅聽到她這麼說，著實驚歎亞洲女人的養顏術，殊不知有一天當他到廣場看一看大媽跳舞，他這番以偏概全的見解就會破滅。

一到外面，管制區的停車場裡竟然停泊了一輛裝甲車，大小和中型貨車相約，但全車嵌滿迷彩防護鋼板。裝甲車大輪旁站著三個軍人，直站如松，嚴整相迎，其中一人提著瑪雅的大行李箱。

瑪雅怔怔地看著，愈來愈搞不懂發生甚麼事。

樊系數亦感到有點驚奇，摸著後腦勺說：

「我也沒坐過這種裝甲車呢！解放軍全力護送，這實在是太棒了！瑪雅，你真的完全不用擔心，整個中國政府都會保護你。」

瑪雅只關心一個問題：「你要帶我去哪裡？」

樊系數滾著眼珠，目光閃爍著光芒，用英語回覆：

「我們的祕密基地。」

29

晚上十時。

深圳南山區的高科技大樓卻異常冷清，彷彿變成了生人勿近的鬼域，即使樓下停了裝甲車，也沒有市民過來拍照留影。

在矗立夜空的鋼鐵人樓，樊系數帶著秦箏和瑪雅穿過一道道玻璃門，不用嗶卡，門鎖便自動解鎖。

瑪雅終於看出了門道，原來門側有一個附帶攝像鏡頭的儀器，似乎就是應用了人臉辨識系統，只准許可人士通過。

剛剛，瑪雅在電梯裡注意樓層，知道頂樓是五十樓，而這一層是四十八樓。

玻璃帷幕片窗外，是如魚鱗般閃爍的商業區夜景。

整棟大樓都屬於某大企業，三人來到位於走道末端的辦公室。室內除了一張L形白木桌，另備三張人體工學椅。整個空間不算很大，與一般辦公室大同小異，卻不見任何螢幕和電腦設備，簡約得近乎極致。

玻璃窗自動變成全黑，遮蔽外面的景物，室內照明亦全由智能系統控制。

樊系數招手叫大家坐下，故意用普通話說開場白：

「歡迎來到我們的祕密基地！」

秦箏眉毛一揚，瞇眼一笑，向樊系數說：

「你的英語比普通話好聽得多。我們還是一起用英語聊天吧。」

樊系數借笑掩飾尷尬，眞的乖乖聽話，說回英語：

「好！現在我們安全了，這幢大樓齊備全國最先進的保安系統，軍方又派了兩個伍過來駐守。」

瑪雅放鬆心情坐下，解開襯衫的領口鈕，雙手擱在椅子的扶手。他的表情有點無奈，至今都不知因何和樊系數扯上關係，更要加入其拯救世界的團隊。

「瑪雅，請你看過來，笑一個！」

樊系數忽然拿出平板電腦，未等瑪雅準備，就拍下他的正臉照。

接著，樊系數繼續操作，按了幾下，無門的兩面牆即時變成顯示螢幕。

其中一面顯示待機狀態，而另一面則以大畫面爲中心，左右再分隔成十六個小畫面，監控著整幢大樓的外圍和內部要道。

顯示牆的影像非常清晰，瑪雅經常參加國際會議，也未見過如此先進的科技。

樊系數撥掌掃過平板螢幕，本來待機的顯示牆便呈示七個線框，就像電玩遊戲中的角色卡，只不過都是眞人的臉。這種表達方式是樊系數的主意，他還用了剛剛偷拍瑪雅的照片，框中字全部中英對照，而上方的標題是「救世主團隊」。

七個救世主分別是：

瑪雅——聖人

樊系數——術師

紀九歌——賢者

阿紅——刺客

張獒——槍客

賴飛雲——劍客

巫潔靈——靈媒

雖然瑪雅很少打電動，但他和朋友玩過ＲＰＧ的桌遊，大致上能理解那些常見的角色名詞。

「這就是包括你在內的七個救世主，當我們全員集合，就是聖戰之時。只有當我們七個人成功集合，我們才會有勝算。」

樊系數走近牆邊，用掌拍打在張獒和阿紅的照片。

「本來我們打算在香港的基地集合，但現在香港淪為了災區……眞是他媽的混帳！請原諒我罵髒話。所以計畫有變，我們改在這裡集合。張獒和阿紅正由香港趕來，不過現在爆發逃難潮，過關很混亂，我看他們至少要等六個小時。」

接著，顯示牆上畫面一轉，標題變成「IX－九歌」。

畫面分為上下兩排，總共八張照片。

今晚的演說，樊系數應該早有準備，所以說得相當流利：「這八個人，就是我們的敵人，即是『九歌』的核心成員。他們有一個幕後終極大首領，但至今還沒現過眞身……這些年來，我們千辛萬苦才成功收集到他們的照片。」

八張照片之中，其中一人就是蒙恬，也就是那個在機場埋伏的壯漢。樊系數是左撇子，他伸出左手，用雷射筆發出紅點，瞄準蒙恬的照片。

「他們一直行蹤隱密，直到今天終於出動，一下子震驚了全世界。我已經通知特種部隊，派員跟蹤這個叫『蒙恬』的通緝犯。」

毫無預兆之下，瑪雅驚呼一聲，指著最左上角的照片。

「這個男人……我好像見過。」

最左上角的照片是個黑髮細眼的男人，他旁邊的描述寫著「李斯，本名陳連山，九歌的幕後主謀」。

樊系數大爲詫異，用雷射筆指著李斯的照片。

「你跟他見過面？」

「不是……是他曾在我夢中出現。」

瑪雅回想當年在華爾街工作，目睹九一一的災難現場，之後他作了一個穿越到炎熱沙漠的怪夢，夢遊峽谷祕址，撞見神祕亞洲男子和游擊分子的密談。事隔久遠，瑪雅不記得密談內容，但他依然記得那亞洲男子的臉。

那張充滿邪氣的臉就是李斯。

瑪雅個性坦率，簡述夢裡所見，直教樊系數和秦箏面面相覷。

樊系數聽完，咬了咬唇，直抒己見：「世界愈亂，李斯這幫人就愈有機會。雖然『IX』不等於『九歌』，但爲了口頭方便，我們就將『九歌』稱爲『IX』吧。總之，他們的最終目的就是毀滅世界，再重建一個新的世界。」

「毀滅世界？」

這簡直是痴人說夢的狂話，瑪雅滿臉質疑。

樊系數非常認眞地說：

「瑪雅，你有聽過二〇一二年的瑪雅預言吧？我直到現在都深信，二〇一二年的大浩劫應該就是超級病毒。剛剛收到美國那邊傳來的急報，證實『IX』在敘利亞有化武實驗室……而且很大可能已經研發成功。」

「美國？」

樊系數用力點頭，彷彿在說一番天經地義的道理：

「在拯救世界這樣的大事上，中美應該是合作關係。」

瑪雅微微一怔之後，回到剛剛的話題：

「重點是……二〇一二年早就過去了。既然那年沒發生災難，就證明了預言是假的。」

樊系數竟然反駁：

「不是的。我覺得預言是眞的。」

瑪雅啼笑皆非，繞著雙臂，又蹺起二郎腿。

「我和你現在還好好的，對吧？二〇一二年十二月，如果我錯過了甚麼國際新聞，請你不妨告訴我。」

樊系數言之鑿鑿地說：

「因爲有人改變了過去，延遲了本來在二〇一二年發生的大浩劫。」

不僅是瑪雅，連秦箏都皺起了眉頭，最令他們費解的是樊系數自信的表情。

秦箏首先衝著樊系數問：

「改變了過去？你是說有人發明了時光機？」

「有沒有時光機我就不曉得了……就算眞的有，應該只是有限度地改變過去，並不可能出現電影般的情節，將有質量的物體送往過去的時空。雖然不知是用了甚麼方法，但我肯定有人改變了過去。」

「這是你的猜想，還是結論？」

「很抱歉，這是我的猜想。而我的猜想絕對無法得到證實。但我相信生命中偶然出現的線索，整件事亦與我們息息相關……我現在就會開始解釋，聽完之後，或者妳會信服。」

樊系數終於要入正題，但他卻好像離題萬丈一樣，提出一個古怪的問題：「首先，我要問一問兩位——你們有聽過『曼德拉效應』嗎？」

秦箏應道：「曼德拉？南非總統曼德拉？」

瑪雅則直接搖頭，表示自己從未聽過。

樊系數打開筆電，無線投影到正面的顯示牆，播放桌面的簡報檔案。

第一張簡報上出現的人物就是曼德拉，隱藏式揚聲器播出一小段音樂：「黑色肌膚給他的意義，是一生奉獻……」秦箏聽出是傳奇樂團BEYOND的名曲《光輝歲月》。

「曼德拉效應是二〇一〇年出現的名詞，源自一班網民的討論，他們都很驚訝曼德拉依然在生，因爲他們都記得，曼德拉在八〇年代已於獄中逝世。成千上萬的人都有這樣的記憶，所以就形成了一個詭異的現象，甚至扯上了平行時空和多重宇宙的解釋。」

秦箏倚老賣老，出言不遜：「聽起來，好像只是一群頭腦不好的笨蛋，爲自己記錯的事瞎掰出來的藉口。」

樊系數不以爲然，好沒來由就問：

「李小龍主演的《精武門》，妳有看過嗎？」

「《精武門》？有，看過。又怎樣？」

樊系數講話顛三倒四，秦箏早就習以爲常，只是不解怎麼風馬牛不相及，忽然扯談到這部老電影。

「我考一考妳。整部電影之中，妳最記得哪一句經典對白？」

秦箏一想，有了答案，還用廣東話回答：

「中國人唔係東亞病夫！」

樊系數不置可否，用破爛的普通話問：

「另外一個問題——電影中出現的侮華告示，到底是『華人與狗不得入內』，還是『狗與華人不得入內』？」

「當然是『華人與狗不得入內』。」

「妳確定？」

秦箏是歷史系畢業生，一直對記憶力很有自信，這一刻受到樊系數的質疑，不得不猶豫起來。

「除非你的問題有詐，否則我應該不會記錯……」

樊系數二話不說，直接播放嵌入簡報裡的影片。

秦箏一看，知道是剪輯自《精武門》的片段。

第一幕，李小龍飾演的陳眞踢館，對著日本鬼子怒吼，字幕確實是「中國人，唔係病夫！」，並無「東亞」兩字。

第二幕，陳眞來到上海黃浦公園，公園門口的木牌刻字是「狗與華人不得入內」。

秦箏摀住了嘴，發覺自己眞的記錯了。

「但……我記得明明是……」

「這一切可是千眞萬確，我沒騙妳，所有留傳在世的影片都是證據，而李小龍一早不在人世，電影也絕不會有兩個版本。」

樊系數頓了一頓，又說下去：

「《精武門》的編劇是倪匡先生。由於我有朋友與他相熟，於是我拜託他幫忙，替我問清楚——結果，答案相當出人意表！」

30

倪匡先生是東亞第一科幻小說作家，亦是曾獲金像獎終身榮譽的著名編劇，其赫赫大名秦箏豈會不識？

瑪雅是外國人，自然不熟悉華文作家，亦聽不懂秦箏和樊系數的對話。至於李小龍的電影他是看過的，就是不知那兩幕有何異常之處。

樊系數曾求證《精武門》的眞相。

秦箏對整件事，好奇到了極點。

「倪匡先生怎麼說？」

「他說……」

樊系數正要回答，卻在此時案頭電話響起。樊系數盯著來電號碼，愣了一下，擱著手說：「請等一等。這是很重要的電話。」

就像插播的廣告出現，話題暫時中斷。

這通電話談了約三分鐘，樊系數掛線之後，就向秦箏和瑪雅轉告：

「壞消息。小賴執行緊急任務去了青藏高原……由那邊坐直航機過來最快也要五小時。我找了相熟的上將幫忙，無論如何都要聯絡上小賴，叫他盡快趕過來，這期間我們都要留在這裡避難。」

樊系數歪了歪頭，看了看右牆上的監控畫面，這幢大樓內外都沒有異常。樊系數問大家要不要點餐，還說這幢大樓的員工經常加班，所以餐廳二十四小時營業，不用擔心吃的問題。

眾人的目光回到顯示牆。

樊系數按了按，進入了下一張簡報，竟然是經典電影《星際大戰》的海報，背景同時播出一段膾炙人口的主題曲。

「好了，繼續。瑪雅，輪到我問你了，《星際大戰》這部著名的電影，你應該看過吧？」

瑪雅點頭。

「嗯，《星際大戰》是我最喜歡的電影之一。」

「我考一考你。在《星際大戰．帝國大反擊》之中，當男主角被黑武士打敗，黑武士說了一句超經典的對白。哪一句是他說的話？」

顯示牆上出現兩行字：

A）LUKE, I AM YOUR FATHER

B）NO, I AM YOUR FATHER

當瑪雅正在沉思的時候，秦箏忍不住插話：

「喂！你剛剛說到一半，怎麼沒了下文？倪匡先生的回答是甚麼？」

秦箏不是星戰迷，對畫面上的問題不感興趣，倒是心急知道《精武門》的內幕眞相。而觀乎樊系數的態度，要是她不提，他似乎眞的會拋諸腦後。

樊系數面向秦箏，搔著頭回答：

「哦，抱歉……我忘記了。」

「他怎麼說？」

「我已經告訴妳答案了。」

「呃？」

樊系數重申剛剛的話：

「倪匡先生回答說『我忘記了』，即是說連他都不記得了。整件事最離奇的一點，就是連劇本作者也搞不清楚，哪句才是他寫的對白，他竟然也說不準。」

秦箏不滿這個答案，心中十分鬱悶。對她來說，「狗與華人不得入內」比較拗口，但偏偏事實又是如此，背後的原委亦將會變成永遠之謎。

牆上的畫面仍然停留在《星際大戰》的對白。

過了這一會，瑪雅似乎有了答案，向樊系數說：

「我記得是『LUKE, I AM YOUR FATHER』。我還記得曾見過有人穿這樣的T恤……」

樊系數笑了一笑。

「好，有片有眞相，我們來看看吧。」

簡報畫面進入下一頁，影片自動播放，藍色和紅色的光劍互擊，果然就是天行者LUKE和黑武士決鬥的情節。一輪劍來劍去之後，黑武士一招分出高下，將LUKE打到快要墜橋。黑武士向著LUKE，主動揭露身分，徐徐吐出的話字字清晰：「NO, I AM YOUR FATHER」。

瑪雅整個人呆住，好像受到了腦震盪一樣。

這是電影史上最震撼的對白之一，他相信不僅是自己，應該會有很多人記錯……但這個錯誤實在太離譜了！

「這件事最離奇的地方，就是連黑武士的原配音員詹姆斯都記錯了……他兩度在電視訪問談到這句對白，都說成了『LUKE, I AM YOUR FATHER』。當時他接受訪問的影片，都可以在網上找到，全部有證有據。」

聽到這裡，瑪雅和秦箏都是滿腹狐疑。

就算確如樊系數所說，有人真的改變了過去，稍微變動了電影中的對白，這樣做又到底有甚麼意義？難道只是一場惡作劇？

下一張簡報，背景音樂耳熟能詳：「雪姑七友七個小矮人……」

畫面截圖是無人不識的迪士尼電影──《白雪公主》。

「在曼德拉效應的討論之中，電影作品的例子其實不多。《白雪公主》是史上第一部彩色動畫長片，我說它是經典中的經典，應該沒有人會反對吧？」

這一次樊系數沒有再提問，而是直截了當地說：

「很多人都記得，皇后對著魔鏡說的話是『Mirror, mirror on the wall...who's the fairest of them all...』可是，在如今這個現實世界，這句話的前面變成了『Magic mirror on the wall...』，非常不順口，亦違背了原著。這件事一被揭發，很多外國人都大感驚奇，甚至有種童年被毀了的感覺……」

網上還有不少曼德拉效應的例子，但樊系數覺得不夠可信度，於是略過不談。他故意提及上述三部電影，原來大有深意，只是未到道破的時機。

簡報只剩最後一頁，樊系數嘗試自圓其說：

「不管曼德拉效應是否眞有其事，它最奇妙的地方，就是會造成集體記憶的混亂和偏差。所以，難怪有人會稱之爲『虛假記憶』，用心理學的角度來解釋，就是說人的記憶根本不可靠。」

秦箏馬上接話：「就是這樣！有道理啊。」

樊系數表明自己的觀點：「在此我要申明一點，我認爲絕大多數曼德拉效應的例子，都是源於容易記錯的拼字，又或者是看漏了細節。譬如啊，有人說『ADIDAS』的拼寫應爲『ADDIDAS』，但我肯定『ADIDAS』才是正確的，因爲我唸中學時，有同學教過我一句口訣——ALL DAY I DREAM ABOUT SEX……」

瑪雅和秦箏都笑了出來。

樊系數鋪陳了這麼久，終於要說出重點：

「不過——讓我們回到《精武門》、《星際大戰》和《白雪公主》。唯獨是這三部電影，我肯定眞的有人——或者是一股神祕的力量——動過手腳，在過去改變了一些細節。」

瑪雅想不通其中的邏輯，便問：

「你憑甚麼如此肯定？」

樊系數早料到有此一問，就指著正前方的顯示牆，誘導瑪雅和秦箏的目光。

簡報的最後一頁竟然是一張書櫃的照片。

書櫃上的東西紛紜雜沓，除了書本還擺滿漫畫和扭蛋玩具，其中兩排全是電動遊戲的光碟盒。

「我保證沒騙人，這張照片攝於二〇〇七年，當時還沒有曼德拉效應這回事。這是我家中的書櫃，你們看得出有甚麼特別嗎？」

秦箏瞇著眼，覺得眼花繚亂，不明白樊系數是出於甚麼心態，才會拍下這種無聊的照片。

「噢！」

瑪雅嗟訝一聲，似乎是有所發現。

樊系數面露殷切之色。

「書櫃上哪裡有特別？」

「那三盒ＤＶＤ……」

「答對了！」

書櫃上只有三盒ＤＶＤ，透過清晰放大的畫面，可見外盒印著的片名是《精武門》、《星際大戰》和《白雪公主》！

31

《精武門》、《星際大戰》和《白雪公主》。

由照片可見，書櫃上就只有這三部影片，此外再無其他電影ＤＶＤ。

樊系數道：「說來眞慚愧，在我年少讀書時代，逛商場買『盜版』是很普遍的社會交際活動……之後又有了ＢＴ……如你所見，我這輩子就只買過三盒正版ＤＶＤ。我會買《白雪公主》是因爲我和爸媽唯一一次到電影院，就是看這部電影。」

秦箏仍感到困惑，瞇眼看著樊系數。

「抱歉，我年紀大，頭腦有點慢。所以說，曼德拉效應改動過的電影，都是你買過的電影？就因爲這樣的巧合，你就覺得曼德拉效應是眞的？」

樊系數固執己見，提高聲音回答：

「世上有成千上萬部電影，爲甚麼偏偏是這三部？這種事發生的機率太低了，我相信不會是巧合。」

瑪雅亦聽不懂其中的含義，便問：

「所以……如果這不是巧合，這種事又有甚麼意義？」

樊系數深呼吸一口氣，說出自己的結論：

「我相信這是來自未來的訊息——有人用改變過去的方式，來向我傳達很重要的訊息。」

「你？爲甚麼是你？」

樊系數指著顯示牆上的書櫃照片，振振有詞地說：

「這還不明顯嗎？我對天發誓，眞的只買過這三部電影的正版ＤＶＤ。雖然說起來很荒謬，假如有人眞的改變了過去，他應該對我非常熟悉，所以才知道這件關於我的私事。」

瑪雅默思半晌，提出一大哉問：

「爲甚麼是透過電影這種方式？這麼迂迴曲折……如果可以回到過去，爲甚麼不直接告訴你？」

樊系數當然想過這一點，所以很快回答：

「我猜，亦正如我先前所說，時空穿梭應該有很大的限制。你有看過《星際效應》嗎？在外太空的老爸也只能透過重力波這種方式來向女兒傳送方程式。至於爲甚麼要透過電影傳遞訊息……因爲電影可以流傳後世，只要有人類的一天，拍過的電影都會被保存下來。當然，我無憑無據，一切純粹猜測。」

瑪雅和秦箏聽到這一刻，方始覺得樊系數言之成理，亦看出他很重視這件事，否則也不必大費周章做簡報和解釋。

「既然這樣的話……你找到了嗎？我的意思，是那個來自未來的訊息。」

對瑪雅的問題，樊系數只是輕輕搖頭。

「很抱歉。我還未找到答案。坦白說，我也是最近才注意到曼德拉效應。不過，大致上，我已經有方向……」

方向？瑪雅和秦箏都在等他說下去。

樊系數盯著瑪雅，煞有介事地說：

「訊息的內容，應該就是關於你的能力之謎。因爲這是拯救世界的關鍵。」

「我？」

「瑪雅，你說過自己會作預知夢。趁現在有空，你可以告訴我詳情嗎？未來會發生甚麼大災難，你到底夢見過多少？」

瑪雅深嘆一口氣，如實相告：

「坦白說，我已經很久沒作預知夢了。我還是會作夢，但夢中看見的未來都與現實不符。」

「唔……你是多久前開始失靈的？哪一年？是不是二〇一二年？」

瑪雅暗吃一驚，因爲樊系數眞的說中了。要說二〇一二年之後有甚麼改變，就是他作預知夢的能力開始失靈，這樣的事他絕口不提，哪怕是他妻子安吉也不知情。

不過，瑪雅還是有所保留，雖然他有心改變世界，但不會自大到自以爲是救世主。樊系數的說法也太過怪力亂神，眞的很難令任何正常人盡信。

過了半晚，瑪雅終於等到澄清的時機：

「等等……你會不會搞錯了？我絕對不是聖人。」

「不會有錯的，你的名字和生日我都確認過，再加上你的面相，肯定是你沒錯。」

「我根本沒超能力，也不會行神蹟……」

「你不是會作預知夢嗎？」

「那是……」

瑪雅眞後悔說出那樣的事，不過當時眞的沒想到，這個來歷不明的香港人，居然會毫無懷疑信以爲眞。

「不用擔心，主耶穌也是到了三十多歲潛能才開始覺醒。我相信，只要我們解開了你的能力之謎，你也許會比超人更厲害。」

樊系數飽歷世故，已經變成一個厚臉皮的男人。

這一刻，瑪雅已是騎虎難下，只好問個明白：

「你下一步有甚麼計畫？」

樊系數離座，左手轉著雷射筆，一面沉思，一面說：

「曼德拉效應有個很奇怪的現象，在西方社會，眾多與舊記憶不符的報告竟都集中在《聖經》的詹姆士王譯本。華人社會常見的和合本，又或者其他英語世界的譯本，都沒有這樣的情況。」

「詹姆士王譯本？」

瑪雅曾探究過《聖經》的發展史，曉得《聖經》的英語版有多個版本，其中最受推崇的譯本就是一六一一年面世的欽定版。此書乃由英王詹姆斯一世下令翻譯，故此又稱詹姆士王譯本（King

James Version），縮寫爲「KJV」。

秦箏聽懂樊系數的意思，忍不住接話：

「眞的假的？連《聖經》都敢改，眞是大膽妄爲！」

瑪雅默默贊同此言，雖說《聖經》的原文是希伯來文和希臘文，但倘若有人眞的斗膽干擾過去，乃至影響翻譯者的想法，這樣的行徑眞是罪大惡極。

樊系數斂首低眉，面上有幾分委屈之色。

「我只是純粹推測。因爲換了是我，如果要向世人揭示神祕訊息，《聖經》是一個很好的載體。總之，在有限的時間內，我們一定要在雜亂的網絡資訊中分辨出眞正來自未來的訊息。唔……難度眞的超高呢……」

時間已是深夜十一點。

因爲時差影響，瑪雅覺得很睏，忍不住打了個呵欠。

樊系數心想也差不多了，便輕拍瑪雅的肩膀，說道：「你想睡的話可以去睡一會。這幢大樓超級安全，樓下的健身中心有浴室，公司甚至爲員工準備了過夜的睡床，你有需要……咦，且慢……外面發生了甚麼事？」

眾人一同盯著右方的顯示牆。

不知由何時開始，路邊停泊的裝甲車只剩半截，切口橫跨外殼，如同報廢場裡割開的爛車。放大了畫面之後，樊系數注目細看，只見街燈映照下，泛黃的地面竟撒滿鐵粉似的物質，而碎鐵粉裡有一團正在抽搐的人形物體。

秦箏欠身離座，指著大堂那邊的監控畫面。

「瞧！有人！」

畫面中，有一男一女，各持一劍，穿著疑似防彈衣的裝備，徑直走向正在大堂站崗的軍人和警衛。

32

畫面中的男人反手橫舉長劍，未待軍人反應過來，已劈出平行掠過地面的半圓，甩劍揮斬空氣，最後右臂凝劍半空。

好像定格了的畫面，四個軍人動也不動，提著的長槍微晃。

男人有恃無恐，踏前一步，又一步。

當他走到第三步，四個軍人的喉頭先是濺血，然後迸射血柱，再然後就有四顆人頭輪流落地。

其中一具殘軀兀自未倒，就像無頭公雞一樣僵立，這樣的死狀極爲嚇人，秦箏和瑪雅只是隔著螢幕觀望，已經起了雞皮疙瘩。

「泰阿！」

樊系數叫得出那把神劍的名字，也認出了那對男女的身分——「九歌」的干將和莫邪。

兩側有兩個警衛，乍見如此血腥的場面，一個腿軟，一個往後逃。

干將左揮一劍，再回揮向右。

剎那間，兩個警衛變成了兩具橫屍，一個裂胸，一個斷背。

隔空殺人？瑪雅極難置信。

電梯那邊走出兩個下班的男人，即時被殺——早知如此，何必加班？

干將和莫邪如入無人之境，未走完十步，已殺光大堂所有人。

樊系數等人置身在四十八樓，本來是最安全的避難所，忽然成了最危險的地方。這對殺人狂男女攻上來，只是早晚的問題，現在的處境簡直是危如累卵。

「他們怎會這麼快找到我們？非常不妙！我們要準備逃難……」

說罷，樊系數立刻打出求救電話。

瑪雅和秦箏則繼續盯著顯示牆。

駐守在這一層的軍人有所行動，陸續衝到電梯間戒備。從畫面中可見，總共五個軍人，各自提著衝鋒槍，聽候隊長指示。而隊長手持的平板電腦就和樊系數手邊的一模一樣，皆可顯示監控鏡頭的即時影像。

秦箏強作鎮靜，指著大堂電梯間的男女，嘗試向瑪雅解釋：「這個男人的劍可射出無形劍氣，而這個女人的劍可以震碎任何物質。別問我哪來這樣的超級兵器，我花了十幾年調查，甚麼屁都查不出來。」

今晚發生之事，瑪雅懷疑是一場噩夢，至今仍覺無所適從。

干將和莫邪正身處電梯間，但無論他們如何按鍵，電梯的門都不會自動打開。八部電梯全部緊閉，電梯外的小螢幕全部亮紅燈。

樊系數講完電話之後，就在房間裡踱來踱去，目光一直注視著監控畫面。他稍微鬆了口氣，自語道：「好在……電梯採用人臉辨識系統，他們沒有登記，就按不了電梯上來。這樣可以拖延一會……」

四十八層之隔，就算干將和莫邪破門爬樓梯上來，估計也要十多分鐘……樊系數正這麼想，卻見干將走近陳屍地上的警衛。

一劍斷脖！

奪其首級，有如探囊取物。

「噢！」

秦箏和瑪雅都看得啞口無言。

樊系數連聲疾呼：

「痴線！神經病！殺人狂！」

畫面中，干將提著一顆燈籠似的斷頭回到電梯間，而保安系統成功辨認出人臉，電梯門自動開啓了。

莫邪也沒閒著，運使工布劍，逐一將其餘電梯破壞。

只見她劍尖所碰之點，哪怕是銅牆鐵壁，都會瞬間化爲粉末。

轉眼間，七部電梯都毀光光，只剩干將面前的電梯可以運作。干將獨個兒闖入了電梯，莫邪則繼續留在大堂，顯然就是要封鎖這幢大樓，不容他們的獵物有逃出生天的機會。

樊系數也是沒轍，立刻拉開大門，催促秦箏和瑪雅快走。此地不宜久留，樓下又有莫邪伺候，可行的逃脫路線極爲有限。臨危中，樊系數推開防煙門，帶頭闖進後樓梯間，指示大家向上逃到頂樓天台。

往上爬樓梯的期間，樊系數拿著平板電腦切換到電梯裡的鏡頭。透過畫面，可見干將按下的樓層就是四十八樓。樊系數突然省悟：「哎呀！這次眞是豬頭！我們由機場乘裝甲車過來，實在太過招搖！」

至於爲何暴露了四十八樓的位置，道理也是一樣，敵人只要在大樓外監視，看見這一層有這麼多軍人駐防，便會一目了然。

樊系數自嘆失策，如今亡羊補牢，剛剛打電話聯絡軍方，就是請求軍方的火速救援。

頂層出口是四面玻璃，構成一個玻璃立方體，劃出空心鋁框門。

天台是一片空中花園似的綠化空間，寬闊而平坦，四周的玻璃圍欄折射著銳利的藍色照明光。

來到這裡，瑪雅滿頭大汗，秦箏也滿臉通紅。

樊系數只顧盯著平板螢幕，皮鞋碰上水管，差點失足絆倒。但他實在很難移開視線，因爲干將所乘的電梯即將抵達，在外布署的軍人已舉起衝鋒槍，五個槍口對準電梯門。這期間，干將竟然一直在抹劍。

四十五、四十六、四十七……

四十八樓，到了。

直到這一刻，干將才忽然深蹲，擺出極貼近地面的姿勢。

就在電梯門開縫的剎那，干將以突刺的劍法使劍向上插進了那條乍開的縫隙。那一劍極快極準，在間不容髮之間伸出了電梯外面。

而就在劍尖出縫的瞬間，外面爆開一團白霧，磷光向外迸散。

只過了半秒，電梯門只開了一半，軍人們的身體已開始自燃，吞噬他們的火球如猛虎般猖獗，一發不可收拾。

干將仍然保持蹲勢，貼地橫空左揮一劍，以無形劍氣砍斷所有人的脛骨，再向右迴揮一劍，將所有人腰斬，分成了上中下三截。

頃刻之間，全軍覆沒。

畫面彷彿沾滿了鮮血，樊系數看得瞠目咋舌。

干將見人殺人，見門砍門，已經無人能阻。當他發現樊系數一干人不在該層，恐怕就會衝上天台大開殺戒。

「總算及時趕到！」

樊系數朝向瑪雅和秦箏，指著夜空中飛來的武裝直升機。

招式不怕舊，最重要管用……雖然常常要借助直升機脫險，但樊系數絞盡腦汁，也想不出更好的逃亡招數。

畫面中的干將還在四十八樓，他找到樓梯間再上來，最快也要兩分鐘，而這兩分鐘就是生死存亡的關鍵。

「來得及的！」

樊系數再在心裡吶喊。

黑溜溜的武裝直升機如空中的魔鬼魚，一抵達大樓天台的上空，就開始減速垂直急降。

砰——

而就在直升機懸停的一刻，某處響起了破空的槍聲。

直升機的前窗多了一個彈孔。

駕駛員即時身亡。

33

「有狙擊手！」

樊系數驚聲疾呼。

道高一尺，魔高一丈，既然「九歌」已派人監視這幢大樓，那個人當然有可能身兼狙擊手的職能。

瑪雅和秦箏踏著人工草坪站在天台的中心位置，樊系數則挨近天台圍欄。

三人愕然仰望上方，只見直升機隨風飄忽不定，然後失速向側旋擺，螺旋槳兀自轉個不停。正要墜向兩幢大廈之間，直升機又再乘氣流而起，飛回高於天台的水平線。看來是副駕駛及時接手，化解了一場墜機的危機。

頭上是一片波譎雲詭的夜空，樊系數站在顯眼位置，向忽遠忽近的直升機高舉雙手呼救。

到了這一刻，瑪雅已睡意全消，他亦明白當前處境很不妙。十分鐘前，還在空調舒適的房間聊天，誰想到才一會兒就陷入了絕境？

秦箏倒是見慣了這種場面，瞧著玻璃裡的倒影，整理一下儀容。

螢幕中的分割畫面，已不見干將的蹤影。

世上能剋制干將的劍術高手，應該就只有賴飛雲，但他一小時前還在青藏高原那邊，即使乘上超音速戰機也趕不及過來……樊系數想到此處，不由得慨嘆時運不濟，亦責怪自己低估了敵人的行動力。

登上直升機是唯一的脫險方法。

但如今直升機仍在天台上空繞圈子，速度忽快忽慢，一時不敢凝空懸停，唯恐再受狙擊。

樊系數只希望直升機能滑跑著陸。

他的希望很快就幻滅。

突然有一行劃破天際的弧影掠過了天台上照射的藍光，直接命中半空中的直升機。

直升機嚴重受損，失衡傾斜急墜，撞向附近一幢大樓的外牆，瞬即冒煙爆炸，機身八花九裂。殘骸沐火，零件星散，一直墜落到地面，機艙內的軍人肯定已經向閻羅王報到了。

黑夜中有一雙死神的眼睛。

殺人狂來了。

玻璃鋁框門的出入口那邊，干將保持著劍指高空的姿勢，就像剛剛投進穿心三分球的神射手，面露陶然自得的微笑。

樊系數距離最近，看得最是清楚。

只見干將全身上下緊身黑衣，外裹如網眼背心般輕薄的防彈衣，衣上的暗黑條紋如龍鱗中一樣。此外，他左耳戴著掛耳式耳機，頭罩有攝像鏡頭，全身裝備比起美國海豹突擊隊的戰士毫不遜色。

樊系數暗暗歎服，「九歌」銷聲匿跡十年，並非吊兒郎當地閒著，原來都在研發高科技軍備，爲侵略世界做好準備……如此腳踏實地，礪兵秣馬，難怪連核子武器都做出來了。

干將面向樊系數，又側身面向瑪雅和秦箏。

很明顯有人在背後指揮，透過耳機向干將傳達指示。干將眼見樊系數等人無路可逃，也不慌不忙，擱劍靜觀，守住離開天台的出口。這個惡人在此坐鎮，哪怕再有救援的直升機，亦不可能有安全著陸的餘地。

干將突然喝問：

「你們哪一個想先死？」

他說得輕鬆，活脫是戲謔的語氣。

樊系數挺身而出，卻答非所問：

「算命的說我今天不會死。」

「誰算的？」

「我自己。」

「哼。」

干將只是冷笑。

樊系數比誰都明白，即使陽壽未盡，還是有很多弄死人的辦法——例如，利用毒藥、病毒和核武器，都可以破壞神經元和基因。

天堂無門，惡人追殺，難道要從天台跳下去嗎？

「我們決定投降！」

樊系數眞的舉手投降，既然走投無路，只好指望干將會給一條生路。投降是權宜之計，就算淪爲俘虜也好，留得小命在，也許就能等到救兵。

干將沉吟半晌之後，用凶狠的目光瞪著瑪雅，喊道：

「你不用死。」

接著，干將瞪著樊系數，也用相同的口吻說：

「你也不用死。」

可是，當干將瞪著秦箏，卻宣判了死刑：

「妳要死。因爲妳毫無價值，留著妳只是礙事。」

樊系數忍不住指罵：

「你是男人嗎？連女人都殺！」

干將面露邪笑。

「我告訴你，我殺女人的時候最興奮！」

在這個天台之上，干將掌握了生殺大權，誰都不能阻止他的暴行。他目無法紀，而且不講軍紀，因爲這就是強者的權利。

秦箏向著樊系數和瑪雅，露出視死如歸的一笑。

「靠你們了！你們千萬不可放棄！」

眼前，干將邁步走近秦箏，殺氣騰騰，斜斜低舉著泰阿劍。

樊系數和瑪雅急得要命，卻連一點辦法都沒有。

就在秦箏閉目待斃的前一刻，她看見了夜空中的異常現象。

陡然間，暗雲密布的高空出現了騷動，有一團衝擊波似的東西突破雲隙，以雷霆萬鈞之勢朝天台這邊直墜。那東西降落的速度快得難以形容，如隕石般砸落在秦箏與干將之間，撞擊力大得令地面劇震。

天台的混凝土爆出了一個大坑。

坑洞上飄浮著一個男人，男人周身電光四溢。

恍如——

雷神降臨！

34

天降的神將及時趕到。

男人踏著磁浮的鋼板落地。

他一頭凌亂的短髮，俊逸的面龐，全身深黑色的軍裝，腳穿膝甲和長靴。

秦箏和樊系數同時大叫：「小賴！」

眼前的救星就是賴飛雲，現役特種部隊的超級英雄。

賴飛雲已經年近三十，但他仍然是少年模樣，十年來相貌沒多大改變，體能如日中天，絲毫沒有衰退的跡象。這是「天使血統」的特質，以基因檢測預估，賴飛雲應可活到一百五十歲。

樊系數情緒激動，第一句便問：

「你不是在青藏高原嗎？」

賴飛雲不改冷酷本色，頭也不回，背對樊系數說：

「我坐六倍超音速戰鬥機來的。」

樊系數望向遠處的高空，日光穿過雲隙，果然有一個像「黑鳥」的飛行物體翱翔於濃密的黑雲之間。多虧了最先進的軍航技術，如果以六倍超音速的速度飛行，一小時之內環遊世界也絕不成問題。

坑洞上壓著兩塊滑板般的鋼板，看來是輔助賴飛雲降落的道具，由於他有通體磁力的異能，就有了專屬於他的「特殊跳傘方式」，以極高速自由落體，再在著地之前運用磁浮卸力。

剛剛干將後退了半步，當他回過神來，立時舉起劍刃相向。

賴飛雲卻彬彬有禮地說：

「好久不見。」

干將冷笑著說：

「我就知道你一定會出現。」

先禮後兵，救世主之中最強的劍客，將與配備神劍的殺人狂一戰。

乍看下，賴飛雲兩手空空，沒帶任何佩劍。

但原來他的腰帶上暗纏祕密武器。

那是兩根烏黑的棍狀物，就像兩個廁紙筒。

當他雙手同時外拔，「嗦嗦」兩聲，雙棍秒速伸長，變成了兩把無刃的伸縮劍。

接著，左劍發紅光，右劍冒藍光，本來烏黑的劍身瞬即亮如光管，湊成一藍一紅的雙劍。

干將大爲錯愕，瞪大眼說：

「光劍？」

賴飛雲懶得解釋，只是點點頭。

這是中國科學家爲賴飛雲特別打造的武器，主要原料是碳化鎢。鎢是地球上最耐熱的金屬，其重無比，造成合金之後，通體渾黑而導電性能甚佳。在部分武俠小說迷的眼中，碳化鎢就像傳說中的玄鐵。

既然都做到了這地步，中國科學家索性畫蛇添足，在武器上添加了「LED」配件，借用賴飛雲的自體電流來發光，但求一出劍就嚇尿對手，靈感自然是來自《星際大戰》。

於是，這件兵器的官方名稱就叫——**玄鐵光劍**。

賴飛雲腳踏鋼板，就像踩著助跑器，再借助磁性相斥的爆發力，一瞬間急飆上前，向干將展開突襲。

半空中，他的雙劍快得劃出兩條殘影。

紅光延伸到干將面前，卻倏地轉折直下，擊向干將的泰阿劍。

經過這麼多年的修行，賴飛雲的劍術造詣已經超凡入聖，由追求招式的百般變化，變成了力求一擊必殺。

賴飛雲攻劍不攻人，干將豈會不知其意？劍尖相碰之際，干將已經抽劍迴避。他曉得賴飛雲會放電，這次有備而來，戴著絕緣手套，否則早就被電暈了。

兩條光劍疾影交錯，賴飛雲連番猛攻之下，終於逼得干將用劍擋格。這一下兵刃相接，有如天雷勾動地火，賴飛雲立即運使磁力，吸住了泰阿劍。到了這地步，干將還是緊握住泰阿劍，但如此一來，左邊破綻大露，而賴飛雲只要用另一劍斬擊，就可以打斷他毫無防備的鎖骨。

旁邊卻忽然刺來了一劍，賴飛雲不得不收手撤離，錯失了挫敵的良機。

「哈囉！小帥哥！」

莫邪來了，當然是用人頭搭電梯上來的。

干將怒喝一聲，立時支援莫邪。

這對殺人狂男女雙劍合璧，前後呼應，招招都是殺著。

賴飛雲寧可狼狽閃躲，都不敢以劍擋劍，正是顧忌工布劍的特殊破壞力。十年前在秦陵狹路相逢，他曾將兩人打得落花流水，但當時乃仗著泰阿劍在手，才能使出「超導電極．泰阿斬」。

如今神劍卻在干將手上，莫邪也不是省油的燈，一個近攻，一個突襲，賴飛雲根本應接不暇，很難才有反擊的機會。

當三人鬥得難分難解，樊系數就領著瑪雅和秦箏繞過隔間牆，向玻璃幕牆裡的電梯間直跑。

賴飛雲一夫當關，守住要道，冒險向干將刺出了三劍，主要是阻擋他使出泰阿劍的無形劍氣。

電梯正好停在這一層，瑪雅和秦箏率先竄進去，按住開門鍵。

樊系數在入口停步，朝賴飛雲的方向大喊：「小賴！我等你電話。」

賴飛雲也不囉唆，回應道：「ＯＫ！」

這是一記妙著，要是干將和莫邪拆夥去追，賴飛雲單對單迎敵，反而就有取勝的把握。

眼見如此局面，莫邪乾脆乘勢而上，攻得賴飛雲左閃右躲。

「納命來！」

莫邪隨喝聲出招，差點得手，可以震碎紅色的玄鐵光劍。

這番交手，賴飛雲已心裡有數，自己的光劍是中看不中用，泰阿和工布才是眞正實用的超高科技武器。再加上干將和莫邪亦非等閒之輩，雙人劍法攻守互補，簡直是毫無破綻。

賴飛雲連消帶打，逃進電梯間，左右前方皆是玻璃牆，那裡就像一條死胡同。賴飛雲反揮劍柄，搥向電子螢幕，然後握緊裡面的電線，一下子運功迸出自身十成電流。

干將朝電梯間連劈出兩道劍氣。

賴飛雲直接撞破玻璃牆，滾出了外面，回到了空中花園。

「哦，他這小子好狡猾。」

莫邪這才發現，剛剛賴飛雲做的小動作，就是爲了弄壞電梯。

八台電梯全毀之後，干將和莫邪想要離開大樓就得走五十層樓梯。可是，賴飛雲亦陷入相同處境，剛剛的作爲等於是自絕退路，天台已變成一個死亡擂台。

干將和莫邪各自揮劍，一左一右包抄。

一陣陣劍鋒擦過，賴飛雲的胳膊和肩膀受傷，又添了好幾條血痕。

干將狂笑，亢奮叫嚣：「嘿嘿！不是你死，就是我亡！我要跟你鬥到至死方休！」

叫嚣的同時，干將用劍横劃一大圈狂掃，割開環繞周身的障礙物，在隔間牆上留下粗大切口。

賴飛雲及時上躍，同時運用磁力攀上玻璃框頂，一下引體翻身，如武林宗師般屹立高處。

他將雙劍交疊胸前，向下大喝：

「至死方休？正有此意！」

35

月台正在廣播：

「請在黃線後等候。」

兩對皮鞋和一對低跟鞋蹭著下樓梯。

樊系數帶瑪雅和秦箏搭地鐵，來到了月台，終於可以鬆一口氣。由於有狙擊手在附近埋伏，他們繞過屍首逃出大樓之後，都只敢貼牆跑和鑽隧道，夜奔十分鐘，卯足了勁，才趕得上末班車。

這一站是深圳地鐵二號橘色線上的科苑站。

月台上沒有其他人。

末班車將於四分鐘後到站。

秦箏面色蒼白，氣喘吁吁地說：

「嗄……嗄……我只剩半條老命。」

眼見秦箏累得快不支倒地，瑪雅便過去扶她，讓她依偎在他的身上。秦箏聞了聞瑪雅襯衫上的汗味，不僅沒有嫌棄，還傻笑了一下。

樊系數爲了末日一戰，平時都會鍛鍊身體，所以才做得到一身二用，雙腳奔跑的同時，雙手亦在使用手機。

「好，我已通知阿紅，她和張獒會來接我們。再忍耐一會就好了，他倆都有很強的戰鬥力，一見面我們就可以得救。」

香港與深圳陸路相通，邊境有多個口岸可以通行，而深圳灣口岸距離南山區最近，就算當晚沒有出事，阿紅和張獒也會沿該路線過來。兩人是老江湖，當然不會笨笨地坐巴士排隊過關，而是鋌而走險，偷了一架掛著中港車牌的小客車。

在等列車到站這段時間，樊系數又和瑪雅說話：

「這下你相信了吧？他們的目標就是你。」

瑪雅到這一刻仍不相信，自己居然會和恐怖分子扯上關係。回想方才的遭遇，他還心有餘悸——在天台上目睹神劍轟落了直升機，又驚見來了個超級英雄般的救星。

「剛剛來救我們的男人……他會放電？」

「對，他叫賴飛雲，是我們團隊中的劍客。他的能力就是磁力，而他的磁力可以變成電流。」

「太不可思議了……」

「眼見爲實，我們救世主團隊的成員各懷異能。在與『IX』最終決戰之前，能否解開你能力之謎，將會是我們取勝的關鍵。」

瑪雅悶不吭聲。

他會有甚麼異能？是使跛者行走，是在水上飄浮，還是令死者復活？

樊系數忽然說出一番怪話：

「我會幫助你尋回前世的記憶，成功的話，你的能力就會覺醒。我們團隊裡有一個靈媒，她很清楚地告訴我們，絕大多數靈魂只會保留現世的記憶。但是，極少數靈魂卻能保留前世的記憶。」

瑪雅始終悶不吭聲。

樊系數繼續講解靈魂規則：

「擁有前世記憶的人，他會想起零碎的記憶。但要讓前世記憶完全恢復，方法只有一個，就是看見自己前世寫過的字跡。」

「字跡？」

「對，我也不曉得是甚麼原理。不過，說起來眞奇妙，有時候眞的見其字如見其人，每個人的字跡都是獨一無二。你知道嗎？中國人以前有敬惜字紙的傳統，會將紙燒成字灰，再將字灰送至大江大海。」

樊系數說話很急，忙不迭又說：

「總之，我們要先查出你的前世是甚麼人。我覺得，你作過的夢可能會有啓示。瑪雅，你有沒有夢見過自己的前世？」

瑪雅斬釘截鐵地說：

「我是基督徒，不相信有前世。」

「噢……即是說毫無線索。這下子相當棘手……」

正當樊系數自說自話，月台響起廣播，提醒乘客切勿超越黃線。

隆隆聲不絕於耳，列車駛進月台，漸漸減速，掠影中可見乘客寥寥無幾。樊系數、秦箏和瑪雅所站的位置剛好可以走進最後一節車廂，裡面全是空座。

列車停定，玻璃閘門自動打開。

瑪雅先進去，側揹著秦箏坐下，再靠著冰涼的鋼椅。

樊系數坐在對面，注視車廂裡的螢幕，螢幕正在顯示路線圖。由科苑站出發，下一站是後海站，再下一站就是登良站。只要在登良站下車，徒步十多分鐘，就會到達深圳灣口岸。

車廂裡沒其他人，樊系數向走道對面的瑪雅說話：「瑪雅，讓我換個別的問法——你有沒有作過一些印象深刻的夢，夢見發生在過去的事？感覺像回到很遙遠的時代，甚至回到了古代。」

瑪雅怔了一怔，想起了那個發生在金字塔密室的怪夢，夢中有個穿著神父制服的男人，他雙手捧著一只銅盒，跪在油燈旁失聲痛哭……瑪雅在夢中的角色就像一個沒有軀體的旁觀者。

這個念頭一閃而逝，瑪雅也不當是一回事，朝樊系數搖了搖頭，露出一臉抱歉的表情。

樊系數鍥而不捨，又問：「瑪雅，如果有人借《聖經》來傳遞訊息，你有沒有頭緒？」

瑪雅一臉疲態，接連搖了搖頭。

雖然樊系數大費唇舌，花了半晚來解釋曼德拉效應，但整件事太過玄奇，哪怕說得頭頭是道，亦始終很難令人盡信。

瑪雅也不隱瞞，說出自己的想法：

「其實，有一點我覺得很不合理。」

「哪一點？」

「你說過有人刻意改變過去，甚至改動了《聖經》的譯文，目的是爲了向你傳達訊息。」

「嗯。」

「既然是這樣，他根本沒必要改動《聖經》。他只要改動一本你擁有的書不就行了嗎？我看你書櫃有不少書啊。何必要故弄玄虛，來引起世人的混亂？」

「我擁有的書？」

「如你所說，那個未來人很熟悉你，他知道你有甚麼電影，當然也會知道你有甚麼書吧？」

樊系數登時如夢初醒，用拳頭搥向掌心，發出古希臘人發現眞相的驚歎詞：「EUREKA！EUREKA！原來答案這麼簡單！」

瑪雅怔怔盯著他。

樊系數雙眼發亮，咬著指甲，狀若痴迷地說：

「我家的《聖經》！我唸的是基督教學校，中一時要買《聖經》。那本《聖經》上有很多螢光筆標記……曼德拉效應是公鑰，我的《聖經》就是私鑰！」

瑪雅只聽得一頭霧水，可是樊系數仍在深思，暫時無意解釋。

車窗外出現了月台的景色。

列車駛進了後海站，這是連接機場系統的轉乘站，三三兩兩的乘客提著行李箱上車，但無人進來尾節的車廂。秦箏依然枕在瑪雅的肩上，臉色漸轉紅潤，就像一副正在仰息吸陽氣的模樣。

樊系數回過神來，低頭盯著手機，事隔二十多分鐘，還沒接到賴飛雲的電話。現在，樊系數先要處理急事，必須先跟阿紅聯絡。電話一接通，他就唸出暗號：「傷殘人肉巨無霸。」

電話裡的女聲用廣東話回答：「甲由老鼠夾青蛙。」

這對繞口令就是用來互報平安，「九歌」的核心成員沒香港人，應該答不出這麼白痴的暗號。樊系數帶隊逃到關口，最怕就是無人接應，好消息就是聽說阿紅和張嫯已開車到達口岸管制區，即將過關。

耳邊傳來廣播：「車門即將關閉，慎防夾傷……」

列車門在此時緊閉。

「阿紅，我們在深圳灣口岸的停車場等吧！之後，我們要立刻折返香港。這趟是非去不可，我想起了很重要的線索，就在我元朗的家……」

說到這裡，樊系數不得不掛線了。

因爲他看見由另一個車廂走過來的男人。

此人有摔角手般的身形，身穿鋼鐵灰的短雨衣，雨衣的兜帽罩著頭，整張方臉毫無表情，步聲沉重得驚動車廂，就像地獄來的怪客。

樊系數認出那張臉——

蒙恬。

列車才剛剛離站，也就是說，這個車廂變成了逃無可逃的空間！

36

七人座小客車旁邊來了身穿制服的職員。

「妳叫甚麼名字？」

「蕭紅。」

「職業呢？」

「鋼琴家。」

邊境檢查的職員板著臉，把證件還給阿紅之後，就向駕駛席上的張獒喊話：「你先把車子開去那一邊。」

她是阿紅，蕭刀門第六十四代傳人，也是享譽中外的女鋼琴家。

這樣的冷待阿紅也習以爲常，莫怪別人孤陋寡聞，只怪古典音樂是小眾娛樂。她是個女人，又沒參加過蕭邦國際鋼琴大賽，所以名聲不夠響亮，無法與朗朗和迪迪相提並論——即使在好萊塢，女星的片酬也比男星低上一大截，更何況是在華人社會？

不過，阿紅看淡名氣，正如她是個低調的慈善家。

同車的張獒跟她一樣，都穿著跑步套裝，這樣的外服很適合突擊行動，又不會惹人注目。但張獒的右眼戴著眼罩，一副獨眼龍的惡相，剛剛查車的職員第一眼打照面，顯然吃了一驚。

張嫯盯著阿紅在用手機，就像老夫盯著老妻一樣。他是非她不娶，但阿紅三番四次拒絕他的求婚，同一枚求婚戒指一直藏在他的皮夾裡。

每次求婚不遂，她拒絕的理由都是：

「如果人類沒有未來，結婚生子有甚麼意義？」

阿紅就是阿紅，她的本性就是捨己爲人，犧牲幸福也在所不惜。張嫯沒有她這樣的大愛，但他會一直在她身邊，當她出生入死的好搭檔。

「唉。我們的命都是撿回來的。當年，我們差點全軍覆沒……」

張嫯雙手枕著後腦，一顆眼珠監察四周，左車窗那邊是詭異的夜色，右車窗那邊是明亮的邊境檢查站。

當年，秦陵。

眞是不愉快的回憶……當時，要是能成功阻止「九歌」奪得和氏璧，他與她的使命就會達成。

離開秦陵這十年，他和她如常生活，正職是樂團僱員，副業是劫富濟貧的俠侶。兩人活得自在，但心有罣礙——只要「九歌」一日不滅，就要迎接命運之戰。

這一天，就是和樊系數約定的日子。

「**當七個救世主全員集合，就是聖戰之時。**」

樊系數這番話總是在張嫯腦裡揮之不去。張嫯很相信樊系數的卜算，因爲他曾算出自己和阿紅有夫妻命。不過，落花有意，流水無情，有夫妻命也不一定能修成正果，正如錯過桃花就會變成殘花的道理。

為甚麼救世主團隊都是以亞洲人為主？

對此，樊系數有一番高見：「耶穌、釋迦牟尼和穆罕默德都是亞洲人吧？」以色列、印度和阿拉伯的麥加都屬於亞洲……這麼說當然沒錯。

張嫯在救世主團隊的角色是「槍客」。

他的右眼已換成機械眼。

這是一件控制遠程武器的裝置，而這件武器的射程範圍之廣，足以遍布世上每一個角落。只要張嫯身亡，裝置就會自動啓動，向人造衛星發出信號，再經過國家最高領導人的核准，就能發動「軒轅九天斷魂槍」。

這是中國參考西方模式而自行研發的「天基動能武器系統」，原理是透過衛星的運行軌道向大氣層投下終極武器，精準打擊地表上的目標。至於「軒轅九天斷魂槍」是甚麼，用了甚麼原料，張嫯本人是毫不知情。國家機密就是國家機密，就算樊系數負責計算公式，他的所知也是極為有限。

總而言之，張嫯已經為國捐軀，體內藏著與敵人同歸於盡的毀滅裝置。

敵人就是「九歌」。

雖然國家早有防範，但還是百密一疏，沒料到「九歌」會打出核彈——這種事就算寫成小說情節，讀者都會覺得荒謬可笑，但明明眾多強國都擁有核武器，人禍釀成災難應是意料中事。

「那班喪心病狂的瘋子……」

張獒看著遠方瀰漫雲間的紅光，仍覺驚心動魄。

外面就是深圳灣的邊境檢查站。

如今機場沒了，很多香港人都趕往大陸避災，又或者轉乘飛機出國。張獒看著這股逃難潮，鼻酸心痛之餘，也很想替香港人報仇，把那幫恐佈分子揪出來一一幹掉。

「咦！忽然失聯了。不會有意外吧？」

阿紅側首看著張獒。

張獒會意過來，知道她正在關心樊系數的安危。

「不要擔心，他們坐地鐵，應該是信號不良才斷線。」

這邊也是好事多磨，整個關口就像癱瘓了一樣，遲遲未有職員過來核准過關。車頭還擱著吃剩一半的麵包，但阿紅已不想再吃，她還在嘗試跟樊系數聯絡。

時間已是十一時五十五分。

張獒等得不耐煩，推門下車，走近大樓視察一下。兩道玻璃門自動打開，可見離境大堂依然人滿為患，看來今晚這裡要延長服務時間。

「哇……眞不知要等到何年何月……」

正當張獒抱怨之際，眼前的大堂忽然發生騷動，大批正在排隊的市民如鳥獸散，一同回頭走，擁向入口這邊，差點釀成人踩人的事故。

有個抱住幼童的爸爸撞了過來，張獒暗罵一聲髒話。這個爸爸驚惶失色，好像遇見了喪屍一樣，一路向著外面落荒而逃。

在邊檢櫃台那邊，亦即是騷動的源頭，竟有一名像流氓的「金毛男」勒住一個女童的脖子，正與兩名警察對峙。兩個警察都戴著口罩，神色相當緊張，而其中一名警察的右手按住了槍套。

金毛男微微側身的時候，張嫯看得一清二楚——

他的手上居然有槍。

雖然張嫯只剩單眼，但他的視力超乎常人，只瞥一眼，便知道那是香港警察常用的「點三八」左輪手槍。即是說，那個男人很有可能是衝動犯罪，拔走了警察的佩槍，再脅持女童作爲人質。

金毛男倒退著走，朝門口這邊撤退，可憐那女童成爲他的人肉盾牌。

張嫯自覺愛莫能助，便轉身走出外面，再回到車裡。

阿紅投來疑惑的目光，眼神在問怎麼擁出這麼多人。

「眞倒楣！有個瘋子在裡面搞事，還脅持人質……我們千萬不能多管閒事，這架車是偷來的，惹上警察就麻煩了……」

有人這麼一鬧，看來今晚是不能在此過關的了。張嫯暗嘆一聲，正想倒車離開，才發現有一堆人站在了車後，擺明是想借這架車來擋流彈。

過了三分鐘左右，金毛男勒住女童出來了，兩名警察一路跟著，雙方保持著一段距離。金毛男始終緊握手槍，槍口指著女童，氣氛緊張非常，但在金毛男喝令之下，兩名警察都不敢再前進。

張嫯心中默唸：「別過來這邊……」

阿紅卻正義感爆發，伸手過來按喇叭，引起了金毛男的注目。

車後的群眾嚇得雞飛狗跳，一鬨而散。最麻煩的事情發生了，張嫯無可奈何，看著金毛男一步步帶著女童過來。但未等這混蛋來到臨停區，阿紅已經下車，昂然道：「我來代替她當人質。」

金毛男二話不說，轉身勾住阿紅，再一腳踹開女童。

他朝車裡大喝：「開門！」

事到如今，張嫯也不得不從，被逼引狼入室，按下了開門鍵。

小客車的側門自動掀開，金毛男扯著阿紅進去，再用槍指著她的頭。他色心大起，左臂繞過她胸前之際，左掌還順便捏一捏。阿紅行走江湖這麼久，也是頭一遭淪爲人質，來者還是一個不入流的下三濫。

金毛男口沫橫飛，向前面的張嫯喊話：

「快開車！不然我一槍打爆你女人的頭。」

阿紅目露凶光，語帶冰鋒：

「注意你的口水。」

金毛男受了刺激，反而愈發猖獗，啐出一口痰，吐在阿紅的臉上。

張嫯看著阿紅暴怒的樣子，就知道這個男人死定了……

37

列車尚有兩分鐘才到下一站。

蒙恬一步步走來。

這個硬漢就像個上了發條的機械人，即將越過車廂之間的走道。

樊系數倏地站起來，而瑪雅和秦箏也察覺了異狀，但他們身處在末節車廂，已無路可逃。

在絕對的暴力面前，就算樊系數和瑪雅以二敵一，也必然無法壓制蒙恬。

拖延時間是唯一的辦法，但車廂裡連個敲窗的槌子也沒有。車廂內有滅火器，但樊系數不覺得會有用，這樣的東西牽制不了高頭大馬的惡漢。

「不要動！」

蒙恬後方冒出兩個男人，他們同時舉槍對著蒙恬。

樊系數猜得出兩人的身分，想必是一路跟蹤蒙恬的便衣特警。

一個人再快，也不可能快過子彈。

不料蒙恬以身犯險，一言不發便施展轉身突擊，舉臂衝向了前面的特警甲，狠狠往臉部砸去，一招將他擊昏。

砰！

後面的特警乙開槍了。

果然是子彈快。

這麼近的距離不可能失準，射出的子彈擊中了蒙恬的胸口。

但蒙恬不僅沒倒下，反而疾衝上前，擒拿手環抱特警的肚子，再將他整個人翻轉，頭夾胯下。接下來的一瞬間，蒙恬順勢躍起，旋轉一圈往地上一坐，讓特警的頭先著地！

這一幕太過殘忍，秦箏閉眼不看，但還是聽見了淒厲的慘叫聲。

樊系數在心裡驚呼，這一招他以前打電動常常看見，亦即「快打旋風」中「老桑」的近身技，但還是第一次目擊真人示範。瑪雅也是滿臉驚愕，盯著血泊中那一大團好像是腦漿的東西，而該特警的脖子以不自然的角度彎曲。

不到二十秒，蒙恬就幹掉兩名「程咬金」，拍了拍胸口，子彈就掉到地上。樊系數一看就知道，蒙恬身穿的雨衣就是防彈衣，而且是超輕盈的高科技款式。

車窗外仍然是黑魆魆一片。

就算現在到站，樊系數三人還是逃不出蒙恬的魔掌，這個大力士可是刀槍不入的怪物。

不可以就這樣完蛋！樊系數從不放棄希望，不停思考逃生的方法，而在這個危急存亡的關頭，他的目光掠過臥地不起的特警中，瞥見腰帶上有一件像手電筒的裝備。只憑這一眼，樊系數立刻看出那是甚麼。

蒙恬凜凜然站起來，將脖子軟癱的特警乙扔向一邊，再加快腳步衝過來。

樊系數穿著皮鞋直奔，全力撲向特警甲的身邊，卻不慎滑倒，一屁股坐下。大約只剩四公尺的距離，蒙恬已經近在眼前，樊系數卻連站也站不起來，只怕就是逃也逃不了。

就在命繫一線之際，樊系數把手臂伸展到極限，距離恰恰好，及時拔出那根像手電筒的東西，槍口對準蒙恬的臉，再按下發射鍵。

蒙恬疑心有詐，即時以長袖掩臉。

由那槍口射出來的東西，竟然是蜘蛛網狀的絲線，將蒙恬由頭到腳罩住。

只見蒙恬繼續前衝，才跑不了幾步，腳踝上的網線一收緊，他整個高大的身軀向前就倒。這種細繩爲高強度尼龍絲，即使是蒙恬也不容易掙脫，如落網的惡鯊在地板上翻滾，乾瞪著滿布血絲的怒眼。

「防暴網槍」大收奇效，樊系數除了急中生智，也全靠運氣，居然在特警身上找到這種特殊裝備。

車窗外倏然一亮，月台上景物逐一出現，站牌就是「登良」。

兩站之隔原來不到兩分鐘。

車廂裡播出悅耳的廣播：

「登良站，到了。下車時請注意……」

難得死裡逃生，樊系數向瑪雅和秦箏打了個眼色，一見列車開門，便一同溜之大吉，再急乎乎走上手扶梯。樊系數機警過人，提前查好了出口，一出閘，毫不猶豫便朝正確的方向直奔。

當三人來到地面，呼吸一口新鮮的空氣，就好像踏出了鬼門關一樣。

「跟著我，前面的路口轉彎，就是深圳灣口岸。」

樊系數一邊抹汗，一邊帶著大家前進。大家都快不行了，只能緩步跑，但還是很快就來到了停車場。

「暫時安全，但還未脫險……」

樊系數拿出手機，儲存衛星定位的截圖，再傳送給阿紅。他心急萬分，催促瑪雅和秦箏走近邊境檢查站。

但秦箏累得不行，便坐在草叢旁休息，對一個年近六十的女人來說，真是老骨頭都要散架了。

到處都有監視器，樊系數懷疑己方行蹤暴露，極有可能是有間諜混入了中央政府的監控組織。只要置身在街道，都有可能洩露行蹤，但依照現時的進展，阿紅和張嫢應會捷足先登。

樊系數站著，和瑪雅聊天。

「再忍一下，我們的同伴就會過來。」

瑪雅將護照放回西裝暗袋之後，神情變得十分曖昧，躊躇了半晌，終於吐露自己的想法：「今晚很感謝你救了我。待會兒找一過關，我就會尋求庇護。聯合國那邊會派人來幫我。」

樊系數訝然道：「你是各走各路的意思嗎？」

瑪雅心意已決，用力地點頭。

「如果有一天能幫得上忙，我會很樂意幫忙。現在的我，恐怕無能為力……我只是個非常平凡的人，沒有超級英雄那樣的異能。」

沒了最重要的聖人，這台戲就沒法唱了。

樊系數囁嚅著勸留的話，正想開口，面向邊檢大樓那邊，竟看見一大班人擁出閘口。這些人失魂落魄，面如土色，顯得非常恐懼，彷彿撞見了妖魔鬼怪一樣。

「請問裡面發生了甚麼事？」

人人都急著逃命，樊系數攔住幾個人，終於有個穿POLO衫的男人願意回應：「封關啦！他們把已過關的人抓回去，當我們是傻的嗎！」

這男人踏著一雙皮鞋，眨眼揚塵而去。

樊系數再望向大樓那邊，數名邊檢職員竟然一同鎖門，降下門外的捲簾式大閘。而那些職員都戴著喙形口罩，擺出如臨大敵的陣勢。

「天呀……超級壞消息……」

秦箏突然湊過來，將手機拿到樊系數面前。

螢幕上顯示一則線上新聞，大字標題映入眼簾：

「奪命病毒爆發，香港災上加災。」

樊系數捂住額頭，頓覺眩暈欲吐。

他最擔心的事，恐怕已發生了……

38

黑夜中的深圳灣公路大橋。

張嫯超速飆車。

前車窗映出大橋兩側的斜拉索，六條車道都沒有出現其他車，如同一條通往鬼城的冥道。

張嫯瞧了瞧後視鏡，後座的半邊座椅扳平，金毛男面朝下躺著，屁股上插著一根長針。

阿紅罷手，回座。

「活該。」

剛剛車子一遠離警察的視線，阿紅就出手還擊，一針麻痺了他持槍的右手，再一針插進他胸口上的穴道。然後，就是慢慢折磨他，逐針刺向最痛的穴位，直到痛苦大得令他昏迷痙攣爲止。

幸好阿紅保持理智，沒搞出人命。

蕭刀門的祖師爺曾奪得明朝宮廷酷刑部的祕籍，阿紅應已盡得眞傳，要不是她手下留情，金毛男恐怕已經絕子絕孫。

但插在他屁股上那一針也不簡單，招名好像叫「血沐殘菊」，該男子之後一個月，每次出恭都會痛不欲生，皮開肉綻，爆裂再破裂，效果堪比新加坡的鞭刑。

張嫯本來還想問他幹嘛搶槍和脅持人質，但這傢伙已不省人事。當車子一駛出大橋，張嫯靠邊暫停，阿紅就將他推落路邊的草叢。

當晚的關口已經全面封鎖。

阿紅手裡拿著手機，嘴裡轉述螢幕訊息：

「樊大哥叫我們去他元朗的家。」

「去幹嘛？」

「幫他取一本書。他說現在香港變成疫埠，政府已禁止出入境，所以他擔心短期內無法回來。所以現在是B計畫……不，C計畫才對。」

「哦。」

張嫯也沒動腦細想，只是繼續專心開車。他對香港的路並不熟悉，車上附設的導航系統又是人工智障，難用得令他很想一拳打爆它。

蒙恬、干將、莫邪、疑似易牙的狙擊手……「九歌」的主力戰員傾巢而出，看來是來眞的了，全面啓動他們的滅世大計。

滅世之後，世界會變好嗎？

張嫯頭腦不好，難以置評這種命題。他只知道，每逢連假出遊，所有旅遊景點都人山人海，讓他懷疑世界人口是否太多了，也認爲這個地球將會超過負荷。

但他無法忍受濫殺無辜的手段，所以拚死都要阻止「九歌」。

往樊系數的家，車程只需二十分鐘。

最後還是靠手機的地圖引路，車子成功抵達目的地。

現時世界大亂，張獒才不信警方還有閒情抓偷車賊。他把車子隨便停在路邊，就跟著阿紅，憑著記憶摸路，闖入一片像鄉鎮小村的地帶。

沿途靜得出奇，路燈也沒幾盞。

「是這裡了。」

阿紅指著前面——門外有個愛因斯坦的白色雕像。

整幢三層高的獨棟屋，都是樊系數的物業。

阿紅是青出於藍的「盜王」，一般家門那種門鎖，她大約用兩秒就能打開，開鎖過程比掏出鑰匙還要迅速。

上去二樓，就是樊系數的安樂窩和書房。

這裡放了大電視機，旁邊有一個展櫃，放著古董級的遊戲機——張獒記得是叫任天堂。此外，還放滿一盒盒卡帶遊戲，整齊得好像陳列品一樣。

屋裡裝潢淡雅，牆身都是白色，裝飾品不多，相框裡全是結婚合照和旅行照。

張獒和樊系數喝過酒，知道在他婚後不久，妻子就變成昏迷的植物人。這是關乎大腦的怪病，而大腦是人體最複雜的部位，以現時最先進的醫療技術，都未有辦法治好這個病。

張獒猜得出來，樊系數豁出一切對付「九歌」，可能亦有私心，希望透過和氏璧取得劃時代的醫學知識，以此來拯救自己的愛妻。

「耶！有飲料！」

阿紅溜進小廚房，打開了冰箱，拿出瓶裝的蒸餾水。

正當張獒盯著靠牆的大書櫃，又聽到她的聲音：

「你要不要？」

「我等一下再喝。」

張獒覺得先辦正事要緊，目光由上而下，沿著大書櫃搜索。上來之前，他就收到阿紅轉述的指示，要找的那本書就是《聖經》。

據樊系數描述，該書的書脊應是綠色，厚度和磚頭相約……

張獒費神瞟了十秒，就找到了那本《聖經》。

他拿出沉甸甸的《聖經》，翻開第一頁。

扉頁之上，就像學生亂塗的字跡，有一條神祕的公式：

$f(x)=x+64$

「X加六十四？」

張獒最討厭數學，他連「f(x)」是甚麼都忘記了。

匆匆瞥過扉頁後，他繼續翻下去，果然和樊系數說的一樣，很多頁的經文都有螢光筆畫過的痕跡。由首章〈創世紀〉開始，翻到新約全書，黃色螢光筆的標示斷斷續續出現，湊合起來應有一百頁以上。

「這麼多？」

張獒皺了皺眉，心想要用手機拍下這些頁面，少則也要兩個小時，看來今晚當眞不用睡了。

小廚房裡忽然爆出砰砰的跌物聲。

「怎麼了？」

張獒衝過去小廚房，發現阿紅正搖搖欲墜，勉強抓住冰箱上層的把手，而她的面色非常難看。

阿紅氣若游絲地說：

「我……好不舒服……」

說罷，她就垂軟暈倒。

張獒趕緊過去抱她，書扔到了一邊。

當書本墜地的一刻，恰好翻開到〈啓示錄〉中的某一頁。

而在這一頁，螢光筆標記著一行字：

「他捉住那龍，就是古蛇，又叫魔鬼，也叫撒旦……」

???年

上紀開闢，遂古之初，
就有了蛇這個最古老的圖騰，
盤古、伏羲、女媧皆是蛇的化身。
在東方古文化地位崇高的蛇，
在西方卻是萬惡的象徵。
很久很久以前，蛇被逐出了伊甸園——
上帝有祂的旨意，
而撒旦也有他的計畫……

39

這是山上一個山洞。

山洞很大，不知有多深，但在幽林覆蓋的深山之中，這個山洞看來只是尋常不過的洞穴。

然而當地人皆視之為聖地。

山不在高，有仙則名。

山洞的入口有片大空地，上方透入自然光，映落石板地上那一堆貢品。洞裡的地板都是磨得光滑的平石，褐斑雲紋，上有鬼斧神工的鏤刻，顆顆金點閃爍耀目，乃是對應天上的星宿，但凡人看不懂內裡乾坤。

裡頭有一面影壁。

影壁原為奇異兀立的巖石，對外的正中心挖空成了壁龕，龕裡有一尊精緻的白色玉雕——項首似蛇，背有鱗，身負羽翼。底下的盤台雕成了雲海，呈現出騰雲駕霧的氣勢。

此物貌似一條會飛的蛇。

當地人稱之為「龍神」。

人啊，就是喜歡崇拜有形有相的偶像。

在影壁下方，鋪著矮矮的鵝卵石，圍成了一圈小水池。上方的壁石有件突出的獸首銅器，獸口是個微微彎下的管口，涓涓小滴間歇掉到水池裡，掀起了漣漪和充滿禪意的清音。

參拜者稱該銅器爲「水龍頭」。

水不在深，有龍則靈。

這個山洞就像一座原始神廟，廟內沒有香火，也沒有收集金銀財寶的大錢箱。這裡奉行古已有之的習俗，祭品都是糧食。這一刻，地上的祭品有穀物和當季蔬果，竹架上掛著煙燻過的大魚。

古時沒有保護費的概念，但祭獻的道理毫無二致，都是向強大的力量祈求庇佑，哪怕這是一股難以解釋的神祕力量。

午後，清風陣陣。

洞口來了三個壯年男人。

黑頭髮、國字臉、曬得黧黑的黃皮膚……這三人長相各異，但外貌都有相似的特徵，尤其是眼睛，都長得像老鼠那樣又小又圓。

綠蓑衣頭巾草鞋，三人的衣著都一樣，外露的布衣袖和褲管滿是破洞。

山高路陡，他們揹著五穀而來。

獻上祭品之後，最像大哥的男人站近那口泉，當他伏拜在地，後面兩人也跟著跪拜。

「我們都來自同一個村，懇求龍神大人開恩，保佑敝村平平安安，種田風調雨順……只要豐收，我們都會報恩，送上最好的糧作，全村人侍奉龍神大人。求求大人！只要是大人想要的女人，就算是我們的妻女，我們都一定獻上……」

男人沒甚麼教養，但他竭力講出一番像樣的話。儘管眼前只是一尊玉雕，他也視爲龍神的化身，鄭重其事，對神敬禮，展露出最大的誠意。

由洞頂落下的陽光如同聖泉，洗滌了三名朝拜者的心靈，令他們覺得了卻一件大事，可以歡天喜地地踏上歸程。

不久，陽光變暗。

漸漸溟濛之時，洞口又有人來訪。

這次是一對父子，雖然父親矮小，但壯得跟牛一樣，肩上揹著一頭羔羊。剛剛在溪邊屠宰瀝血，再洗得乾乾淨淨，兩人做完這些工夫，才敢攜羊進來，否則就是對神明不敬。

兒子是個開始發育的少年，面青唇白，氣色很不好。

影壁前，父親按著兒子的頭，一同向著玉雕膜拜，額頭貼著又硬又冰涼的地板，熱淚沿著兩腮橫肉落下。

「龍神大人！我知道你無所不能，求求你可憐我這個兒子，幫他驅走身上的邪靈。他常會暈倒，翻白眼，整張臉就像惡鬼一樣猙獰……求求大人趕走他身上的邪靈，我就只有這個兒子……」

這個時代的人，吃肉是件很難得的事，這對父子卻傾盡所有奉獻重禮，就是不知神明會否回應他們的訴求。

洞口沒有刻上營業時間的告示，但就算有，平民百姓大多不識字，看了也只是白看。然而，只要是造訪這個洞穴的朝拜者，他們都熟悉那一套不明言的規矩，而影壁就是一條界線，無人敢越過雷池半步。

這對父子祈完福，眼見白晝將盡，便匆匆離去。

洞裡復歸寧靜，只剩水滴聲。

豐衣足食、兒孫滿堂、福壽安寧……凡人的願望莫過於此。

但神聽得見他們的願望嗎？

龕裡的玉雕就這樣默默豎立。

一到天黑，就沒有人敢進洞，上山也是禁忌。

黃昏的霞光映入這片洞天聖地。

影壁後面，冒出細長的人影。

他身穿黑色寬袍，黑袍上是彩線刺繡，繡圖是青綠色的飛蛇。寬袍裡沒有內衣，裸露出線條分明的胸肌和腹肌。褲子是黑色，足衣也是黑色，除了衣上的刺繡，全身上下都黑得徹底。

——他的後人都會崇尚黑色。

他的虹膜閃著淺綠色的異光。

霞光下，他打了個大呵欠，目光掠過地上的祭品。

「今晚有羊吃啊？」

俊美的白臉露出頑童般的笑容。

神仙也要吃飯——甚至需要女人。

40

龍神久居之處，該地必會興盛，文明會有大躍進。

有幸見過龍神的人，都說他的外貌與眾不同，深邃的眼窩，綠色的眼睛，還有高挺的鼻子……有傳他可以飛天，躍下深淵而毫髮無損。

而曾向龍神獻身的女人，每當提及他，她們都萬種風情，把他讚得天上有地下無，春宵一刻的時光更是欲仙欲死的心跳回憶。而由龍神所賜之子，都會繼承「秦孫」這個複姓，以及繼承神人一般的強悍體魄。

沒有人知道龍神的歲數，只知道神是不會老的，一千歲一萬歲，永遠都是年輕俊美的模樣。

「房子坐北朝南，冬暖又夏涼。」

「農田在水曲內迴之處，是爲『玉帶環腰』。」

人人都祈求龍神指點迷津，只要龍神大悅，就會福澤民生。

龍神很少親自說話，但他都會將字寫在木簡上，再派遣使者傳書。會認字的人都讀得懂其書——眾書生都在忖度，要嘛龍神精通世間一切文字，要嘛就是龍神和凡人都用同一種書面語。

國君經常尋龍。

但龍神行蹤無定，總是神龍見首不見尾。

始終有人會知道龍神的居所。

當晚，又來一對父子，皆穿楚服。其子已是個赳赳武夫，他跟父親一樣，都有一個戽斗似的下巴。

有別於一般朝拜者，這對父子直接叩見龍神。

龍神稱呼他倆作王氏父子，而龍神和這個王氏家族有很深的淵源，與其先祖有血誓。這個誓，就是王氏世世代代都會忠心爲奴，守護龍神的後裔，千秋萬代絕不食言。龍神亦不會虧待他們，永保他們整個家族的昌榮。

這一晚，血誓的儀式如期進行。

龍神的手肘彎處有條細管，與少年的腕脈相接。當儀式進行時，眾人都嗅到烈酒的氣味。

「行了。」

龍神拔開肘上的針頭，完成了輸血。

原來王氏有個會致死的遺傳病，只有龍神的血可以根治其病。

洞中燒著一團篝火。

少年就跟他的先祖一樣，裸著上身，雙膝跪地，在胸肌上烙出一個蛇形的疤痕。正是以烙印爲記，立約將自己的靈魂奉獻給龍神。

儀式結束。

龍神瞄著王氏兩父子，肅然下令：

「繼續幫我找那個人。」

「遵命！」

兩父子立時退下，如獮猴般急蹤離去，身手比得上當代最傑出的刺客。

龍神正要轉身向內，即聞童聲：

「路西法大人，膳食已妥。」

只有龍神授意的人，才能直呼他這個名字。

影壁後有密道。

內有一廳，廳後還有多室，構成了洞中的祕居。

廳中有石桌、石凳及石榻，而陶皿上置著烤羊排和配菜。濃稠的醬汁淋到了主菜上面，頓時香氣四溢。有個男童正在擺放小刀和叉子，他一頭白髮，肌膚也是白色，雙眼卻呈現淡淡的紅色。

「路西法大人，請用膳。」

這個男童本來無名無姓，路西法就賜名「鬼谷子」。

鬼谷子虛歲十二，一直是侍奉路西法的家僮，照顧大人的起居飲食，替他聆聽及記錄朝拜者的祈願。

趁著大人享用羊排，鬼谷子稟告：

「送來這頭羔羊的父親，他的兒子被邪靈附身，常常暈倒和翻白眼，整張臉變得像惡鬼一樣嚇人。」

路西法不假思索就說：

「那不是邪靈附身，而是一種叫『癲癇』的腦疾。由你代書，叫那個兒子戒吃一切穀物和甜的果物，病況應會好轉。」

鬼谷子歪著頭，即時在竹簡上刻字。他樂於做這樣的差事，腦中已可想像那對父子欣喜的模樣。

在這個文明剛起步的國度，在這些蠻夷一般的人類眼中，路西法大人的身分等同神明。

鬼谷子曾聽說，在西方的盡頭、雲的彼端，亦有像大人這樣的「神明」。

有番話，路西法大人常常掛在嘴邊：

「他們在書寫他們的歷史，我們也在創造我們的傳奇。」

鬼谷子曉得，大人和那幫神明的關係很微妙，亦敵亦友，偶爾還會來往，互相借用「神器」。大人原是眾神之中的一員，卻因理念不同而分道揚鑣。聽說最微妙的一點，就是那幫神明擁有剋制大人的力量，不過大人也有同歸於盡的「終極武器」。

這種神力與神力之間的對抗，實在超乎鬼谷子的想像。

而在兩股勢力的博弈之中，總會有被選中的人類。

大約千年以前，大人山西方而來，帶著支持他的親信漫遊黃土高原，遂而在這片東方大陸定居。如果沒有大人，鬼谷子一定仍是瘦骨如柴的孤兒，不識字也不會有棲身之所。這份恩情他自覺八輩子也還不清。

兩人吃飽之後就走到洞外，開始深夜的觀星課。

葉縫間，枝杈上，星光如金飾般耀目。

路西法抬頭，仰望著穹頂。

星光明明就在目光盡頭，但鬼谷子知道光源可能已滅，而現下可見的光芒，也許已經是千年萬年以前放出的光，只因時間差而長駐夜空。

眾千星光，來自遙遠得已經消失的地方。

——而他，也來自遙遠得超乎想像的地方。

今夜星光燦爛，鬼谷子看出龍顏大悅，抑制不住好奇心，便問：

「大人，你的故鄉是個怎樣的地方？」

路西法出神半晌，才說：

「有山，也有海，有日，也有月，到處都有很多禽獸和昆蟲。」

「就跟我們這個世界一樣？」

「嗯。食物以特別的方式生成，供應源源不絕，沒有人會挨餓。」

「太美妙了。」

「任何疾病都有藥可治。很少人會因病逝世。」

「哇。」

「眾生長生不老，活到一千歲也不成問題。」

鬼谷子聽得悠然神往，不由得讚歎：

「那樣的世界眞是天堂。」

天堂——這是他從大人口中學來的新詞。

路西法卻黯然搖頭。

「不。一點也不好。」

「爲甚麼？」

「我來自的那個世界，大地已寸草不生，黑色的雲團隔絕了陽光，海水和河水都是血紅色……那是地獄一般的鬼地方。」

鬼谷子愕然，結結巴巴地問：

「怎……怎會這樣的？」

路西法目光低垂，惆悵片刻，才緩緩道：

「因爲戰爭——只要有人的地方，那裡就會有戰爭。當文明進步到一個程度，戰爭就會變得極爲恐怖……」

41

在這片黃土之上，數百個春秋干戈不休，霸主各據一方，窮兵黷武。

或屍鳥嚼腐肉，或白骨纏草根，俱是尋常之景。

人與人，自相殘殺。

鬼谷子生而為人，難免會感到同情。

「戰亂干戈何時了？」

「因為統一天下的眞命天子尚未出現。」

「眞命天子？他出現了，戰亂就會停止嗎？」

「會。但休戰未必是好事。人心一閒，就會墮落，惡念叢生，多得是自私自利之徒，還有貪生害義之鼠輩。反而，人在亂世中，會呈現人性的光輝，所以戰爭其實是洗淨人心的過程。」

路西法只是袖手旁觀，懶管人類之間的愚行。

但是，如果他發怒，他有能力滅掉一整個國家。

很久以前，有人潛進了龍穴，偷走他一塊玉、一把短劍和兩本祕籍。這是鬼谷子追隨路西法之前發生的事，而這十年來路西法都在追查罪魁禍首，亦廣招使徒協助尋找失物。

本來一直苦無線索，最近山下傳來消息，事情便有了眉目。

天地破曉之時，晨空來了飛鴿。

鴿子的腳上纏著小布。

路西法讓牠停在臂上，解下了由遠方傳來的帛書。

「哈、哈！」

閱畢，路西法狂笑兩聲，吵醒了鬼谷子。

「時候到了，我要把那東西拿回來。」

那東西？未等鬼谷子開口，路西法已箭也似地離去，消失得宛如晨星一閃。眨眼間，他已到達山麓彼端。

此事要緊，路西法親自出馬。

但他不用乘馬，因爲他跑得比馬還快。

越過溪流丘陵，穿過城河峻嶺，跨過古蔓荒藤……

滾滾黃沙之中，有一列軍旅正在行軍。

戰車百乘，持戟者有之，披甲者有之，陣勢相當浩大。人數大約是一千，但這一千兵將皆是精兵中的精兵，全部都有攻城掠地的戰功。根據往績，這確實是一隊戰無不勝的雄師。

有人扛著寫著「楚」字的旗號。

別國的將士看見這面軍旗，都會望風而靡。

大將穿甲騎馬，跟在一輛華麗馬車之側，而這架馬車四側亦有重重衛兵。這副陣勢，就像在護送一個要人，又或者一件瑰寶。馬車鑲金包銀，連車輪都銅光閃閃，實在太過招搖過市。

不過，軍威赫赫，誰敢來犯？

有人。

前方開闊的平地上，有一個人影。

他穿著黑袍，繫髮束腰，顧盼自雄。

面臨千軍百馬，這個人竟然不走避，難道是傻的嗎？

一名小卒遠遠大喊：

「你在幹嘛？」

路西法對著無禮之人，也懶得報上名號，直截了當地說：「你們想不想饒命？想饒命的話，快交出馬車裡的東西。」

他的目光燦若星辰，殺氣不露於面色。

而他正在遙指大將身旁的華麗馬車。

聽見如此狂言，眾人先是愕然，然後一陣爆笑。一眾猛漢怎會怕這個美男子？他們只當他是傻子。

大將發號施令，要給傻子一個教訓。

「上！」

路西法不禁嘆息，可憐這群無知的愚人。

既然無知，就該教一下他們「死」字的寫法。

烈日晴空，鼓角齊鳴。

人入戰場。

路西法有如一道黑色閃電，直撲來勢洶洶的衝鋒兵，極速掠過戈、殳和戟之間的空隙。一切戟光與鋭刃全都碰不到他的身體，因為他實在太快，快得常人的眼睛根本追不上。

他是光，他是影。

不畏殺聲震天價響，無懼箭雨傾盆而下，路西法一路殺將過來，所過之處兵敗如山倒，剎那間轍亂旗靡。

有人用矛削向他的頭髮，成功削走了幾根髮絲。

才一轉眼，這個人立刻嘗到了可怕的死法——路西法為報削髮之仇，將這人拋上了百丈高空，然後雲霄上就傳來淒厲無比的尖叫聲。來不及等他墜地，路西法已將下一個步兵捏得粉身碎骨，再擲矛令後面的車兵肚破腸穿。

路西法一步殺多人，踏著人的肋骨前進。

天下無雙。

宇宙最強。

元祖血統是沒有弱點的。

彷彿呼風喚雨一樣的氣勢，路西法只憑一己之力殲滅了一整隊軍馬，只用了過眼雲煙般的半炷香時間。

最後，在屍橫遍野的戰場之上，只有路西法昂首展袖而立。

他笑看血河。

他的手上，品玩著一塊熒熒生輝的奇形黑玉。

42

在燭光輝映的洞壁上，鑿刻著原始的岩畫，描述神話一般的故事——

蛇首人身的男人，四周畫著陰陽八卦；蛇軀人首的女人，手上拿著一塊祕石；一人頭上冒出光環，左手握斧，右手持炬，立於天地之間。其中，最奇特的一幀畫就是在天圓地方的框線之中，竟有一艘飄浮的飛船，飛船裡有一些人像躺在靈柩似的載具裡。

火光一晃。

壁上有兩個影子，一個是路西法，一個是鬼谷子。

視線跟著路西法的背影，來到了洞與洞之間的暗廊，而暗廊的出口是一間正圓的洞室。

儘管環壁掛著九盞燈火，還是照不亮這間洞室。

鬼谷子提著最亮的青銅油燈照向洞室的中央，那裡有個「光禿禿」的裸男。這個「光禿禿」的意思，不僅是形容他的身體，也是形容他身上的所有毛髮。天可憐見！這個裸男不僅頭皮全焦，就連身上亦有無數血痂，幾乎體無完膚，胯下更是爛得只剩破囊。

路西法見狀，笑語道：

「不錯、不錯……我眞佩服你們祖先的創意，想出了炮烙這種酷刑。」

鬼谷子很清楚這番話出自眞心，這個洞室的隔壁就是刑具室，擺滿大人由民間收集回來的酷刑用具。單是殺人已經太乏味了，將一個人折磨到生不如死，這才是時下的趨勢。

刑具室之中，最顯眼就是那條銅柱，而銅柱下有個加熱的鼎爐。

王氏父子盡心盡責，把這個人抓回來之後，就將他綁在銅柱上處刑，慢慢地加熱，使其身心飽受煎熬。這個火候要控制得極好，弄到裸男奄奄一息，才交給路西法大人處置。

裸男就是當年闖入龍穴的賊子。

那塊玉尋回來了，但一劍和兩書還是下落不明。

路西法正臉湊近裸男，聲色俱厲地問：

「你爲甚麼要偷我的東西？」

裸男齜著牙，瞪著眼，嘶聲道：

「老子就是想偷！」

這番話說得壯志激昂，任何人都一定信以爲眞，但路西法瞧出是拙劣的謊言。路西法飽經世故的程度，只怕是以「千年」爲計算單位。

「你是受了誰的指使？」

路西法勃然作色，雙眼變成了紅色似的。

裸男牙關抖顫，嘴角忽然流出鮮血，竟欲咬舌自盡。

這擺明是寧死也不回答的意思。

路西法舉起手。

「死！」

手刀一抹，路西法就將裸男斬首。

鬼谷子倒是愕然，他覺得可以繼續拷問，又或凌遲處死，這樣的死法好像太過便宜這個狂賊。

路西法洞悉了鬼谷子的想法，便解釋道：「不必浪費時間。我的親信快到了，他有能力向靈魂盤問眞相。」

正當鬼谷子想著要怎麼清掃屍血，路西法就伸手摸進黑袍。

「給你看一個東西。」

接著，路西法在地上放下一塊黑石。

黑石是不規則的多邊形體。

霎時，黑石竟然自然發光，石面出現極微細的紋路，朝窟壁射出環迴四周的光束，在壁上映出了紅色的神祕文字。

鬼谷子識得那些文字，都是大人教過他的異邦語。看著如此奇幻的景象，鬼谷子驚歎不已之餘，來不及細讀，已忍不仕問：「這是甚麼經文？」

路西法逐個字吐出：

「天、地、之、書。」

說罷，他走到壁邊，伸手摸向紅字。

就在指尖觸碰之處，出現了一個個整齊排列的格子，橫分成數行，格子裡都有字元，每一格都像一個字鍵。路西法手貼壁面，摸來摸去後，四周文字閃爍了下，接著又有新的文句映照在壁上。眼前發生的一切，鬼谷子完全看不懂。

「這是內含晶片的結晶體——你把它當成寶玉，應該比較容易明白。但這東西的價值即使全世間悉數寶石加起來，也不及它的萬分之一。因為它包羅萬象，記載了有關宇宙萬物的一切知識。」

「甚麼是晶片？」

「唔，我很難向你解釋。總之，它就像一本無限量的藏書。」

鬼谷子看得瞠目結舌，他注意到有一格方框正在播放幻象，框裡居然有些會動的縮小人物，活靈活現。他還心裡一寒，以為是鬼神攝走了人類的魂魄，再將他們放在水中月一般的畫框裡。

鬼谷子伈伈睍睍，向大人求教：

「這是甚麼法術？」

「這不是法術。這是未來的科技，只要人類的文明發展下去，就會發明這樣的東西。」

「未來？」

「對你們來說是未來，但對我們來說是過去。」

路西法大人的話玄之又玄。

只要是這位大人所說的話，鬼谷子就算聽不懂，都會銘記及反思細究。鬼谷子悟性奇高，記性也極好，而有幸得到龍神的栽培，對他這個出身賤民的凡人來說，簡直就是至高無上的恩寵。

大人的偉大在於他的智慧。

而他的知識，遠遠超過當代人類的知識範圍。

路西法瞧著鬼谷子，忽然問起：「我選擇了你，你就是我選中的人。我說過一次原因，你還記得嗎？」

鬼谷子回答：「因爲我的面相——」

話音未落，他又補上一句：「你說過我轉生之後，仍會保留這輩子的記憶。而我的面相揭示我有這種能力。」

這孩子聰敏伶俐，而且忠心耿耿，路西法甚爲歡喜。要是遇上愚不可教的笨蛋，就算此人擁有「轉生記憶」的面相，也萬萬不是合適的人選。

路西法面對映著紅字的窟壁，若有所思地說：「雖然我有不老之身……但我還是有死的可能。我需要有人幫忙實現我的計畫。我的子孫不像我，他們的壽命始終有限……我知道不老的祕法，可惜以這時代的科技水平一定是做不到的了……鬼谷子，唯有靠你了。」

鬼谷子受寵若驚，即時卜跪。

「小人不才。」

路西法未卜先知，向鬼谷子提示：

「有一天，這塊玉會落入某王之手，到時就要靠你奪回來。這一切都是宿命，你的宿命……」

忽然間，外面有聲息。

地上的血水尚未凝固，洞外來了兩個陰裡陰氣的男人。

這兩人都穿著黑袍，襟上有蛇形的紋章。

左邊的男人身材瘦削，蜜褐色的頭髮，長相奇特，卻有種靡曼的美艷。

右邊的男人有四隻眼——他戴著的東西叫「眼鏡」。

鬼谷子早就認識兩人，路西法對他倆的稱呼都很難唸。鬼谷子只記得兩人在俗世的名字——瘦削的男人叫「伊耆」。他腰間繫著紅色捲尺，尺上套著很多試紙，可用來檢驗百草的特性。戴眼鏡的男人叫「倉頡」。倉頡一來到這裡，眼神中已有異樣的光芒，正眼不看路西法，卻在瞪著空蕩蕩的牆角。

乍見故人，路西法大是興奮，喜孜孜道：

「你們來得正好。東西我取回來了，我們的大計……」

倉頡倏地伸出手心，打斷他的話頭：

「路西法大人，不要說話。」

這分明是叫人閉嘴的意思，但路西法立時會意過來，不僅沒半點惱怒，還向倉頡打了個眼色，示意他可以自便。

倉頡徑直走近牆角，嘴裡唸唸有詞，低囔聲有如蜂鳴一樣。在場其他人噤若寒蟬，都在盯著他對空氣講話。

隔了半晌，倉頡皺起眉頭，樣子顯得極為無奈。

他回頭對著路西法，沉著臉道：

「你被跟蹤了，不知他已跟蹤你多久。這個靈魂有自我意志，可以拒絕我的盤問，並不是一般亡靈。」

路西法卻氣定神閒，目光爍爍地問：

「他的外表如何？」

倉頡側首凝視，盡力描述：

「此人穿著白袍，頭髮是羊毛般的白髮，年輕俊秀，不是本地人種。坦白說，我分不出是男是女。」

路西法露出諱莫如深的微笑。

他向著那片空間，向著一個看不見的人講話：

「加百列——我的老朋友。你好嗎？」

A.D. 621

三千年的歷史滄桑，
上帝的應許之地，
大陸之西，死海之東，
既是猶太人的故鄉，
也是基督教和伊斯蘭教的聖地——
它的名字叫耶路撒冷，
希伯來語的意思是「和平之城」，
卻是人類史上戰事最頻繁的地域。
以血洗血，睚眥必報，
誓奪此城，只因爲……

43

駱駝上的鬍鬚男揹著硬弓和箭袋。

箭袋是木造的，阿拉依附在上面，就可以跟著駱駝的速度移動。

這是她偶然發現的靈魂規則，只要是木製的物品，皆可成爲靈體的錨固點。原理嘛，也許木的粒子可以黏引靈體的電波……這是阿拉瞎掰出來的解釋，要證實也證實不了。

阿拉伯地域氣候炎熱一年四季不分明。

鬍鬚男騎著駱駝，越過了貧瘠的荒野，馳向沙漠中的城鎮。

那城鎮叫麥加。

阿拉就是聽到這男人自稱是穆斯林，即將覲見穆罕默德，所以才黏住他不放。

經過古埃及的時空之旅，CERN實驗團隊收穫豐富，得到很多極爲重要的情報和數據。

阿拉也不知道是怎麼算出來的，時光機的最低界限值是一百三十三年。即是說，她身處二〇八九年的時空，就只能重返一九五六年以前的時空。背後的科學原理很複雜，樊系數用了一個比喻：「就像飛機需要跑道起飛，射出靈魂也需要緩衝區。」

由於她在出埃及時期算是行爲檢點，並無刻意干預歷史，所以改變過去能否重塑未來，其可行性仍是未知之數。

有可能改變過去，亦可能無補於事。

不管如何，阿拉都要盡力完成她的使命。跟著摩西上山見上帝之後，阿拉終於覺醒了，原來自己確是被選中的人，揹負著拯救全人類的重任。

穆罕默德也是被選中的人。

阿拉重返公元六二一年的時空，第一步就是要找他。

在一排平房外，揹著弓的鬍鬚男拍了拍駝峰，胯下的駱駝便乖乖停下。鬍鬚男繫好駱駝之後，走向其中一間平房。

門口不嵌門，只掛著一張錦屏。

隔著門簾，傳出異口同聲的讚辭：

「萬物非主，唯有眞主！穆罕默德，是主使者……」

阿拉精通阿拉伯語，立刻聽出是著名的清眞言。

庭院裡約有四十來個信眾，全部席地而坐，上方有個透光天井，充沛的陽光照落眾人臉上。沿著彩釉面磚望進裡面，遠端盡頭是一面磚牆，牆前有個覆滿綾羅綢緞的聖壇，聖壇前有個兩鬢斑白的男人，他手中正抱著一個女嬰。

阿拉相信他就是穆罕默德，伊斯蘭教的創始元祖。

穆罕默德原來十分英俊，劍眉星目，直鼻權腮，即使年屆五十，亦不減其帥氣。這時候的他戴著頭巾，蓄著整齊的鬍子，表情一派慈祥，卻有種說不出的威嚴。

信眾唸完經之後，一婦出來接過女嬰，穆罕默德就開始講道。

「我小時候是個牧羊人，我呆呆坐在野地上，有一天看著夜空，空中閃過一連串流星，燦爛奪目。不知爲何，那一刻我有種強烈的感覺，這個世界有個偉大的創造者……祂就是『阿拉』……」

「我四十歲的時候，以爲自己只是個普通的男人，一生這樣就過了。沒想到，在麥加那個荒涼的山頂上，我竟然成爲『阿拉』的使者。我聽見天使的聲音，親自領受了《古蘭經》，一字一字記下來……」

「我小時候，大人們說阿拉伯會出現一位偉大的先知。但我眞的沒想過要接受使命的是我！」

穆罕默德口中的經歷阿拉早就耳熟能詳，那一夜就是「命定之夜」。沒有那一夜的啓示，世上就不會有穆聖，也不會有伊斯蘭教。

信眾裡有人喊出一聲：

「你是我們的先知！」

其他人隨即響應：

「穆罕默德，是主使者！穆罕默德，是主使者！」

縱使人數不多，聲音卻琅琅鏗鏗，彷佛遊響停雲。

穆罕默德向前擱手，等到眾人平靜下來，才說下去：

「大家也看見了吧？現在的世界非常糟糕！我們違背了祖先純樸的生活方式，人人貪財忘義，充滿種族仇恨，部落之間互相劫掠征戰……要中止一切紛爭的方法，只有一個，就是統一信仰！我所做的一切，只是要爲混亂的世界帶來和平！」

穆罕默德環視眾人，喊出一錘定音的一言：

「在戰禍連連的世界中殺戮，就是爲了和平。但在和平的世界中殺戮，這就是殘暴了。我們不怕死，不怕流血，但當敵對者欺負我們的時候，我們還是要忍耐，奉至仁至慈眞主之名，用我們的眞誠來感動對方！」

穆罕默德是個溫柔的男人，比阿拉所想的更加和藹可親。

雖然阿拉不是穆斯林，但她讀完《古蘭經》，就知道伊斯蘭教的教義其實溫順反戰。信眾深信天意，重視博愛和行善，亦常常向眞主祈求赦罪。

「Jihad」是世人常常誤解的字詞，它的原意並非「聖戰」，而是「奮鬥」。

此外，穆斯林口中的「阿拉（Allah）」，並非一個名字，這個字在阿拉伯文中，意思正是「絕對唯一的神」，故此「阿拉」只是傳到異邦的譯名。

而「阿拉」的形象一直模糊，樊系數曾有一番假設，認爲祂就是猶太教和基督教所崇拜的神，當世三大「一神教」其實都在拜同一個神。

這個角度，阿拉只看得見穆罕默德，還有他身前的兩名男信徒。當她遐思的時候，也沒留意後面傳出的騷亂聲。

穆罕默德身前的兩名男信徒忽然倒地。

女信眾失聲尖叫。

兩個蒙面人各持彎刀，刺傷男信徒之後，便向穆罕默德著著進逼。

阿拉看得動魄驚心，聽到不知哪來的叫聲：

「有刺客！」

44

兩個蒙臉人罩著頭巾，四目滿布血絲，射出惡漢般的目光。

左一柄彎刀，右一柄彎刀，都是淌著血的凶器。

它們最渴望的是穆罕默德的血。

刺客衝殺。

穆罕默德向後退卻，雖然身後有一片空地，但那裡臨近牆角，空蕩蕩的，沒有可以用來防禦的物品。

在場信眾以女性居多，都只能呆呆看著刺客行凶，由於事出突然，爲數不多的男信徒都愣在原地，未能及時應對。

阿拉只是一介靈體，亦幫不上忙。

「呀！呀！好險！」

她只能陪著其他人驚呼亂叫。

兩名蒙面人慓悍善戰，出手俐落，刀法凌厲，很快就將穆罕默德逼到了牆角。其中一漢向天撒出尖刺，接著密密麻麻的尖刺鋪滿一地，明顯是要阻撓有人前來救援。

二敵一，孤立的一方手無寸鐵。

刀影愈來愈快。

但穆罕默德的身影更快。

刀光包圍之下，穆罕默德竟都一一躲開，只是衣衫破損，沒有挨到任何顯眼的致命傷。兩名蒙面人眼中恨意更深，殺得更加凶狠，大開大合，咆哮吶喊，一刀劈頭一刀斬胸。但兩人無論如何拚命，始終奈何穆罕默德不得，這個五十歲的男人就像一把未老的寶刀，隱隱乍現深藏不露的光芒。

尖刺外，男聲嘶喊：

「嗨！接劍！」

阿拉將視角轉到另邊，就看見橫空中飛擲過來的長劍。

穆罕默德蹭牆反彈，躍起丈許，迎向飛劍，竟不偏不倚一伸手就握住了鑲滿彩石的黃金劍柄。寶劍出鞘，剎那間銀光四射。

穆罕默德一旋身，以巧妙角度出劍，同時擋住兩把劈來的彎刀。而穆罕默德的佩劍是雙刃劍，此劍乃他的家傳寶劍，劍名叫「Al-Ma'thur」〔註〕，全長九十九公分，既輕盈靈便，又吹毛利刃。有劍在手之後，穆罕默德一陣急風暴雨，展開猛烈的反攻，以一敵二，居然還穩佔上風，逼得兩個蒙臉人手忙腳亂。

很多人眼見穆罕默德溫文爾雅，都以為他弱不禁風，殊不知他文武雙全，自小就跟力大無窮的漢姆札叔叔（Hamzah）學藝，習得非凡的劍技和精湛的箭術。日後穆罕默德帶頭攻城，深入敵陣而全身而退，靠的就是這樣的本事。

對，他不僅是先知，更是武藝最強的先知。

太強了！

如果阿拉有手掌，她也想爲穆罕默德鼓掌。

著！

穆罕默德一劍破空，正中敵人的手腕。而這一劍帶著未完的旋勁，又刺中了那人的胳膊。

咚咚兩聲，撒手的彎刀掉在地上。

受傷的蒙臉人痛得跪地不起。

穆罕默德擊倒一人之後，另一個蒙臉人竟然拋下夥伴，逕自逃之夭夭，推開群眾奔出外面。

「箭！」

穆罕默德一走到門口，就有人遞上了長弓。

阿拉之前黏著的鬍鬚男，亦借出了箭袋，而穆罕默德只取了一箭。

在街上，那蒙臉人已逃得老遠，即將消失得無影無蹤。

嗖！

穆罕默德鬆開手，朝街道的盡頭射出一箭，張弓和放弦都在彈指之間完成。

註：「Al-Ma'thur」此劍現藏於伊斯坦堡的托普卡匹宮博物館，乃穆聖九劍之一。

百步穿魂。

隔著大老遠的距離，那箭直中蒙臉人的後腦。

蒙臉人僵立，倒下。

信眾連聲喝彩，更有人痛罵：「幹得好！這種貪生怕死的懦夫，死不足惜！」

依照穆罕默德的命令，男信徒拽出就擒的蒙臉人，一撕開他的頭巾，就有人認出他是古萊須族那邊的爪牙。

「唉——」

穆罕默德長嘆一聲。

雖然阿拉和他只是初識，但她熟讀穆罕默德的傳記，所以能夠理解這位一代宗師心中的煩憂。

當穆罕默德的叔叔阿布〔註〕病逝後，他的家族就不再保護他。穆罕默德失去重要的靠山，現時他的處境可謂是眾叛親離，一個不慎就會被仇家殺害。

在麥加的街上，常常會有人向穆罕默德擲石頭，甚至潑屎淋尿，將發臭的綿羊子宮塞進他要吃的煮鍋裡。縱使穆罕默德有高強武藝，他為了信守「阿拉」的教誨，竟然都打不還手，挨罵也不還嘴。

這時期是穆罕默德人生的低潮，效忠「阿拉」的信心亦受到考驗。

可是，阿拉知道，命運的轉捩點即將出現，這位先知將會脫胎換骨。

明天就是七月二十七日。

在《古蘭經》的傳說中，穆罕默德夜行登霄，接受神示的重要日子。

阿拉沒忘記這趟時空任務的目標——

跟著穆罕默德，前往耶路撒冷，尋找傳說中的約櫃。

註：Abu Talib生於五三九年，卒於六一九年，曾任族長，支持穆罕默德傳教。

45

這夜，穆罕默德去拜訪一位表親。

出了麥加，旅程途中他將會經過一座卡巴天房，天房的西北方有一處有遮蓋的暗室，正好適合留宿。

不過，穆罕默德只打算小睡一會就要夜行趕路。他已窮途末路，才會去尋求那位表親的援助。

阿拉一直貼身跟蹤，恰好穆斯林也會用贊珠，而穆罕默德帶的是木贊珠，阿拉只要依附在上面，就不必費神追上他的步伐。

由開始傳道以來，穆罕默德受盡了迫害，愛妻又於去年逝世，可想而知他一定飽歷極大的傷痛。傳道了整整七年，他卻好像沒有得到眞主的保佑，屢屢碰壁，還惹來了仇殺，人生簡直是跌到了谷底。

在這趟孤單的路途上，穆罕默德一直悒悒不樂，雙眼萎靡不振，連阿拉也看出他內心的絕望。

在寂夜的暗室裡，沒有旁人，風吹得門簾開開合合。

穆罕默德跪下祈禱，鼻子貼著冰冷的地面。

「眞主啊，我欲向你訴說我的弱勢……」

他才喊出首句話，整個人突然崩潰，蜷縮成一團，先是抱頭大哭，到後來已經泣不成聲。

阿拉看到穆罕默德脆弱的一面。

先知也是凡人，成就大業之前，亦要先承受生而爲人的苦痛。儘管阿拉知道他最後必定會成功，但這一刻也替他難過，有種看不下去的酸楚。

但她還是要寸步不離，不可以讓他在眼底下消失。

如無意外，今晚會有超現實的奇事發生，穆罕默德將會夜行至耶路撒冷。

上帝曾告訴阿拉：

「約櫃就是拯救世界的聖物。」

所以，阿拉無論如何都要找到約櫃，並依循上帝的指示，來到了這個時空。而穆罕默德的身分至關重要，他就是讓她找到約櫃的契機。

哭著哭著，穆罕默德身心疲憊，很快就臥地睡著了。

暗室裡有個通風口，阿拉的目光穿過孔口，看著外面的夜景。聖壇附近也沒甚麼好看的景色，除了遍地岩石和黃沙，就只有一些乾枯的荊棘。

夜星在荒漠上一閃一閃。

阿拉突然怔住。

由聖壇那邊突然走來一個奇裝異服的人。

此人絕非一般阿拉伯人，因爲他的額頭閃閃發光，滿頭鬈曲的白髮。

當他愈走愈近，阿拉才看得清楚，他有一張年輕俊美的面龐，身穿一塵不染的白袍。

阿拉來自未來，當然見過那種白袍。

那是實驗室研究員常穿的白袍。

剎那間，阿拉有種強烈的感覺，來者並不是人——

而是幽靈！

靈體會以生前最常出現的形象示人，亦即魂主本身自我意識中的形象。阿拉不曉得靈體是否有性別，但依她所見，眼前的幽靈非男非女，比較貌似男人，喉嚨上卻沒有喉結。

門口的布簾沒有掀起，那個白衣幽靈就進來了，初時只露出半截身子。這樣的奇象證實了阿拉的想法，來者如非幽靈，就一定是超乎想像的生命體。

幽靈進屋後，目光瞧著阿拉，竟對她莞爾一笑，顯然是察覺到她的存在。

阿拉登時一愣，想像揮手打招呼的動作，也不知能否呈現出來。

幽靈說話了：

「我等妳好久了。」

聲音像高音的童聲，說的是希伯來語。

阿拉更覺愕然，不由得問：

「你認識我？」

她沒有嘴巴，發不出聲音，但幽靈點了點頭，證明她的想法能傳達給對方。那種感覺難以言喻，似乎就是靈體之間的溝通方式。

幽靈又說話了：

「幸會。我由兩千年前就開始等妳了，這是上帝給我的囑咐。我的名字是——加百列。」

阿拉愀然一驚。

加百列——

眾天使之長——

最高階的熾天使——

同時在《聖經》和《古蘭經》出現的大天使！

46

加百列就是向穆罕默德顯靈的天使。

雖然阿拉早就料到這樣的事，但當下與傳說中的大天使交談，這番奇遇堪稱是情理之內，卻在意料之外，大大超乎她最初的預期。

「兩千年？你等了我兩千年？」

阿拉只感到難以置信。

加百列欣然點頭。

「由於我的壽命無窮無盡，在我戰死後，就成了不生不滅的靈體，無法進入這個世界的輪迴系統。」

「嗄？輪迴？」

阿拉懷疑聽錯了，弄個清楚明白，才知道確實沒會錯意……這個詞語出自大天使的口中，感覺實在太詭異了。

加百列明明感應到阿拉的疑惑，卻就此打住，雙手插在白袍的兩側口袋，一副天機不可洩露的口吻：

「我會帶妳去耶路撒冷，在那邊再慢慢詳談吧！」

接著，加百列走到穆罕默德身旁，先是在他的耳邊呼氣，再低喃了一些話。阿拉頓時成了旁觀者，靜靜看著這默劇似的一幕。

忽然，她聽聞加百列的呼聲：

「睡覺的人啊！起來吧！」

穆罕默德悠悠醒轉，一起來就有所行動，徑直走出屋外。加百列向阿拉打了個眼色，她就跟著出去，而他緩緩尾隨。

不知由何時開始，屋外多了一件奇怪的大型物體。

那東西身展二翼，尾如孔雀，外殼是白色，既像箱型馬車，也像帶輪篷船……總之怎麼看都是內含機件的運載工具，而兩盞頭燈就像一雙大眼。

穆罕默德顫聲大叫：

「飛馬！」

阿拉另有一番見解，在她的眼中，那是一架「飛行汽車」。

加百列的聲音，只有阿拉聽得見：

「它叫天馬布拉克號。我的夥伴阿丹負責駕駛。」

阿拉也看見了，飛行汽車裡有個男人，他坐著的位置就是駕駛艙。

穆罕默德掀門進去，主動說了幾句話，但阿丹看來不會阿拉伯語，只露出一臉抱歉的表情。

阿拉和加百列當然也跟著上車，靈體不佔空間，這一點還真是方便。等到穆罕默德坐穩，阿拉很快就聽見引擎的聲音。

天馬布拉克號展開側翼。

起飛！

沿直路衝刺之後，一陣傾斜，窗外便是離地的景色。

穆罕默德從未坐過飛機，忽然遭逢升空的奇遇，俯瞰著相隔千丈的地面，不由得畏高心驚。阿拉瞧見他嘴角微動，便知他在悄聲唸誦《古蘭經》。

當晚的登宵夜行，《古蘭經》亦有記述，但很多人都覺得是譎怪之談，而歷史學家更加否定整件事，不信穆聖可在一夜之間往返麥加和耶路撒冷。

如果是用飛的話，當然就有可能。

「那裡是西乃山……」

加百列就像專業的導遊，向阿拉介紹地理。

機會千載難逢，阿拉爲了滿足好奇心，便問：

「對了，我想向你請教一件事。」

「請說。」

「穆斯林拜黑石，這是你吩咐的嗎？」

「啊……可以這麼說。我希望他們能幫忙，去找一塊黑色的晶石……但這個希望相當渺茫。我懷疑這塊黑石已被埋在一個地方……」

「一個地方？」

「是的。應該是一個隱出得難以到達的地方，我也不知道在哪裡……對人類來說，也是好事，那東西最好永遠埋掉。」

加百列的回答證明了阿拉的想法。既然他曾傳令，穆斯林都一定奉爲圭臬，久而久之，代代相傳，這個命令就變成了他們的習俗。

天馬布拉克號在伯利恆停站。

歇了一會，又再出發。

遠方出現一座古城，沿著丘陵而建，在朦朧的夜晚中若隱若現。

阿拉看了一會，終於認出是甚麼地方——

耶路撒冷！

天馬布拉克號飛越了城牆，沿著寬敞大道降落，該處周圍都是羅馬式的古建築和砂岩牆垣。

穆罕默德下車，跟著阿丹走進了聖殿。

聖殿裡有微弱的燭光，穆罕默德一看見莊嚴的大堂不禁熱淚盈眶，隨即走到聖台前祈禱。

受了穆聖這趟夜行之影響，穆斯林做禮拜時，都會面向耶路撒冷的方向。自此，耶路撒冷也成爲了伊斯蘭教的聖地，每逢七月二十七日之夜，穆斯林都會禮拜誦經，讚揚這神祕又神聖的一夜。

趁著穆罕默德專心祈禱，加百列向阿拉說：

「跟著我！」

阿拉便跟著加百列前進，中間經過不少障礙物，走的正是直線的捷徑。幸好靈體可以穿牆過壁，否則這樣繞來繞去，還當眞是容易迷路。

到了某一處，加百列教了阿拉一招，原來靈體雖然無法往上飄，但只要集中意念，竟然可以沉下地底。

不一會，阿拉必須循著加百列的聲源，才能確認他前往的方向。

「好了……到了。這裡就是眞正的『至聖所』。我們在這裡等一等。」

阿拉轉來轉去，都只有一片漆黑，四面八方都是黑屛般的畫面。「靈魂之窗」果然像攝影機的鏡頭，沒有燈光，顯影就不行。

就這樣，阿拉陪著加百列呆等。

等了一段時間，眼前忽然有光，原來是油燈的光，阿拉一看光圈中的臉，就認出是阿丹。

油燈一照，室內忽明忽暗，呈現一個金光閃閃的箱型物品。

約櫃！

阿拉驚想，看著傳說中的聖物，情緒難免激動萬分。

果然和《聖經》描述的一樣，約櫃就是一個木櫃，長三英尺三英吋，不算是大件的東西，倒是像個藏寶箱。櫃身外包純金，兩端各有面對面的帶翼天使雕像，四面有金環鑲在櫃的四腳之上。

加百列應該一早有所囑咐，只見阿丹一進來，拜了一拜，就掀起了約櫃的櫃蓋，小心翼翼地擱在旁側。

正當阿拉凝目而視，耳邊傳來加百列的聲音：

「妳應該知道了吧？約櫃裡的東西就是一個『套組』，只要到了適當的時機，就能用來拯救世界……其中有一個銅盒，此物最爲重要……」

銅盒？

阿拉不曉得這樣的事，《聖經》好像沒記載這樣的祕密。

她的目光聚焦在櫃內的東西——

兩塊石板、一根白杖、一個陶罐……

就是不見所謂的銅盒。

「奇怪！」

加百列驚呼一聲，怔住了一會，怒不可遏地說：

「可惡！這樣的事眞的發生了。」

阿拉徬徨無主，低聲詢問：

「可否解釋一下，到底發生了甚麼事？」

加百列嗔道：

「銅盒被偷走了！」

阿拉大吃一驚。

「誰會做出這種事？」

加百列露出黯然的面色，一字字道：

「撒、旦。」

阿拉壓根兒聽不懂，腦波中滿載疑問。

加百列卻不理她，盯著遭竊的約櫃，惘然若失地說：「原來他早就有這樣的意圖……綁架神的兒子……我們一定要把銅盒搶回來……」

這是一番玄之又玄的話，凡人自是無法理解，卻被捲入了腥風血雨的漩渦，在耶路撒冷這片聖域上廝殺。

天使與魔鬼。

爭戰永不止息，至死亦不休，直到世界末日——

現世

47

這是一間五星級的酒店。

在動盪不安的世界裡，酒店有種與世隔絕的寧靜。

樊系數與瑪雅同處行政套房，套房裡有兩張大床，隔間壁外有一張灰色木紋的辦公桌，桌面延至窗邊，窗外是燈火闌珊的深圳市夜景。

至於為甚麼要在這裡留宿，樊系數曾經解釋：

「這間酒店相當安全，因為是高官偷情的聖地，由街口到停車場入口，都沒有『天眼』……」

反正瑪雅也沒有更好的選擇，便決定相信樊系數……瑪雅身上除了美色，應該也沒有東西值得別人垂涎。

瑪雅以為自己睡了很久。

當他醒來望出窗外，天還是黑的。

時間是早上五點鐘，樊系數已不在床上。

瑪雅還沒梳洗，就繞過了浴室，走到了辦公桌那邊。

在桌邊的靠背椅，樊系數端正地坐著，聚精會神細閱案頭的列印文件，數一數大概有七張紙。

樊系數過於專心，一直渾然不覺瑪雅在場。直到瑪雅泡了兩杯咖啡過來，樊系數才仰起了臉，訝然說了聲謝謝。

桌上的七張紙全部中英對照，字體頗大，段落分明，瑪雅一看就知道是《聖經》的經文，全部輯自詹姆士王的譯本。

「這些就是你懷疑受了曼德拉效應影響的經文？」

「是的。你也一起看看吧。」

瑪雅一手拿著咖啡杯，一手拿起桌上的文件，逐張細看：

Genesis **1 : 1**（KJV）

In the beginning God created the <u>**heaven**</u> and the earth.

創世記 1 : 1

「起初，神創造天地。」

（「heaven」的原意應該是「諸天」。是不是少了一個「s」呢？）

Numbers **18 : 15**（KJV）

Every thing that openeth the <u>**matrix**</u> in all flesh, which they bring unto the Lord...

民數記 18 : 15

「他們所有奉給耶和華的，連人帶牲畜，凡頭生的都要歸給你。只是人頭生的總要贖出來，不潔淨牲畜頭生的，也要贖出來。」

（爲甚麼會出現「matrix」這麼奇怪的字？譯者是看過《駭客任務》這部電影嗎？）

Isaiah **11**：**6**（KJV）
The **wolf** also shall dwell with the lamb, and the leopard shall lie down with the kid.

以賽亞書 11：6
「豺狼必與綿羊羔同居，豹子與山羊羔同臥……」
（在很多人的記憶裡，應該是「獅子」與綿羊同居吧？）

Matthew **6**：**9**（KJV）
After this manner therefore pray ye: Our Father **which** art in heaven, Hallowed be thy name.

馬太福音 6：9
「所以，你們禱告要這樣說：我們在天上的父，願人都尊你的名爲聖。」
（爲甚麼會以「which」來指向天父？）

Matthew **9**：**17**（KJV）
Neither do men put new wine into old **bottles**: else the **bottles** break, and the wine runneth out, and the **bottles** perish: but they put new wine into new **bottles**, and both are preserved.

馬太福音 9：17

「也沒有人把新酒裝在舊皮袋裡；若是這樣，皮袋就裂開，酒漏出來，連皮袋也壞了。唯獨把新酒裝在新皮袋裡，兩樣就都保全了。」

（羅馬人是用皮袋來盛酒，爲甚麼「皮袋」會變成了「瓶（bottle）」呢？但和合本卻譯對了。）

Matthew **14：8**（KJV）

And she, being before instructed of her mother, said, Give me here **John Baptist’**s head in a charger.

馬太福音 14：8

女兒被母親所使，就說：「請把施洗約翰的頭放在盤子裡，拿來給我。」

（「John the Baptist」才是正確。爲甚麼會出現這種文法上的低級錯誤？）

John **4：25**（KJV）

The woman saith unto him, I know that **Messias** cometh, which is called Christ: when he is come, he will tell us all things.

約翰福音 4：25

婦人說：「我知道彌賽亞（就是那稱爲基督的）要來；他來了，必將一切的事都告訴我們。」

（彌賽亞的拼法應是「Messiahs」吧？）[註]

數小時之前，張獒將畫上螢光筆的頁面上傳，樊系數背後的駭客團隊極速趕工，花了三個小時就整理出這份報告。報告裡羅列的經文就是網上流傳認爲受到曼德拉效應影響的經文，而又同時符合螢光筆的標記。

樊系數有種強烈感覺，所有必要線索就在眼前，但他仍一籌莫展，破譯不了來自未來的訊息。

瑪雅擱下手上的紙，開始滑自己的手機，似乎已對那些經文不感興趣。

樊系數喝了一口咖啡，閒聊起來：

「你有聯絡上老婆嗎？」

瑪雅搖了搖頭。

「我有發短訊報平安。你呢？你的家人呢？」

瑪雅問話的時候，盯著樊系數右手上的結婚戒指。

樊系數苦笑。

「我已經沒有家人了。我唯一的家人就是我老婆，她……她一直住在醫院。那間醫院位於港島西，即是核彈爆炸的重災區，應該是沒希望的了。」

瑪雅微微一怔，才懂得回應：

「啊……很抱歉聽到這樣的事。」

樊系數嘆一口氣，強顏歡笑，說道：

「這樣也好，我也終於可以放下了……其實，我的老婆在結婚後沒過多久就昏迷了，醫生說，那是一種奇怪的腦疾。」

瑪雅甚麼也不說，只是靜靜聆聽。

他看見樊系數眼眶泛紅，便知這個男人正在竭力壓抑淚水——當樊系數獨個兒沐浴的時候，可能已經痛哭過一場。

樊系數很快振作起來，繼續翻閱桌上的文件，似乎很努力令自己分心。

但沒隔多久，樊系數又向瑪雅傾訴：

「瑪雅，我知道你不相信有輪迴，雖然《聖經》並沒否定……但我可是見證過這樣的事。我相信有前世今生。所以，我一定要努力拯救這個世界，等到來世我和老婆重遇，就會在一個更美好的世界……」

瑪雅怔怔地看著樊系數。

聽到這麼深情的話，誰能不動容？

瑪雅很想幫忙，但真的愛莫能助，破譯密碼並非他的專長。但他還是盡力嘗試，陪著樊系數重新拿起桌上的紙，細究那些節錄出來的經文，看看能否發現所謂的未來訊息。

「唉。」

到了天亮的時候，兩人一同放下文件，一同嘆氣，之後索性一同看日出。儘管毫無進展，但樊

註：有關《聖經》詹姆士王譯本疑似受到改動例子，詳情可見網站「http://www.mandelabiblechanges.com」。

系數已將瑪雅當成了好朋友，對他露出惺惺相惜的一笑。

樊系數想起一事，提出一個假設：

「瑪雅，你說過，九一一發生的時候，你曾去過災難現場……然後，你就以恐怖分子的視點作了那個怪夢……我在想一個可能性，你的能力會不會是和記憶有關？也許，你可以直接讀取亡魂的記憶。」

瑪雅先是一愕，然後啞然失笑，顯然覺得是無稽之談。

樊系數忽道：

「再過兩個小時，我們就要出發……」

瑪雅忍不住問：

「出發？去哪裡？」

「香港。果然還是非去一趟不可。我要親眼看一看那本《聖經》，搞不好會發現新的線索。」

「香港與中國之間的關口，不是已經都封鎖了嗎？」

樊系數目光堅定，卻鬼頭鬼腦地說：

「誰說我們要過關？我們可以偷渡……我一切都安排好了。」

48

此日天晴，風平浪靜，適宜投奔怒海。

石駁岸上一整排都是長長的條石，這個早上居然一條船都沒有。

這裡是大鵬灣。

對岸就是香港。

樊系數握住拳頭，向瑪雅和秦箏說：

「我們樊家的祖先當年就是抱著一個籃球，由這裡游到對面！爺爺做得到的事，我也一定做得到的！」

這件陳年往事可是千真萬確，上世紀六〇年代，三年大饑荒之後是逃港的高潮，偷渡者循西路、中路或東路過港。雖然確切的登陸地點不得而知，但樊系數記得亡父說過，祖父當年就是經東路游過大鵬灣。緣於這樣的情意結，如今樊系數決定要偷渡，毫不猶豫就選擇了東路。

瑪雅的妻子安吉以前也是偷渡客，所以瑪雅很看得開，沒有拒絕樊系數的提議。

遠遠走來一個穿軍裝的帥哥。

黑色的軍裝繫滿了收納包，很明顯是特種部隊的正規裝備。瑪雅認出他是昨晚的英雄救兵，果不其然，樊系數介紹說帥哥叫「賴飛雲」，不太會講英語，但他是救世主團隊之中最強的「劍客」，他會用行動來守護夥伴。

等賴飛雲來到面前，樊系數便問好：

「小賴！你昨晚是怎麼了？」

賴飛雲一副老兵的語氣：

「我叫陣之後，引開敵人的注意力，就撿起了天台上的降落裝置開溜……我破壞了電梯，直接跳到地面，干將和莫邪要追我也追不了。」

「哦。我還以爲你會和他們決一生死。」

「我才沒那麼傻。我讀過《五輪書》，逃跑是宮本武藏很推崇的戰術。」

逃避雖可恥但有用……

樊系數腦中浮現這句諺語。

「現在你姊姊懷疑受到感染，未知是否新聞報導的神祕病毒……她和張嫈在我家休養，暫時發高燒，我們快過去看她。」

賴飛雲點點頭，他此行過來，正是爲了越境救人。

偷渡的事都由秦箏安排，但她只來送行，並不會跟隨大夥兒偷渡去香港。此行可能極爲凶險，秦箏輕輕抱了抱賴飛雲，又輕輕抱了抱樊系數。

「瑪雅，祝你好運！」

秦箏投懷送抱，緊緊抱住了瑪雅，抱了半分鐘才肯放手，一點也不像才認識一個晚上的朋友。

瑪雅摸了摸脖子，襯衫的衣領上有個唇印，令他感到納悶：「怎麼中國女人比墨西哥女人更加熱情……」

石駁岸外，水面駛來一條藍色的機動舢舨。

舢舨上只有一個頭髮稀疏的大叔。

大叔年約五十，身穿襯衫西褲及戴金錶，衣著光鮮，卻貌甚猥瑣。他坐在引擎旁，掌舵舢舨，眉開眼笑迎接乘客。靠岸之後，他遞上名片，樊系數一看，名片上的公司竟然是一間旅遊公司，主打項目是「自駕遊」。

大叔嬉皮笑臉，說道：「您們不用緊張，就當是自駕遊，然後順便偷渡，最重要是HAPPY，遇上水警要保持微笑啊！」

樊系數聽到他這麼說，反而緊張起來。

機動舢舨上也沒甚麼東西，感覺是很陽春的船款。不過，樊系數自知不能挑剔，這時勢，人人對香港唯恐逃之不及，臨時能找到蛇頭幫忙已是萬幸。

待樊系數等人穿上橙色救生衣，大叔就發動引擎，舢舨隨即乘風破浪，沿著湛藍的海面簸盪起伏。

到了白茫茫的水域，船身愈來愈漂晃，左搖右擺，好像雲霄飛車似的。

賴飛雲向著大叔，忍不住問：

「你……是不是無牌駕駛？」

大叔面不紅耳不赤，邊抽菸邊回答：

「是啊！你怎麼知道的？」

當舢舨轉彎的時候，甩尾甩得幾乎翻船……瑪雅和樊系數感到反胃，差點就想吐出來。

大叔像是在開玩笑，向三名乘客說：「我們已經進入香港水域……你們誰要開船，我都可以借開。」

五分鐘後，眾人眼前出現一條大輪船。

大叔竟然只顧抽菸，到了最後一刻才轉向，當下險象環生，舢舨幾乎是貼著輪船的舷側而過。

瑪雅和樊系數還沒冒完冷汗，舢舨已經遇上了暗湧，捲向了輪船，卡嚓卡嚓，擦邊應聲撞上！

接著舢舨翻側，隨浪一拋，就將所有人拋到了海上。幸好人人都穿著救生衣，沉了一沉，就浮上了水面，只是頭髮衣物都濕透了。

瑪雅拿出口袋裡的手機，怏然道：「壞掉了。」

輪船遠去，沒發現這邊發生的意外。

翻轉的舢舨如醉漢般臥在海上，眾人嘗試合力抬起舢舨，但翻正後的艙身已注滿水，橫看豎看都不可能再行駛。

樊系數不知如何稱呼，只好說：

「蛇頭大哥……現在這種情況，該怎麼辦？」

大叔不知何來的自信，笑嘻嘻道：

「不用擔心，敝公司的生意很好，很快就會有下一班偷渡客。很快！」

「下一班……」

樊系數心裡當然罵出了髒話。

大海茫茫，無可奈何。

儘管不幸落難，一時三刻應無危險，樊系數、瑪雅、賴飛雲穿著救生衣，趴在覆舟上等待救援。只是水有點冷，瑪雅不懂游泳，面上一陣青一陣白。

「天將降大任於斯人也，必先苦其心志，勞其筋骨……」

由小學五年級開始，每當遇上倒楣事，樊系數都會用這番話安慰自己，有時候連他自己也覺得是自欺欺人。

等了不知多久，還是沒有其他船隻出現。

只見大叔打了一個哆嗦，然後滿臉舒暢，一看就知道是尿完的表情。

賴飛雲突然繃緊神經，大叫道：

「有東西，來了！」

瑪雅聽不懂就算了，但樊系數字字聽懂，還是一頭霧水，因為天空與海連鳥影也不見，哪有甚麼東西？

賴飛雲二話不說，逕自潛進了水裡。

驀然間，樊系數眨了眨眼，好像看見海底有一團黑影掠過，接著背後傳來一聲淒厲的慘叫。

樊系數隨即側過頭，望向舢舨的另一端，第一眼看見蛇頭大叔掙扎，第二眼就看見他沉入了海裡，彷彿被浪花吞噬了一樣。

漣漪下方緩緩浮出了血。

沉沒。染血。

全都是在轉眼之間發生的事。

再轉眼間，眼前的海面出現了刃狀的背鰭。

49

鯊魚！

瑪雅看著染血的海面，心中一陣慄冽。

樊系數也是六神無主。

吧唧、吧唧……

這是鯊魚吃人的聲音嗎？

半晌，海面就浮出一團黑影，泡沫裡竟是血肉模糊的屍體。背部朝上，鮮艷的襯衫圖案，誰也看得出死者就是蛇頭大叔。

同時間賴飛雲浮上了水面，按住了舢舨，翻身站了上去，拔出伸縮單劍，眼觀四方凝神戒備。

樊系數盯著海面，海面上原來不只一條鯊魚。

一、二、三、四……

「我沒算錯吧？四條鯊魚？」

聽到樊系數的問題，賴飛雲還有閒暇回應：

「真的是四條。」

這片海域常有鯊蹤，但這麼多鯊魚同時出現，也許是受了核災的影響。

雖然死者已矣，但樊系數很難不怪人禍，就因爲一個疏忽亂來的無牌駕駛員，連累全船人陷入如斯危險的境地。

樊系數再次拿出手機，嘗試開機，失敗之後，不由得暗罵自己：「我到底在想甚麼？就算能報警又如何？水警來到之前，我們已成爲了鯊魚的點心……」

瑪雅又無奈又無言，他到現在都還不明白，爲甚麼遇上樊系數之後，一連串非死即傷的鳥事紛沓而來，每隔數個小時就有生命危險……到底是自己命衰，還是因爲遇上了衰神？

賴飛雲身懷絕藝，對付鯊魚游刃有餘，但倘若鯊魚同時圍攻，他未必可以及時保護得了同伴。

鯊魚游速極快，圍著獵物繞圈子。

眾人都不敢亂動。

樊系數死命抓住舢舨，仰望著賴飛雲，出言提醒：

「我記得鯊魚的弱點是眼和腮……」

話未說完，水面上冒出一個巨大的鯊魚頭，掠過了舢舨，猛地撲向賴飛雲，向他的背後偷襲。

這樣的奇襲出乎賴飛雲意料之外，他知道香港人頭腦精明，但想不到香港的鯊魚也有點小聰明。

就在鯊魚張開血盆大口之際，賴飛雲急轉身，豎劍卡住牠的裂顎，不料鯊魚飛撲的衝力卻比想像中大，竟將自己撞飛，一下子凌空離開舢舨。

「撲通」一聲，賴飛雲往後跌到了水裡。

鯊魚仍緊咬不放，擺尾往前推，激起四濺的浪花。

賴飛雲之前不敢亂放電，就是怕會傷及無辜，現在拉開了距離，他就可以使出必殺技——

電磁爆！

就像用了電磁魚矛，賴飛雲一傳電，立刻就電斃了鯊魚。

四減一等於三……

賴飛雲稍微喘息，才發現剛剛被鯊魚推行，竟已漂到了很遠的水面，與舢舨至少隔著一個標準泳池的距離。

三條鯊魚正游向樊系數和瑪雅。

這樣的情況極爲不妙，兩人手無寸鐵，又手無縛雞之力，如何能擋得住嗜殺成性的鯊魚？

縱使賴飛雲有奧運級數的泳速，他身繫救生衣和一堆裝備，在水中也是窒礙難行，一時三刻絕對趕不回去救援。更何況，賴飛雲水性不強，卯足全力只能游得比常人快一點。

三條鯊魚愈游愈近。

背鰭一來到，就是樊系數和瑪雅的死期。

賴飛雲還在遠處。

瑪雅一直攀住舢舨邊緣。

樊系數束手無策，臨死關頭，腦中竟掠過一連串昔日的畫面，由童年到成年，參觀海洋公園的回憶如跑馬燈般湧現……

砰！

忽聞一下撼人心魄的槍聲。

海中的鯊魚似乎中槍，就在非常接近樊系數的水面浮起。

其餘兩條鯊魚受驚，向遠處游開。

樊系數用手划水，轉首望向背後——

近處白浪滔滔，來了一艘巡邏快艇，船頭甲板站著兩名警員，白色的艇身上印著「水警」和「POLICE」兩行大字。

50

安全島。交通燈。巴士站。

窗外是香港街景。

車廂內，駕駛席在右側，懲教署的制服人員正在駕車。乘客座相當寬敞，四側都有欄杆，橫跨車窗的欄杆尤其穩固，非常適合作扶手之用。

在這架黑色的囚車裡，樊系數、瑪雅和賴飛雲穿著棕色囚衣。看到香港警察，樊系數就安心多了，哪怕現在是因爲偷渡而受到拘捕。樊系數自以爲幽默，對著瑪雅說：「你現在體驗的事情，是別的香港旅客一定體驗不到的……呃，其實我也是第一次坐囚車。」

瑪雅懶得回應，賴飛雲仍是一副酷臉。

香港法律不會未審先定罪，三人換上囚衣，只不過是因爲衣物全濕，警員本著好心，才拿囚衣給他們替換。

樊系數表面無恙，暗自卻在憂心，雖然照理說可以無罪釋放，但最怕是要在拘留所浪費時間。無奈樊系數在香港沒人脈關係，想不出方法搞定香港警察。

副駕駛席上的小哥，一邊講電話，一邊對駕駛員說：

「好、好……喂，臨時有事。我們要改變目的地。」

「去哪裡？」

「中銀大學。」

樊系數偷聽到前面兩位仁兄講話，覺得事有蹺蹊，便上前問個明白。但兩位懲教署的職員都只是公事公辦，他倆都答不出來。樊系數無可奈何，只好去到再說，走一步算一步。

黑色囚車開到了中銀大學，窗外是海山勝景，鳥語花香、花木扶疏。

經過環迴大道，車子在醫學院大樓前停下。

門口有個督察在等待，看他肩章上的星數，應該是很高級的警官。督察跟懲教署人員聊了一會，接著他們過來打開車門，竟然即時釋放樊系數三人，讓他們穿著囚衣下車。

「樊系數博士，我們需要你的協助。請你進去再說。」

督察將身分證交還樊系數，敦請三人進入大樓。

經過大堂時，樊系數瞧見了門外的豎架，豎架裡的紙印著「疫災應變中心」六字。

到了樓上的公共空間，只見一堆桌椅排開，擺滿了筆電和螢幕。人多手亂，波波碌碌，有的明顯是穿著白袍的實驗室研究員。這副陣勢，果然就是一個眾志成城的指揮中心，對抗的是來勢洶洶的神祕病毒。

樊系數又看了幾眼，發現在場人員來頭不小，有的是學術界的知名學者，有的更是享譽國際的大老。

「飯頭！」

有人喊出樊系數的暱稱，聲音有點蒼老。

「胡校長！」

樊系數一轉身，就與胡桐先生打了個照面。

原來樊系數會來到這裡，就是胡桐先生穿針引線。胡桐先生退休之前，曾任大學校長，學術地位等同泰山北斗，樊系數昔日也受過他不少恩惠。

這時候，樊系數才瞧見胡桐身後的人叢，其中居然有行政長官及保安局局長等高官。儘管高官在平日都是挨罵的對象，但到了兵臨城下的時刻，他們竟然都比想像中有骨氣，並沒有帶著海外護照望風而逃。

一名高官走出來，激昂慷慨，當眾喊話：

「我們都是香港人，我們不會逃的，我們要與香港共存亡！」

這番話振奮人心，惹來哄堂喝采鼓掌。

樊系數想起了一句老話：「人性的光輝在戰爭中特別耀目。」

出乎意料之外，胡桐先生竟走近衛生局局長，指了一指這邊，向樊系數招了招手。胡桐引見兩人，當面向局長說：「樊博士就是我極力向你推薦的人才！他的主要研究領域是混沌理論、動態系統理論和數理生物學……他將會協助我們預測疫情，阻止疫情擴散。」

局長欣然點頭，用力握手，叮嚀樊系數加油。

言畢，胡桐先生先行告退，牽著樊系數等人回去工作區，湊近其中一張臨時架起的長桌。胡桐先生按了幾下鍵盤，螢幕上顯示一張藍色的香港地圖，地圖側欄呈示眾多複雜的資料和數據。

胡桐先生指著螢幕，說道：

「你自己看一看。我們用大數據來分析疫情，結果就是這樣。」

樊系數靠近螢幕，看了一會，忍不住驚呼：

「哇！」

胡桐先生嘆氣道：

「你看到了吧？地圖上的網點非常散亂，根本就像一堆亂數。」

近年大數據興起，應用相當廣泛，尤其對預測疫情萬試萬靈。眼前螢幕上的應用軟體結合了大數據和人工智能的分析技術，但結果還是失靈，別說是預測下一個關鍵疫區，現在連病源區都是一個未知之數。

螢幕上顯示即時資訊，感染人數已經超過五千多人。

每隔數分鐘，人數又會增加。

胡桐先生又說：

「疫情擴散得相當快。唯今之計，就是盡快找出病毒的源頭。我們都會將資料上傳，世界衛生組織的專家已經上陣，全世界最精明的頭腦都在尋找答案。」

樊系數搔著頭沉思。

以他所知，病毒一定要有傳染媒介。例如禽流感的媒介是鳥，馬堡病毒的媒介是蝙蝠，而人類亦算是傳染媒介。血液、汗、尿液、排泄物……這些都可以是傳染媒介。可是，觀乎眼前的統計數據，病源始終是一個謎，所以疫情才會一直擴散，市民要防範病毒亦無從下手。

胡桐先生突然行大禮，伏在桌上一拜，懇求道：

「我希望你可以留在這裡，幫忙分析數據，目標是找出病毒散播的途徑。樊博士，我希望你可以代表香港，和世界衛生組織合作！拜託你了！」

樊系數受寵若驚，慌忙扶起胡桐先生。

神祕病毒侵襲香港，這情況一刻也不得延誤，比起解開瑪雅能力之謎，救災確實更加要緊。

樊系數便坐了下來，答應道：

「如果我連香港人都救不了，還怎麼去拯救世界？一天未解開病源之謎，我絕不離開這裡！」

51

這當兒，樊系數在防疫中心埋首苦幹。

賴飛雲關心姊姊的病況，待在那裡也無所事事，適逢胡桐先生要外出，正好可搭一趟順風車。樊系數不忘叮嚀：「小賴，你把瑪雅也帶去吧！你要形影不離保護他，這一點非常非常重要！」

樊系數又拜託瑪雅幫忙：「反正是去我的家，請你順便把《聖經》帶回來吧！」

一個月前，救世主團隊開了一場網上會議。樊系數和紀九歌都有共識——「聖人」這角色至關重要，打個比喻，他就是國際象棋中的「王」。一著不慎，滿盤皆輸，所以保住瑪雅的命是首要的大事。

賴飛雲愼重其事，還特地陪瑪雅坐在後座。

胡桐先生一邊開車，一邊發牢騷：

「唉！香港的醫療系統超過負荷，就算沒有災情，床位也不夠，病患只能睡在走廊上。現在更是雪上加霜，公共醫院封門，政府呼籲市民留在家裡養病——就是叫他們自生自滅的意思。」

他爲人健談，說出一口流利的普通話。

剛剛在防疫中心看電視，賴飛雲和瑪雅都很同情香港人。既然空路不行，陸路又封關，由今晨開始就出現游離香港的「逃陸潮」，六十年風水輪流轉，上演一齣現代版的〈出香港記〉。

芸芸眾生面對「末日」，反應也是大不相同。

有的人，失常大笑，暴吃暴喝。

有的人，惶惶不可終日，散盡家財者有之，搶掠犯罪者有之。

即使是平日的正人君子，也變成了瘋狂的嫖客。

當然還有投機取巧的古惑仔，藉機發一筆「末日財」。

也有人看淡了生死，盡享天倫樂，哪裡都不去，決定和香港共存亡，生爲香港人，死爲香港鬼。

瑪雅坐在轎車裡，背靠真皮椅，望出了窗外。

路上行人稀少，與他印象中的香港大大不同。

突如其來，由行人道上傳來了女人的呼聲：

「救命！救命！」

瑪雅目光一亮，就看見街上那個中年婦人，而她身前躺著一個男人。兩人膚色較深，都像中東裔人士。男人疑是突然病發，躺在路上動也不動，婦人不停呼救，都沒有好心人過來答理。

「救命……誰來救救我……」

婦人無助的樣子映在窗框裡。

瑪雅忽然大喊：

「停！」

就算他不說，前面是紅燈，車子也會停下。

胡桐先生一踩停，瑪雅就掀開車門，跨步衝了出去。

如果賴飛雲遵守命令，他就不許瑪雅下車。但偏偏賴飛雲也是熱血男兒，無法置身事外，對垂死之人坐視不理。

眼前出現兩個棕色囚衣的男人，婦人不僅沒有受驚，還扯住瑪雅的上衣，邊哭邊跪邊說：「請救救我老公……他有心臟病。」

瑪雅摸了摸男人的脖子，發現沒有脈搏。

現在神祕病毒肆虐，瑪雅竟然不怕受到感染，毫不猶豫展開急救，施行心肺復甦術，時而按壓胸部，時而人工呼吸。

賴飛雲看見這一幕，對瑪雅陡生好感，也跟著跪了下來。他解開男人的襯衫，示意瑪雅停一停手。

「讓我來。」

賴飛雲雙手各伸出一指，按在男人左胸一帶的穴位，接著念隨心動，暗運「超導電極」，就能釋放電流刺激。這是賴飛雲獨創的急救祕技，讓自己變成一台「人肉ＡＥＤ自動電擊器」。

瑪雅繼續急救，配合賴飛雲電擊。

兩人第一次合作，想不到是這樣的情況。

不多久，瑪雅耳貼男人胸口，聽到了怦怦的心跳聲。

「成功了！」

救完人之後，賴飛雲和瑪雅相視而笑，互相擊掌，感到心安理得。只要恢復了心跳，男人再歇息片刻，如無意外應可甦醒。

婦人淚涔涔，眼汪汪，千恩萬謝。

賴飛雲和瑪雅上車，前面的路口剛好是綠燈。

車子轉彎之後，轉眼消失不見。

時間、地點、人物。

全部都是經過精心策劃。

等到這一刻，婦人終於露出真面目。

她就像個專業的演員，要變臉就變臉，竟然丟下地上的男人不理，逕自竄進了暗巷裡。暗巷裡擺滿垃圾簍，牆邊有個塑膠瓶，散發濃烈的汽油味。

婦人拿出迷你對講機。

「我照你的吩咐做了……很順利……」

她一邊講話，一邊拎著汽油瓶，回去外面，淋向地上那個男人的身體。

然後……

52

門口豎著一尊愛因斯坦的白色塑像。

賴飛雲很快找到樊系數的家，閘門沒上鎖，他帶著瑪雅上去，腳步還在樓梯，已瞧見樓上的張㚇。

「張大哥！」

賴飛雲曾和張㚇生死與共，有了十年的交情，兩人常常把手言歡。張㚇一直很想賴飛雲叫他「姊夫」，但阿紅又不准這麼叫，賴飛雲只好少管閒事，始終他對兒女私情也一直很沒轍。

才一個晚上，張㚇就落魄了很多，多了一對黑眼圈。他一邊帶賴飛雲進房，一邊說話：「阿紅她的情況很不樂觀，體溫都在四十度以上，意識迷迷糊糊，很有可能是感染神祕病毒的病徵……」

出乎賴飛雲意料之外，房裡竟架起了四四方方的塑膠膜，就像一個巨大透明的立方體，團團包圍住中間的單人床。膠膜向門的這一邊，竟有一道拉鍊小門，一名穿著「V」領灰衣的灰髮男人正走出來，他手中拿著一支抽滿血的針筒。

如果看過《怪醫黑傑克》，就會知道這是仿漫畫而造的「滅菌間」。

那灰髮男人叫于立山，綽號「風流俠醫」，正是昔日七客中的一員，年紀和秦箏一樣，養顏的本事也是一樣好。自從金盆洗手之後，他就透過「優才計畫」合法移民香港，再以高齡考取醫學院的學位，繼續懸壺濟世。

「嗨！」

向著賴飛雲和瑪雅，于立山只打招呼不握手。這時阿紅情況危殆，張嫳也不便介紹彼此認識。

于立山瞧著張嫳，交代一聲：「我要下去一趟，很快就回來，你要好好看著阿紅。」

原來俠醫斥資買了一架救護車，改裝成流動醫療車，車裡有完備先進的化驗設備，而且寬敞的車廂可以隨時變成大床，方便醫生在外辦理公事和私事。如今車子停在外面，于立山一下樓，就可以親自爲阿紅驗血。

賴飛雲也幫不上忙，便和瑪雅待在小廳乾等。賴飛雲看見姊姊的病況，又想起剛剛救過路人的事，不免有點擔心，躊躇片刻，終於勇敢開口講英文。

他向瑪雅問：

「Are you OK?」

瑪雅怔怔地回答：

「I' m fine...」

對話到此就中止了。

張嫳怎麼說也曾唸過大學，他看見賴飛雲尷尬的模樣，忍不住介入，充當兩人之間的翻譯。不知聊到甚麼話題，張嫳聽了瑪雅的答案，竟然睜大雙眼，不由自主驚叫出來：「怎麼可能！」

賴飛雲好奇地問：

「怎麼了？」

張獒瞪著瑪雅，向賴飛雲解釋：

「這位先生說他『從來沒生過病』，我問他的意思是不是很少生病，他卻強調是『從來』。這樣的事怎麼可能！」

賴飛雲也是不信，即便是他自己這樣的硬漢，也害過幾次大病，感冒腹瀉更是不在話下。瑪雅看來弱不禁風，又怎會從不生病？

正當三人聊天之際，于立山開門回來，他面有憂色，似是心情沉重。張獒問起驗血報告，他也只是搖頭嘆息。于立山就算不說，眾人看見平板電腦上的即時體溫值，亦知阿紅的病況堪慮。

忽然間，房裡傳出哼哼唧唧的叫聲。

只見阿紅在床上抽搐掙扎，嘴角流出白沫。

于立山進去滅菌間，正要視察阿紅，卻被她揍了一拳，弄得一眼腫青。于立山自顧不暇，不得不求助：「我一個人按不住她，你們快過來幫忙！」

賴飛雲和瑪雅戴起醫療口罩，一一進去，各站在床的對側，分別按住阿紅的左右臂。

阿紅一時動彈不得，總算停止了掙扎，臉上仍是齜牙咧嘴的模樣。

張獒看見她嘴唇乾裂，感到心疼，便去了廚房一趟，取來一杯水。

張獒繞過眾人身側，遞出了水杯。眾目共睹之下，阿紅起初願意張嘴，目光中流露喝水的欲望，但水杯一到嘴邊卻立刻轉開，神色顯得恐懼萬分。

于立山一看症狀，立時驚道：

「恐水症！這個病毒……有可能類似狂犬病！」

自從人類發明了疫苗之後，這樣的病幾乎已經絕跡，于立山行醫三十多年，也未見過感染狂犬病的患者。但他記得教科書上的描述，趕緊向眾人提醒：「如果是狂犬病的病毒株就糟糕了，死亡率幾乎是百分之百……大家要做好防範，萬萬不可受到感染……」

突然，阿紅發狂起來，雙手掙脫出來，動作快得令旁人措手不及。

她彈起上身，撲向瑪雅，就在他脖子上咬了一口！

53

子夜將至，防疫應變中心裡燈光長亮，眾人依然百般忙亂。

樊系數有搔頭的壞習慣，他現在已是披頭散髮。他在防疫中心吃了兩份便當，看來今晚要在這裡過夜，連囚衣也沒時間去換。

新聞畫面播出市民搶水搶糧的情況。

世衛組織已將香港列爲紅色警示地區，但就算不這麼做，國際機場變成那樣一片爛地，旅客想來也來不了。

防疫中心的專員責任重大，再過一天，如果還找不出病毒的傳播途徑，感染人數將會一發不可收拾。到時候，人人理智斷線，殺人放火這種事絕對會發生，整個香港的窘況更加不堪設想。

由進來防疫中心開始，樊系數不停苦思，細究過好幾百份資料數據，結果都像白忙一場。直接傳染？間接傳染？空氣傳染？很多想法在他腦中竄來竄去，但還是無法理出頭緒。

他只可以肯定一點：這次的病毒史無前例，散播方式不可單憑過往的經驗來判斷。

樊系數心中明白：「哪怕是《歸藏》上的超時代知識，也一定符合科學的法則……」

正如昔日黑死病肆虐歐洲，人人都以爲是巫術，直到後來才發現黑死病就是鼠疫，眞正的散播途徑是老鼠。

感染者分布香港各地，看似是一堆亂數，但樊系數肯定不可能眞是亂數，其中一定有跡可尋、有因可循。

病毒的傳染媒介是甚麼？

這是最大的問題，至今依然沒有答案。一日找不出病源，就算將感染者隔離，病例仍會如雨後春筍般冒出。

神祕病毒不會人傳人。

這一點是研究團隊暫時最大的發現，因爲一切病例都不符合流行病的數字模型，而醫務人員的感染率亦沒有特別高。

然而，很多家庭成員都會同時感染，這一點又違反了上述的結論。樊系數想來想去都想不通：「爲甚麼會這樣？一定有一樣東西是他們共同接觸的病原體……」

最大的問題還是病毒的奇妙差異性，即使在同一個地點，或者同一個家庭，都不一定會同時出現大量的感染者。有專家研究過感染者的基因圖譜，結果沒有發現任何共通點。

病毒就是病毒，不會因體質差異而免疫。就算感染者的免疫系統可以殲滅病毒，身體都會出現症狀，至少驗血報告會顯示白血球急增，而不可能毫不發病就痊癒。

由於病毒致死是超出術數計算的範圍，所以樊系數的祕學沒有用武之地。樊系數熟悉「九歌」的手段，他相信當中有詭計，但這次的詭計眞的玄妙莫測，難倒了世上所有病理學者和專家。

樊系數稍微歇息，他拿出皮夾，皮夾裡有他與小蕎的結婚照。

那時候，她的笑容是多麼的燦爛。

樊系數守護不了她，但他也要守護這個地方——這裡滿載他和愛妻的回憶。

「那幫混蛋……我一定不會饒過他們！」

一想起核災摧毀醫院的畫面，樊系數就痛徹心骨，要將悲憤化爲力量。這是一場頭腦的較勁，他要勝過的人不是世界衛生組織的專家，而是以李斯爲首的那一群惡魔——某程度上，亦算是術數師與術數師之間的比拚。

樊系數才休息了兩分鐘，又再投入工作。

螢幕上的即時數字又添了八宗案例，突破七千大關，全部都是亂七八糟分布在香港各地，與過往的感染者亦沒有任何連繫。

「樊博士，要不要喝咖啡？」

一名嬌小可愛的年輕女助理過來。

樊系數打了個呵欠，回應道：「不了，謝謝。我喝水就好了。」

女助理來回一趟，也不打擾他，悄悄在桌上放下一瓶蒸餾水。

「眞是傷腦筋！」

樊系數感到口乾。

當他拿起瓶裝水，動作突然停住。瞥向牆邊，那裡疊著三箱蒸餾水，商標是某知名本地品牌。

「生產地是香港……」

樊系數細察蒸餾水瓶，左看右看，都是一個綠色的塑膠水瓶。他平日懶得煮水，又擔心自來水含鉛，所以在家都會飲用蒸餾水，恰巧也是向這間公司訂購。

水。

但病毒不可能以蒸餾水爲傳染媒介，因爲自從核災以來，大多數人都改喝蒸餾水，感染的人數卻遠遠低於蒸餾水的銷量。在防疫中心這裡，包括樊系數自己在內，已有不少人喝過蒸餾水，但大家仍然安然無恙。

所以，蒸餾水不可能是正解。

所以……

樊系數本該打消這個念頭，但他心中有種莫名其妙的鬱結。他握住蒸餾水，看了又看，心說恐怖分子再厲害，也不可能隨機在瓶裝上插針放毒。

水……

樊系數腦中閃過一個念頭：「金生水、水生木、木生火、火生土、土生金……有合才有生……」

五行相生。

「哦！眞絕！」

樊系數大聲驚呼，嚇到了在場其他人。

他不在乎旁人的目光。

因爲他想通了，看穿了散播病毒的詭計。

54

十一時十一分。

時鐘滴滴答答地響。

「好了！幸好沒咬得很深。」

于立山替瑪雅消毒好傷口，再貼上紗布。

剛剛阿紅病發咬人，張嫯及時制伏，將她壓倒在床上。雖然她咬到瑪雅脖子出血，但于立山檢查完傷勢，覺得應無大礙，只是血跡沾到了囚衣，最好還是換掉。

主人房和浴室都在三樓。

瑪雅打開衣櫃，取了白色襯衫替換。

賴飛雲淋浴出來，裸著上身，浴巾掛在頭上……在軍中，他是常常被偷拍的對象。他也終於不用再穿囚衣，挑了速乾運動套裝，緊身的衣料凸顯全身肌肉，再綁腰帶繫上輕便裝備，整個人簡直煥然一新。

換裝之後，瑪雅和賴飛雲一同回到二樓。

小廳裡，張嫯托著腮，腿撐手肘，坐在沙發上打盹兒。他照顧了阿紅一天一夜，加上連日奔波，當然是累得跟駱駝一樣。剛剛張嫯與阿紅有過身體接觸，于立山怕他受到感染，便帶了血液樣本出去檢驗。

賴飛雲到房外瞥了一會，卻見阿紅不再冒汗，鼻息均勻，睡相弛緩，這些都像是痊癒的跡象。他逕入房間，拿起平板電腦，注視體溫表，不知甚麼原因，姊姊的體溫竟然跌回了正常水平，持續都是三十七點二度。

于立山也回來了，見了這樣的事亦大感驚奇，吶吶道：「咦！好奇怪！我甚麼都沒做，她就變好了……應該是她自身的免疫細胞絕地反擊，徹底打敗了病毒。不然，我也想不出別的解釋。」

說到底，于立山不是感染科的醫師，所以說的也作不得準。

賴飛雲鬆了口氣，無意深究下去，轉身離開房間。他走向小廚房，沿途經過瑪雅身邊，便問：「WATER？」

瑪雅會意過來，笑著點了點頭。

賴飛雲自己也想喝水，當他走進廚房的一刻，好像聽見電話響起的鈴聲。

冰箱裡擺滿了綠色瓶裝的蒸餾水。

大陸偶有奸商用溪水冒充蒸餾水，但賴飛雲對香港的產品很放心。賴飛雲拿起一瓶水，扭開瓶蓋，正要灌下喉頭，耳邊霍地傳來槍聲——

砰！

橫空竟然飛來子彈，射飛了塑膠水瓶。

外面，張獒舉槍相向。

賴飛雲怔怔地瞪著張獒，只覺他的行爲極爲反常。

只見張獒眼內是紅絲，眼外是黑圈，整個模樣煞是嚇人。雖然有可能是因爲睡眠不足，卻也難保他已因感染了病毒發狂。而他有槍在手，一旦失控，隨時亂射一通，到時大家就會變成肉靶。

賴飛雲想到此處，立刻抽出了伸縮劍，與張獒對峙。

張獒見狀，當即垂手放下手槍，說出一番無厘頭的話：「不要喝蒸餾水！」

賴飛雲又是一怔。

「爲甚麼？」

「我也不曉得呢！我只是奉命阻止你喝水。」

張獒用眼神向賴飛雲示意，又指了指座檯上的電話。

此時，座檯電話的揚聲器發出雜音，傳出樊系數的話聲：「張獒，你剛剛開槍了嗎？」

張獒過去回話：「對！小賴他差點就喝水了。」

原來只是一場誤會，賴飛雲不禁鬆了口氣。

樊系數的聲音又再傳來：「太好了……你們千萬千萬不能喝水！水可以喝，就是不能喝瓶裝的！記住！我有急事要辦，待會兒才能好好向你們解釋。」

「好的。」

臨掛線前，樊系數問了個很怪的問題：「張獒，你和阿紅，昨晚吃了甚麼？」

「麵包……好像就只有麵包。」

張縈頗覺奇怪，不明白樊系數這麼問的用意。

電話的另一端沉默了一會。

然後，傳出了樊系數興奮無比的聲音：

「你們等我！我很快就過去！」

55

凌晨時分。

樊系數借用朋友的車，闖了六盞紅燈，火速趕回元朗的家。

車門掀開，外面是不明朗的月色。

神祕病毒如何針對特定對象擴散，真相足以震驚世衛組織的專家，樊系數亦不負眾望，成功解開了病毒散播之謎。

不過，事情還沒有結束。

現在，樊系數與夥伴會合，就是要接載他們去一個地方，來爲整件事做一個了斷。那地方可能會有危險，所以他需要賴飛雲的保護。

二樓亮著燈，樊系數一到樓上就嗅到菜香，轉眼望進廚房，就看見穿著圍裙的獨眼龍男子。

「張獒？你在幹嘛？」

「我在做煎蛋卷……已經做好了。對了，我還沒跟你說啊，阿紅已經醒了，她嚷著要吃東西。于立山剛剛離開了，他說她已經沒大礙。」

張獒一邊用鼻子哼唱，一邊將餐盤端進房裡。

由門隙可見，阿紅可以坐著吃東西，氣色看起來很好。樊系數感到驚訝，想不到阿紅可以不藥而癒，而且康復得這麼快。他審視過無數報告，卻未見過這樣的病例，也許是「天使血統」帶給她的異常痊癒力，除此之外他也想不出其他合理的解釋。

小廳裡，瑪雅和賴飛雲正在沙發上打瞌睡。

樊系數吵醒了他倆，當眾發號施令：「突發任務、突發任務！請大家準備，五分鐘後出發！」

張嫯也聽見這番話，被逼蹚這一趟渾水。

難得回家，樊系數順便換了套襯衫，匆匆上個小號。當他出來時，瞧見了小几上的《聖經》，忍不住翻了一翻。

扉頁上，就是「f(x) =x+6¿」的公式。

樊系數心念一轉，便即大呼：

「哦！EUREKA！EUREKA！天呀！我知道了……答案眞是智障般的簡單！」

瑪雅在後面聽見，又瞧見那公式，便問：

「這條公式有甚麼特別意義？」

樊系數「嗯」的一聲答應，同時按下電插開關，開啓書桌上的電腦。

「以前讀中三，宗教科是必修學科。當時上課，我極度無聊之下便和鄰座同學討論密碼學，看看能不能用《聖經》來傳遞密訊……我一看這條公式，甚麼都想起來了！」

瑪雅一臉愕然，扯回正題：

「所以？」

「這個同學是個電腦迷。這條公式代表電腦的ASCII編碼。假設x是1，一加上六十四就是六十五，正好對應英文字母『A』的ASCII編碼。『65』是『A』，『66』是『B』，如此類推。」

昨晚，樊系數只吩咐張獒拍攝有螢光筆的頁面，因此錯過了扉頁。若非如此，他只要喚醒這件往事，一早就能解讀出未來訊息。說實在的，由他省悟家中的《聖經》是解碼的關鍵，也只不過是二十四小時之前的事。

樊系數一面操作電腦，一面說話：

「《聖經》有一點很特別——無論是甚麼譯本，經文的章節數字都是一致，而且全球通用，不可能有差異。沒錯！如果有人要向我傳遞訊息，這是很棒的法子，既可以保密，世上亦只有我能解讀得了。」

接下來就是破譯的環節。

樊系數開啓駭客團隊傳來的檔案，文字檔顯示七節經文。這下子，張獒和瑪雅都恍然大悟，樊系數會在某些奇怪的經文上做標記，原來只是貪好玩，一個中學生能想出這種編碼術，已經算是很有頭腦的主意。

七節經文，全已按照《聖經》的目錄來排序。

「重點不是內容，而是經文的章節數字。我記得，只看章目就好了，後面的『節』可以完全忽視……」

樊系數拈來便箋，抄下章目的編號：

1，18，11，6，0，14，4

只要是精通電腦的用戶，都會曉得輸入ASCII編碼的竅門。

樊系數利用右邊的數字鍵盤，按住「ALT」鍵，順序輸入「6」及「5」，結果實際輸出的字元是「A」。

「接下來是《民數記》第十八章……十八加六十四等於八十二……」

這一次，在鍵入「8、2」之後，螢幕顯示的字元是「R」。

樊系數依樣畫葫蘆，直接心算，全部數字加六十四，陸續輸入了「7、5」、「7、0」、「7、3」、「7、8」及「6、8」五組ASCII編碼。前後花了不到二十秒，分別得出五個英文字元：K、F、I、N及D。

「這是英語拼字遊戲嗎？A、R、K、F、I、N、D……這七個字母，可以拼出一個英語生詞，又或者一句有意義的句子嗎？」

正當樊系數自言自語，瑪雅已驚叫了出來。

瑪雅指著螢幕，一字一板唸道：

「FIND ARK！」

果然如其所言，答案非常明顯，只要將前後兩組字易位，即可構成有意義的句子。這種傳遞訊息的方法逐字編譯，就跟打電報一樣，必須惜字如金，以致往往都會忽略冠詞。

張禦只知「FIND」是尋找的意思，卻不懂後面的字。

「甚麼是ARK?」

樊系數沉吟道：「ARK……在《聖經》中，上帝與人類立了兩次契約。這個字，可以指挪亞方舟，也可以指『ARK OF THE COVENANT』，即是猶太教和基督教最神祕的聖物——約櫃。如果是和『聖人』有關係的話，後者的可能性相對較高……不，應該是相當之高。」

說話的時候，他用一種異樣的目光盯著瑪雅，彷彿看透了匪夷所思的眞相。

約櫃——

傳說中的契約之櫃，放置了上帝與人類的契約。

明明已有了答案，樊系數卻暗暗發愁，嘀咕道：「想不到會這樣……如果是約櫃的話，這一次可棘手了……」

張禦不明就裡，當下就問：

「爲甚麼?」

樊系數輕嘆一聲，才說：

「因爲約櫃早就失蹤了!猶太人、基督教徒……甚至穆斯林和現代的考古學家，他們苦尋了兩千多年，結果還是毫無發現!別說是發現，根本就連可靠的線索都沒有，我們要找這樣的東西，眞是何其困難……」

樊系數至今仍想不透——到底是誰傳給他這樣的未來訊息？

他看出黑沉沉的窗外。

彷彿在看著一個遙遠的時空……

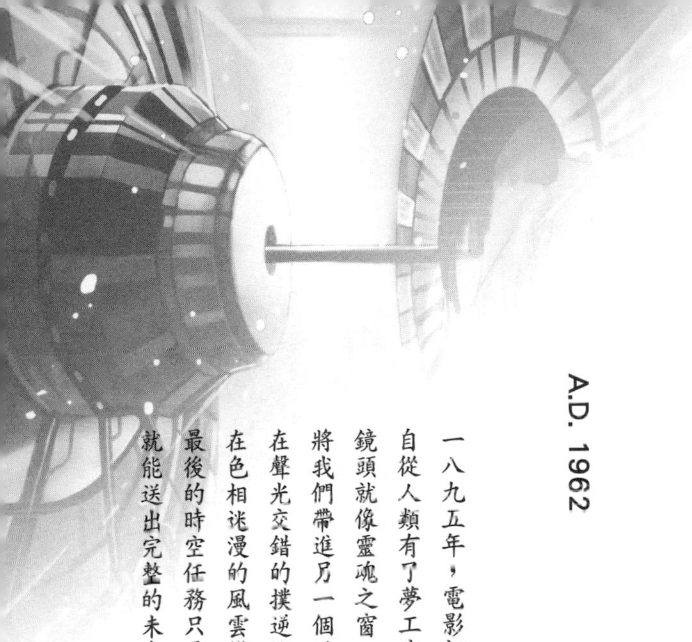

A.D. 1962

一八九五年，電影誕生。
自從人類有了夢工廠，
鏡頭就像靈魂之窗，
將我們帶進另一個世界。
在聲光交錯的撲逆迷離之中，
在色相迷漫的風雲變幻之中，
最後的時空任務只要成功，
就能送出完整的未來訊息……

56

報攤上的《華盛頓郵報》，日期是「JUNE 14, 1962」。

阿拉來到了洛杉磯。

這一區叫柏克萊區，區裡有著名的大學，處處可見青春未艾的大學生。

阿拉繞過大屋外的草坪，走上車來車往的馬路，前往草木蔥蘢的大學校園。

沿途都有路標或公車站牌，阿拉沒有迷路，中午之前，就來到加利福尼亞大學的圓環入口。

這有可能是最後一趟時空旅行。

完成任務之後，阿拉就會功成身退。

由她成爲時空宇航員算起，中間已經過了三年。

這三年，她一直肩負重大的使命，去過十七世紀的英國，和一大群學者共處了大半年，陪伴他們翻譯《聖經》。她也去過十九世紀初的美國，邂逅華特．迪士尼，看著他一筆筆繪畫卡通人物，創造出世上第一部彩色卡通動畫。

在一九五七年的香港，她成功找到二十二歲的倪匡先生。這時候，他剛偷渡到埗，蝸居在北角一間小套房，臨時安了一張帆布床。他語言不通，無依無靠，只能做雜工過活，誰能想到他日後會成爲名滿天下的大作家？

「倪先生，你好！」

阿拉很喜歡年輕的他，她和他成爲了夢中的好友。

那是一趟很難忘的時空之旅，因爲她去了昔日的香港，那個美好而朝氣蓬勃的香港。港灣上帆船飄揚，路軌上電車緩駛，華廈外高掛手繪的粵劇海報……阿拉佇立街頭，總是感觸良多。

倘若有來世，她希望可以活在一個美好的世界。

不過，那一趟前往香港的時空之旅，真的出了差錯，任務差點失敗。因爲CERN時空機的限制，需要一段時間範圍來當緩衝期。她由「二〇九一年」的時空出發，與「一九五七年」只差一百三十四年，非常接近一百三十三年的極限值。

預定的降落地點是港島，卻發生了偏差，阿拉魂降在一九五七年的廣州市。

阿拉隨機應變，費了半個月時間，才由廣州飄到了香港。

曼德拉實驗已不再是實驗，它變成了一項計畫，要向過去的「救世主團隊」傳遞時空訊息——來自未來的訊息。

樊系數想出一個法了，就是從電影作品著手，來向「過去的自己」發出暗示。

世上有兩種人，特別重視夢中的啓示。

這兩種人就是創作者和先知。

作家和編劇都很重視夢中的靈感，潛移默化之下，那些靈感都會在他們的作品裡呈現。至於選用電影這媒介，就是因爲著名的電影都會留傳後世，且具廣布全球的傳播性，這樣才會引起公眾注意，揭露阿拉改變過去的蛛絲馬跡。

爲甚麼不直接找一般人傳話？

因爲常人的腦波不及創作者那麼靈敏，很多人一覺醒來，容易忘記夢中聽到的話。大部分救世主都在八〇後出生，事隔好幾十年，要找一個能記住夢話的人可謂難過登天，而且期間會有洩密的風險。

再者，阿拉單憑託夢，能做出的改變實在微不足道。譬如，她在夢中教唆殺人，那個人醒來，只當作了個怪夢，也不會眞的去殺人。

阿拉多番嘗試改變過去，但當她返回未來，再重看那些電影作品，竟然都沒有出現預期的改動。

這一點頗爲微妙，她所做的一切似乎徒勞無功。

「是不是有另一個平行世界？」

對著阿拉的疑問，樊系數尚未有定論。

他似乎暗暗有了主意，堅持原來的計畫，要求阿拉繼續執行任務。

最後的時空任務是一著冒險之舉，挑戰時光機的極限値，將阿拉送往一百三十三年前的夏天。

預定魂降地點，美國加州莫德斯托市。

目標時空年分，一九五八年。

嗞！

阿拉甦醒之後，逛了一會，就發現不對勁。

她走入加油站，瞥了瞥報紙，就知道發生了嚴重的偏差，魂降的地方竟不是加州，而是搖擺的賓州……新聞標題披露參議院選舉消息，選民的態度搖擺，共和黨和民主黨鬥得火熱。

年分不是一九五八年，而是一九六二年。

好在當年的航空業發展蓬勃，阿拉跟著一位神父，附身在木十字架上，經過數小時航程，就抵達了美國西岸的洛杉磯。

輾輾轉轉，她來到了柏克萊區。

川流不息的大學生經過她，沒一個發現她的存在。

這幢白色的建築物佔地廣闊，堪稱是美式學院派風格的典範，而正門壁柱頂峰高高在上的石刻，刻字就是「THE UNIVERSITY LIBRARY」。

此地，加利福尼亞大學的圖書館，乃全美藏書最豐富的圖書館之一。

正值晌午，蔚藍的太空映照滿地翠綠。

阿拉在等一個人，但這個人還未到。

她就像一台佇立的隱形攝錄機，攝下每一個行人的臉。

終於，約定的對象來了，在眾多白人之中，這個對象特別顯眼，因爲他是黃皮膚黑頭髮。

華裔留學生的名字叫「傑米」，昨晚阿拉託夢，指示他過來圖書館，值得慶幸的是他眞的乖乖聽話。阿拉也不會虧待他，將會給他幾個股票代號，而這種賄賂當代人的招數亦符合計畫的方針。

這次的時空之旅比較特別，除了主任務，還有樊系數特地要求的副任務。他要她去找一本書，調查某一節的內文，調查結果將會有助解開他的一個謎團。他還聲稱，這個謎團已經在他心裡積壓了八十年。

在圖書館裡，傑米找到了要找的書架，盯視又多又密的索書號，沒多久，就由書架上抽出一本中文書。

該書是《史記》。

傑米看了看目錄頁，接著翻到〈呂不韋列傳〉。

阿拉正站在傑米背後，細閱那一頁，聚焦在某一段：

呂不韋取邯鄲諸姬絕好善舞者與居，知有身。子楚從不韋飲，見而說之，因起為壽，請之。呂不韋怒，念業已破家為子楚，欲以釣奇，乃遂獻其妹。姬自匿有身，至大期時，生子政。

「為甚麼會這樣的……」

阿拉自問記憶力過人，而其中兩句竟與她的記憶有出入。

在她記憶中，首句應為「呂不韋取其妹與居」，可是在這一個時空，未來秦王子楚竟和呂不韋的趙姬搞上了關係。此外，阿拉百分之百肯定原文是「妹生子政」，而非「姬自匿有身，至大期時，生子政」。

怎會發生這種怪事？

就算樊系數不說，阿拉也瞧出了來龍去脈——果然有另一伙人回到過去，更在一些關鍵的歷史事件上動了手腳。

但這伙人穿越時空的科技更加高超，居然還可以帶著肉身和物品。

問題來了——

阿拉和他們都同時改寫了過去，究竟會導致甚麼後果？

這麼複雜的科幻問題，阿拉想不出答案。

但她知道，只要回去向樊系數報告，以他的智慧，也許就能解開那伙人的身分，甚或解開時空的奧祕。

57

月明路寂。

星光如畫。

蒼穹，宇宙，無限美。

阿拉仰望夜空，頓感六根清淨。

她又將視線轉回前面，美國的房子都很大，有前庭和後花園，有的庭院種滿了艷麗的牡丹花。

路上經過一間電影院，燈盞熒熒，綺門擁出男男女女。

中文是阿拉的母語，她一直覺得，「電影」這個名詞是妙譯，令她想起了《金剛經》的佛偈：

「一切有為法，如夢幻泡影，如露亦如電，應作如是觀。」

她現在所經歷的一切，看見的景物，到頭來都是如夢一場的泡影。

人生又何嘗不是呢？

世人哪，當有一天失去肉身，靈魄存留的記憶，也許就跟電影片段一樣。阿拉現在就是靈魄，所以她很明白這種感覺。

這裡是加州的莫德斯托，一個充滿鄉村風情的小鎮。

更深夜色涼如水，彷彿夢遊無人里。

迢迢千里。

到了。

前面亮著燈的建築物就是醫院。

現世是一九六二年，西曆六月十六日，時間是深夜十一時。

這趟時空任務的時限是三週，但阿拉只需一個星期就來到了目的地。時間這麼充裕，她絕對可以提前完成任務。

現在是病人熟睡時間，每間病房的燈光都很柔和，十分靜謐，走廊上的醫務人員也寥寥可數。醫院裡，阿拉找到了十八歲的喬治．盧卡斯。

少年正躺在醫院病床上，發出熟睡的鼻息。看著他覆滿繃帶的樣子，阿拉不禁心生相惜之感。日後，這個少年將成爲神級編劇，創作出《星際大戰》和《法櫃奇兵》。

喬治本來的夢想是要當賽車手，但不巧在四天前遭遇嚴重車禍，徹底改變了他的人生。

阿拉熟能生巧，一等到喬治進入「REM」狀態，就在夢中展開了對話。

「哈囉！喬治，你好！」

她向他打招呼，卻只聽到嚶嚶的啜泣聲。等到他哭夠了，她再問一次，他才滿載傷感，嗚咽著說：「我很不好。」

阿拉柔聲細語，好言安慰：「喬治，我願意陪伴你。你說甚麼，我都會好好聆聽的。」

「我很難過。」

「為甚麼？」

「因為車禍……我一回想就覺得很恐懼，感覺像粉身碎骨一樣……也許我以後都不敢開車。」

「你不敢開車，別人都會幫你開。你有家人，還有很多好朋友。」

「我的夢想是當賽車手。」

阿拉拾人牙慧，引用著名的英語箴言：

「上帝關了一扇門，必會為你打開另一扇窗。就算當不了賽車手，你還是一個充滿希望的年輕人，可以嘗試去做其他事啊。」

「譬如呢？」

「你可以去拍電影。」

「電影？」

「我可以告訴你，你有這樣的天分，將來你會拍出最棒的電影。就算你被拒絕，就算被全世界取笑，你也不能放棄你的夢想。因為你就是你，喬治．盧卡斯，你可以用你的夢想為世界帶來無窮無盡的幻想。」

喬治深受感動，阿拉能感應到他的思潮起伏。

隔了一會，他才想起要問：

「妳是誰？」

「我是MS. ANGEL。我是上天派來安慰你的天使。」

「哦？想不到上帝還沒放棄我……謝謝妳的鼓勵。我會試試看的，我本來就對電影有興趣。」

「好，有信心就好。現在，我要告訴你一個故事……這個故事發生在外太空，在一個遙遠的銀河系，肩負正義使命的武士與帝國軍作戰……」

接下來的時間，阿拉就像哄小朋友一樣，講了一個很動聽的故事。由於故事實在太精彩，喬治不禁驚歎連連。言訖，她又推薦他去看黑澤明執導的《戰國英豪》，好好了解甚麼是武士道精神。

「對了，有一句對白，我希望你可以牢牢記住……」

「甚麼對白？」

「當黑武士打敗天行者的時候，他要說的話是『NO, I AM YOUR FATHER』……你一定要記住，只要在電影裡加入這句對白，我保證你會如有神助，電影超級賣座……好，你現在重唸這句話一百次，一字都不能偏差。」

喬治眞的乖乖聽話，將同一句話重唸了一百次。

這一節睡眠週期還未完，阿拉趁機對喬治說：

「還有，你將來會創作出一部叫『INDIANA JONES』的超賣座電影。」

「INDIANA JONES？」

「對……故事是關於尋找失落的約櫃……我會告訴你約櫃的所在點，希望你在電影裡……」

腦波就在這一刻中斷了。

原來是護士悄悄來了，她吵醒了喬治，要幫他量血壓。

阿拉瞟了瞟掛鐘，心想時間尚早，還未到五更卯時，只要等到下一次「REM」的睡眠週期，她就可以講完未說的話。

這是整個曼德拉計畫最重要的提示，但礙於時光機一百三十三年的限制，CERN團隊只能將她送往一九五八年的美國。錯有錯著，她最後來到一九六二年的時空，可能是上天更好的安排。

只要能成功傳達給喬治，影響他拍《法櫃奇兵》的靈感，身處在二十一世紀初的救世主團隊，就一定能解讀出她留下的時空訊息。

要令「聖人」覺醒，約櫃是必不可缺的聖物。

喬治又睡著了，再一下子就好了……

任務即將大功告成，阿拉有種安詳的感覺。

沒料到，病房裡的景物開始扭曲。

剎那間，四周天旋地轉，三維空間開始收縮。

以阿拉的經驗，這是時空旅程中斷的情況，只不過這次是突發情況。

「發生甚麼事？」

明明只差一步，就在將要傳遞關鍵訊息的一刻。

嗞！

意識即時消失。

阿拉被抽離了時空，回到了未來。

58

當阿拉恢復意識的時候，第一映入眼簾的，就是樊系數的面龐。

樊系數神色忡忡，邊扶起阿拉邊說：

「發生了緊急事故！共和國攻來了，這個基地成爲受襲目標，隨時都會倒塌！我們要盡快撤退！」

所以是功敗垂成？

阿拉心有不甘，忙不迭道：

「好可惜啊！再給我兩個小時，我就能完成任務……」

「只怕兩分鐘也等不了。」

樊系數牽著阿拉，盡快離開單人艙，時光機亦在這時候斷電，所有機件倏忽之間熄滅。

當兩人沿雲梯爬往地面，阿拉匆匆報告：

「樊大哥，你的想法是正確的，有另一伙人回到了過去，改變了古中國的歷史……呂不韋讓一個已懷孕的趙女嫁給了秦王子楚……哦！那個孩子就是嬴政，即是秦始皇吧？」

樊系數萬念俱灰，邊走邊說：

「唉！這種事，已經不重要啦……快走！再不走就來不及了。」

基地頂部燈光忽明忽暗，一瞬間，彷彿地裂天崩，四面八方劇烈震晃，整片空間擺來擺去，地面甚至簸盪得好像沉降了一樣。

轟、轟、轟！

一波又一波的轟炸沒完沒了，崩塌的巨岩大塊大塊破頂落下，一發不可收拾，如山泥傾瀉般澎湃壓下。

樊系數和阿拉回頭一瞥，時光機已變成一堆廢鐵。

前面的洞口是唯一的出口。

轟——

由洞口溢出巨大的衝擊波，整條隧道出現塌方，泥石全陷了下來！

樊系數撲上前，摸著封住洞口的石堆，發覺沒有讓人通過的空隙。他扒走幾塊碎石，失魂落魄地說：「噢……崩了，崩了，根本不可能出去……無路可逃，眞的是絕望了……」

他又想到，即使是已經闖進隧道的夥伴，遇上這麼厲害的塌方，恐怕也是難逃一劫，在淹來的沙泥裡窒息而死。

隆隆的轟炸聲不絕於耳，只怕再這樣下去，這個基地上蓋亦會塌陷，到時樊系數和阿拉就會被活埋。

自從二〇一二年以來，樊系數已算不準死期，但這一刻他自知氣數已盡，很清楚沒有別的出路，剩下來的時間都是等死。

「這裡是戰場。不會有人來救我們的。阿拉，對不起，把妳扯進這麼危險的地方，都是我的錯，眞的很對不起……」

樊系數心中愧疚，不敢直視阿拉的臉。

阿拉竟然反過來安慰他，輕輕摟住他的肩膀。

「我不後悔。要不是你，我可能在三年前就遇害了。遇見你，就是我的命運。我們也不用逃了，就在這裡等待吧……」

她的語氣沒有一絲恐懼。

樊系數納罕萬分，瞪著她問：

「面對死亡，妳一點也不害怕嗎？」

阿拉坦然笑曰：

「經歷過這麼多次時空旅行，我經常當『鬼』，還有甚麼好怕呢？我覺得人生種種，都只不過是一場夢幻遊戲。人生如夢，人生如戲，一切都是虛幻……人生就是這樣啊。」

樊系數睜眼看著阿拉——她已不再是那個神經質、冒失的少女。他看著她，就像在看著一位得道高僧。

「謝謝你。昔日的地球眞的很美！是你讓我看見那麼美好的世界。雖然只有短短三年，我這三年過得很精彩。我希望自己做的一切都有意義，爲未來的人類做出了貢獻。」

恍如南柯一夢的世界，竟比她眞正身處的現實更美好。

未來的人類？

樊系數悲從中來，咕咕嚕嚕地說：

「只怕地球毀滅了，我們想投胎也投胎不了……」

阿拉卻否定他的說法：

「不對！」

樊系數愕然瞪著阿拉。

阿拉微微側首，指向在昏暗中釋放餘光的巨大圓環。

「是你先跟我說的，時間是一個迴環。所以，如果有投胎這回事，我們的靈魂應該會在時空裡跳來跳去，來生不一定就是未來。」

這番話彷彿觸動了樊系數的神經開關，令他靈光乍現，將一切時空實驗的結果串聯起來——靈魂可以超越時空，不受時間的束縛。

輪迴。

無始無終，亦復如是。

「說來真像佛理，佛理、佛理、佛理……」

一剎那，茅塞頓開。

「原來如此！」

在人生終結的前一刻，樊系數悟通了時空的奧祕。

59

人生如戲。

這個「戲」，根據典故，應是「戲劇」的「戲」，但樊系數童年時愛打電動，所以一直都誤解成「遊戲」的「戲」。

由樊系數鑽研術數開始，他就覺得宇宙是一部精密的機器，星宿以完美的規律閃爍運行，就像晶片的電路一樣有跡可尋。

假設宇宙是一部精密的機器，歷史上的重大事件、人與人之間的愛恨恩怨……術數可以預知未來，就是因爲時空系統的輪迴性——簡單來說，就是頗像一部不停重玩的RPG。

同樣的RPG，主線劇情都不會有太大變化，正等於同一套程序碼，不論執行多少次，結果往往都是一致。

一周目、二周目……

昔日的RPG，都融入了「周目」的要素，二周目就是重玩第二次的意思。

這時候，在前一個周目的一些變化，都可能導致二周目的特定事件有所改變。遊戲開發商的原意，就是增添遊戲的樂趣，讓玩家在重玩的過程中，發掘截然不同的遊戲結局。

假如這個世界眞的有上帝，也許祂就是「遊戲開發商」。

樊系數趁著被困的這段時間，向阿拉闡述他的想法。

「要回到過去，我想得出的方法只有兩種。一種是像我們這樣，利用CERN時光機。至於另一種，就是乘太空船穿越黑洞……只有用這個方法，才能攜帶物質到另一個時空。」

他腦裡浮現當年在秦陵最深處看見的情景——

那種人體冷凍裝置，最適合應用在超長途的宇宙航行。

阿拉再次提出相同的疑問：

「這樣做的話，會不會創造出平行宇宙？」

「依我看，應該是不會的……我認爲，較晚發生的時空，就會覆寫之前的時空，就像遊戲的存檔一樣……這個時空就會漸漸演變成『唯一的世界』，但有些人仍然會保留之前的記憶，所以就出現了記憶上的誤差。」

前世。今生。來世。

樊系數腦裡又閃過佛學的概念。

「就是這樣！正如前世、今生和來世，站在我們這個時間點，可以看出三段時空。這樣想好了，我們就當自己身處二周目……妳回到過去所做的改變，都會反映在第三周目，即是演化出第三段時空。」

今生發生的事，就是前世的因果。

而今生所做的事，都會反映在來世。

正是：「欲知前世因，今生受者是。欲知後世果，今生作者是。」
這就是樊系數悟得的「時空演化論」。
樊系數拿出紙筆，畫了一條時間軸，記下自己的想法——

第一周目時空：地球在二〇一二年遭遇毀滅性的大災難，超級病毒肆虐，人類在滅種之前送出了太空船。而在這段時空之前，亦可能會有無數個時空，但已無從考究。而在這段時空，沒有發生「趙姬自匿有身」這件事，也沒有CERN時光機。

第二周目時空：超級病毒延後爆發，科學家發明了CERN時光機。但地球似乎也逃不過毀滅的厄運，救世主團隊不幸在聖戰中慘敗。

第三周目時空：就是阿拉透過CERN時光機經歷的時空。到了這段時空，史書載入「趙姬自匿有身」，蛇的使者扶植秦始皇登位。

總的來說，人類的文明始於第四個太陽紀，中間經過了五千一百二十五年，現代人才進入了第五個太陽紀。

二〇一二年就是一個轉捩點。

在第四個太陽紀的過程中出現的微妙改變，都有可能令人類走向不同的未來，發展成不同的結局……儘管大多數結局都是步向毀滅，但救世主只要成功解讀啟示，就有可能拯救全人類，迎向一個美滿的結局。

人的肉身都只是暫時的存在。

只有靈體才是魂魄所在。

阿拉回到過去，就是如佛一般的存在，無眼耳鼻舌身意，無色聲香味觸法，不生不滅……

時空就像一個圓環。

過去即是未來，未來亦是過去。

這就是輪迴。

樊系數將阿拉送回過去，也是將她送到了未來。

「我現在身處的時空，正是關鍵的時空，既可以回溯過去，又可以向後一個時空的人發出警示……所以，妳回到過去做出的改變，都會在下一個時空呈現，妳所做的一切並不是白費心機。阿拉，眞的很感謝妳，如果我們是救世主，妳就是救世主的救命恩人……」

空氣中的氧氣變稀薄了。

燈光正在變暗熄滅，後備電源即將耗盡。

樊系數看著土石堆裡的時光機。

如果可以再啓動一次時光機，阿拉就能回到過去，發出更明確的未來訊息。可是，時不我與，到了這地步，時光機已經嚴重受損，以人類尚餘無幾的資源絕不可能造出第二台。

這一個周目，CERN的科研團體都已經捨生取義，阿拉亦已超額完成任務……之後的重任，就交給下周目的自己吧！

樊系數笑了。

他無有恐懼，因爲他已經開悟——宿命是可以改變的。

原來上天讓他活到現在就是爲了讓他完成引導者的角色，賦予阿拉回到過去的機會。假如這一切都是命中註定，他和她已完成了使命，死亡也不足爲懼，因爲只要有來世，生命就會循環不息。

阿拉抹上了口紅。

樊系數記得，三年前帶她搭乘陶啓泉的飛機，參觀化妝間時，她喜孜孜地拿著這支口紅看了很久。他知道她想要，便慫恿她拿走，她因此樂上半天。這東西沒甚麼大不了，只是沒想到她會這麼珍而重之。

當阿拉塗完口紅，她就正眼凝視著他。

「你可以吻我嗎？」

即使一個人行將就木，還是會有塵世的慾望。

上方傳來更大的轟隆聲，沙石如雷陣雨般紛紛掉落，整個世界將會毀於旦夕。

他靠向她，斜著臉，吻下她的紅唇。

那是傾國傾城的一吻。

阿拉要帶著甜蜜的感覺離世。

人生完結，只不過是電影完了，這一齣結束，還會有下一齣戲。

樊系數閉著眼睛。

「來世再會！」

這是他最後聽見的聲音。

現世

60

在吐露港公路上，車子寥寥可數。

夜色黑沉，氣氛不祥。

張獒開著車，載著樊系數，後座的乘客還有瑪雅和賴飛雲。

阿紅的身子還很虛弱，樊系數不准她過來，要她留在家中養病。本來瑪雅也不必隨行，但因爲惡徒賤招層出不窮，世上最安全的地方，就在賴飛雲和張獒的身邊，所以樊系數要求瑪雅跟著兩人行動。

手機的衛星導航顯示，還有十分鐘就會抵達目的地。

「好的。保持聯絡。我現在前往調查，之後就會回總部。」

樊系數掛線之後，挪開貼耳的手機螢幕，面向後視鏡，對車內同伴說話：「化驗報告出來了，果然如我所料，在蒸餾水裡發現了病毒。」

張獒倒抽一口涼氣。

這是多麼邪惡卑鄙的手段，核災之後人人恐懼食水受到污染，自然會瘋狂搶購瓶裝水，而「九歌」居然在瓶裝水裡下毒……這幫人真是喪心病狂、罪大惡極、濫殺無辜……

樊系數眉頭深鎖，車內只有他的聲音：

「這種病毒最特別的地方就是要和發酵食品融合，才能激化它們的毒性。眞可惡！他們竟然掌握了這樣的技術，可以量身訂做病毒……」

他先用英語講一遍，再用很爛的普通話講一遍。

亦即是說，一個人吃了麵包，再喝下含病毒的蒸餾水，病毒才會發作。就像鐵生鏽的原理，有了水，還要有氧，氧和水同時存在，鐵方會生鏽。

那可不是一般的天然病毒，而是「人造病毒」。正是此故，感染者才會以凌亂的分布模式出現，要不是樊系數靈機一動，全地球的專家仍然摸錯方向，徒然浪費寶貴的時間。

根據化驗報告，不是所有蒸餾水都有病毒。

只有某品牌的蒸餾水被驗出病毒。

既然眞相如此，樊系數要去的地方就只有一個——該蒸餾水全程在本地生產，所以他要去的地方就是位於大埔的廠房。

搜集證據這種事，本來該由警察去做，但現時警力有限，又要經過一大堆官僚程序，警方才能出動……樊系數是成大事的人，面對這種分秒不得耽誤的情況，便親自帶隊前往蒸餾水廠調查。

到了。

暗坡上就是蒸餾水公司的總部。

那是一幢外牆漆成鮮綠色的建築物，格局無異於舊式工廠，根據目測，佔地大於一個足球場。

主樓旁有一幢較矮的平頂式平房，外面停著兩架運水的長貨車，看來就是儲藏蒸餾水的倉庫。

正門入口架置很長的伸縮柵欄。

在這樣的深夜，沒有任何保安人員。

下車之後，樊系數和瑪雅並肩而行，賴飛雲護駕，張In開路。

樊系數細察周圍，然後發號施令：

「我們由貨倉這邊開始調查吧！要小心，有可能會碰到『九歌』的人。」

倉庫只有一層，寬闊的門頂有很大的捲閘。

由外面望進裡面，已見各處都是貨堆，深綠色的塑膠箱堆高在卡板上，隔成上中下三層，鋪天蓋地，儼如拔地而起的高牆。塑膠箱都裝著桶裝水，一行一列緊密拼湊，整齊得好像積木一樣。兩台叉式起重車停泊在柱邊，一切井井有條，不愧是管理完善的上市集團。

倉庫裡障礙物眾多，彷彿形成一座小迷宮。

樓頂很高，都是吊燈。

燈下只有四條人影。

張In提著手槍，沿著乾淨的灰色硬地前進。

賴飛雲有股不尋常的感覺。

瑪雅和樊系數躡手躡腳。

倉庫比想像中深，救世主團隊四人行，繞過了較矮的貨堆，來到了一片空地，這裡差不多是倉庫的正中央。

一片寂靜之中，突然傳來了低沉的男聲：

「嗨！我等你們好久了。」

三層高的貨堆後面，出現了細微的腳步聲。剛剛的話聲，張嫯和賴飛雲聽出是北京腔的普通話，立時想起了某人。

貨堆的陰影裡，有一雙運動鞋駐足。

來者穿著員工制服，那種綠色和這間蒸餾水廠房的外牆一樣。

這個人一頭灰髮，單眼戴眼罩，下巴有鬍碴。

他瞧過來，面掛笑容。

張嫯和賴飛雲同時疾呼：

「蒙武！」

61

蒙武正是「九歌」的天才化學博士，專長是製造炸藥和毒藥，如無意外，他應該是化武項目的負責人。

這個壞人竟然明目張膽現身，樊系數等人自是十分愕然。如此一來，也證實了樊系數的想法，病毒的源頭果然是這間蒸餾水廠。

張嫯一見蒙武，就用槍口對準他的頭。

蒙武滿臉不在乎，慢條斯理地說：

「我就知道你們一定會找來這裡。不然，你們也太令我失望了。」

樊系數最了解情況，難得蒙武口沒遮攔，搞不好可以從他口中套出情報。一念及此，樊系數挺身而出，主動展開對談：

「你們在香港散播病毒，就是爲了好玩嗎？」

「我們可不是在玩。」

「呃？」

蒙武含笑道：

「我們在做實驗。」

「實驗？」

「嗯。人體實驗。詳情我就無可奉告咧。」

說話的當兒，蒙武偷瞄了瑪雅一眼，那一眼極爲短促，樊系數等人都沒察覺。乍聽之下，人人以爲蒙武口中的實驗，就是爲了測試病毒的威力。

樊系數義正詞嚴，悻然道：

「我要告訴你——你們的實驗徹底失敗！我們的專家已排出基因圖譜，破解病毒指日可待！」

他這麼說，一半是眞有其事，一半是虛張聲勢。雖然紀九歌的實驗室已有眉目，但研發疫苗尙需一段時日，如果可以逮住蒙武，逼他交出疫苗的製法，就可以即時化解蔓延香港的疫災。

蒙武聞言，卻面露得意之色。

「嘿，這次的病毒只是小試牛刀……我才要告訴你，眞正的『超級病毒』可厲害多了，至少厲害一百倍以上。你們絕對不可能做得出疫苗。」

雖然樊系數早有心理準備，但聽到蒙武親述超級病毒的可怕程度，心中還是受到了震撼。

張獒晃了晃手槍，向蒙武罵道：

「你囂張個屁啊！你的命，就在我的手上！」

這番話顯然只是裝腔作勢，張獒無法殺害手無寸鐵的人，蒙武就是料中這一點，才貿然出來迎敵。而且，他對自家製的防彈衣很有信心，不怕張獒射斷他的手手腳腳。

樊系數另有一番計算，心想現下最重要是抓住蒙武。看來蒙武知道一切內幕，如果到了迫不得已的地步，幹掉他也未嘗不可，之後再由巫潔靈向他的靈魂盤問，也許就能獲得重要的情報。

廢話少說，是時候要行動了……

樊系數向賴飛雲打了個眼色。

賴飛雲會意過來，立刻挺身上前，步步爲營，唯恐當中有甚麼陷阱。

突然，蒙武背後急噴出一團白煙。

毒煙!?

機關一觸即發，倉庫各個角落相繼冒煙，無色無味的煙霧到處擴散。

轉眼間，濃煙已籠罩住蒙武，而他竟然沒戴防煙面罩，這番舉動彷彿要跟敵人同歸於盡一樣。

與此同時，門口那邊隆隆作響，電動捲閘開始緩緩落下。

不知由何時開始，有兩個人分別站在門口兩側。

就算燈光昏暗，樊系數看不清那兩人的臉，只要瞧見那兩柄古劍，還有那兩件布滿鱗紋的戰衣，便知又要與干將和莫邪這對二人組碰面。

不到半分鐘，捲閘就會完全落下。

「小賴，你保護我們出去！」

樊系數迅即當機立斷，帶著張嫯和瑪雅奔向唯一的出口——即是干將和莫邪所在的門口。這個倉庫的窗口都在高空，儘管可能會有後門，但樊系數心想敵人才不會笨得沒鎖上門。

賴飛雲後發先至，星馳電走，雙手拔出國產的紅藍光劍，一衝到干將面前，就展開一陣猛攻。

經過上一次交手，賴飛雲已洞悉這對男女的戰術，只要近攻干將，莫邪必會來救。如此一來即可引開兩人，「調虎離山」一成，便可為樊系數等人創造出逃生的機會。

經過十年修行，賴飛雲已將雙劍練得爐火純青，左手一招「崩浪雷奔」，右手一式「萬歲枯籐」，如此雙手各使不同招式，暫且可以一敵二，成功牽制住干將和莫邪。

在捲閘落到頭頂之際，樊系數、瑪雅和張獒成功逃出了倉庫。

賴飛雲咬緊牙關不停出招，到底也只能拖延片刻，而如此豁勁運劍，體力很快就會到達極限。

干將和莫邪也不是省油的燈，兩人守穩了之後，亦開始揮劍向賴飛雲還擊。

就在捲閘落到腰間之際，蒙武亦竄身溜出了外面。

再過數秒，砰的一聲，捲閘落到了地面。

捲閘上半部都是通風的疏窿，與人臉高度相約。蒙武出去之後，就隔著疏窿，向賴飛雲發出嘲弄：「傻B，你中計了，那些煙霧只是乾冰。我們的真正目標是你——你準備受死吧！」

賴飛雲一直專心應戰，並沒有聽到蒙武的話。

濃煙趨散的時候，多了兩條人影。

身形一高一矮，膚色一深一淺——

蒙恬和王翦！

62

王翦疾步而至，加入戰團，與莫邪聯手進攻。

跟莫邪一樣，他穿著輕薄的防彈衣，左臂上戴著護甲，右臂上套著鉤爪。

乒乒、乒乒！

銀爪碰上紅劍，賴飛雲和王翦短兵相接，各自震開對方。

賴飛雲稍歇，隔開一段距離，盡量讓自己背向高高疊起的貨牆。以寡敵眾並非明智之舉，腹背受敵更加是大忌，他一直都在思索逃走之計，可是周圍各方都是混凝土牆，平地連個窗口都沒有，恐怕沒有任何逃生路線。

王翦舉起左手，輕搖手指，眼神挑釁，彷彿在說：

「繼續！」

賴飛雲領教過他的功夫，感覺他的招式似曾相識，腦中驀然想起王虓——中國昔日排名第一的超級殺手。

彷佛早有預謀，莫邪往後退讓，換上王翦主攻。

只見王翦改用遠攻，鉤爪原來連著鐵鍊，竟可脫腕飛出，繞個大迴環，爪尖襲向賴飛雲面門。

賴飛雲看準時機打滾，待急旋的鐵鍊由頭上一掠而過，他就急步疾衝，大大拉近了距離，鑽到王翦前面。

王翦所站之處，就在濃煙飄散的方向。

這一刻濃煙掩至，王翦和賴飛雲在煙中打鬥。招來招去，賴飛雲雙劍並發，明顯穩佔上風，但王翦善於閃躲，動作如猿猴一樣敏捷，賴飛雲竟也奈何他不得。怪的是莫邪等人袖手旁觀，竟沒有拔劍相助，蒙恬由始至終都站在同一個位置。

王翦後縱，撤退之後，又恢復了四角圍困的陣式。

賴飛雲在中間。

倉庫四面封閉，形成困獸鬥的局面。

左面是干將、莫邪，右面是王翦和蒙恬。

四人分成兩組，將賴飛雲包夾在中間。四人亦有備而來，全部穿著「龍甲」上衣，佩戴特殊手套，全部都是絕緣的材質。

十年前秦陵一戰，墓室之中，賴飛雲曾擊退干將、莫邪和王翦，但當時乃仗著泰阿劍的神威，才能使出橫掃全場的「超導電極．泰阿斬」。

如今的局面已不可同日而語，四名來敵都穿著高科技的戰服，干將和莫邪更有泰阿和工布助陣。遠攻方面，泰阿可以隔空殺人，近戰方面，工布近乎所向無敵。這兩劍夾攻之下，哪怕賴飛雲是宮本武藏再世，最多都只能鬥個平分秋色。

「九歌」的情報網絡無孔不入，幕後主謀李斯是盡得眞傳的術數師，當然也跟樊系數和紀九歌一樣，算得出七位救世主的角色。賴飛雲是團隊中最強的劍客，負責守護眾人，只要除去他，「九歌」的滅世大計自然無往不利。

賴飛雲忽露出吃痛的表情。

他抬起右腿，摸向靴底，拔出一顆灰色的刺釘。

刺釘已染血。

王翦喉頭裡乾笑兩聲，誰都聽得出聲音中的喜悅。王翦的靈魂是百歲老人，他是受用了「長生不老之術」，才重獲年輕的身軀。

王翦自知計已得逞，便向賴飛雲說：「年輕人，你中毒了。你要不要考慮投降？」

方才王翦與賴飛雲交手，每一步都經過計算，就是要引他踩上刺釘。那些濃煙是障眼法，令賴飛雲看不清地面，而這一次四人出動對付賴飛雲，可謂是「甕中捉鱉」，全員都有過演練，結果眞的引得賴飛雲上當。

到了這地步，賴飛雲要活命，唯一的方法就是速戰速決。

蒙恬雙臂交疊，硬生生擋住了賴飛雲的劍。

王翦繞過蒙恬的腋下騰出，伸爪襲向賴飛雲面門。

情勢窘迫，賴飛雲只好退避，攻勢就此中斷。

單是應付這邊的敵人，已教賴飛雲吃不消，再加上莫邪偷襲的暗劍，賴飛雲更顯得左支右絀。

王翦等人不急著進攻，迭出迭入，只作纏鬥，很明顯就是要拖延時間，只要等到賴飛雲毒發，他們即可毫不費勁拿下他。

劇烈運動加快血液流動，賴飛雲開始昏昏欲吐。

王翦乘虛而入，擲出飛爪。

飛爪在半空繞迴，纏住了賴飛雲右手上的藍光劍。

只見鍊條凝在半空，王翦使勁拉回，賴飛雲不可撤劍，便只好拚命與他鬥力，但王翦在力氣方面稍佔上風。

賴飛雲左邊露出極大的破綻。

丈許外，干將已蓄勢待發，右腕繞到了左肩之上。

他算準了角度，只要向橫揮出一劍，就能割破紅光劍，再擊斃賴飛雲。此刻賴飛雲正在和王翦鬥力，必定避無可避。

「呵！」

干將出招了。

無形劍氣！

但劍柄在半空中脫手，干將只揮出了空氣。

有個人站在他的背後。

她穿著黑色緊身衣，戴著黑色手套，手裡夾住泰阿的劍身。

阿紅！

63

誰也看不見阿紅是怎麼出現的。

她像貓一樣，由上方空降，悄悄落地，再來到干將背後的死角。她趁著干將扭腰揮劍之際，使出一招「空手入白刃」，再一下柔勁扳折，奪走了泰阿劍。她的手套有防割功能，是以雙掌夾住利刃，亦不會有任何損傷。

那是最完美的出手時機，莫邪、蒙恬和王翦全神貫注，只顧盯著賴飛雲，到他們發現阿紅現身，已來不及向干將提點。

「賤賊！」

莫邪最先反應過來，向阿紅疾刺一劍。

阿紅騰身閃躲，劍鋒掠過之時，與她的脖子僅有一指之隔。

但莫邪豈會就此罷手？她連番猛攻，劍招綿綿不絕，絕不容阿紅有喘息的空間。

阿紅始終是大病初癒，身手大打折扣，勉爲其難才趕到現場，雖然救了賴飛雲一命，卻也令自己陷入了九死一生的險境。

干將一個箭步，接過莫邪拋來的劍鞘，便以劍鞘代劍，擋在她與賴飛雲之間。他決意攔截阿紅傳劍，否則賴飛雲一旦得到泰阿劍，形勢就會立時逆轉。

阿紅愈來愈喘，深感不妙，立時拔腿就跑，手裡仍然提著重劍。

就這樣，干將和莫邪去追殺阿紅。

「嗨喲——」

賴飛雲對著王翦，也在生死相搏的關頭，使勁拉扯著鍊條的時候，他不由得喊出了一聲。

王翦死也不肯放手，只等蒙恬抓住鍊條，加上他的蠻力，一定就可以逼得賴飛雲撤劍。

鍊條在半空綳得很緊，緊緊纏著賴飛雲右手緊握的藍劍。

五步之內，蒙恬就能伸手抓住鍊條。

賴飛雲就在等這一刻，他忽然縱身低竄，以王翦爲圓心，旋甩鍊條劃向蒙恬毫無防備的腳脛。

以彼之矛，攻彼之盾！

單是絆倒蒙恬當然不夠，賴飛雲亦運使「超導電極」，全身電流迸發傳出，爪鍊即時變成了一條電鍊。這一招也是賭一賭運氣，他攻向蒙恬的腳脛，一來是瞧出那部位是敵人身上的弱點，二來是看準那裡是防電裝的漏洞。

電生磁，磁生電。

電鍊嗞嗞作響，電流大得產生了火花。

蒙恬中招之際，肌肉很明顯發生了抽搐，整個魁梧的身軀倒在地上之後，便好像被砍倒的大樹般動也不動。

賴飛雲暗中叫好：「幹掉一個，只剩一個。」

他非常擔心姊姊的安危，當下必須盡快解決王翦，才能趕過去救人。他曉得阿紅只擅長偷襲，絕非干將和莫邪的對手，再加上她疲於奔命，體力一定撐不了多久。

「給你！」

賴飛雲一說完，就放開右劍，任由王翦用力將劍扯上半空。

這是使用雙劍的好處之一，即使棄掉一劍，仍有另一劍可使。賴飛雲迅即提著紅劍突擊，一眨眼已逼近王翦。

王翦自知難敵賴飛雲，竟然邊打邊逃，不停向他擲出暗器。

賴飛雲不得不停步，縱然能用劍擋下暗器，但光劍倏來倏去，總是砍不中王翦的身體。明槍好躲，暗箭難防，王翦這種人就是賴飛雲最討厭的敵人，即使賴飛雲劍法再強，也很難擊中全心閃躲的對手。

王翦動如脫兔，亦很擅長用臂甲來擋劍。

虛耗下去不是辦法，賴飛雲心念一動，發揮戰場智慧，就撿起到處可見的桶裝水，一個個拋向王翦。水花亂濺一通，王翦根本躲不了，全身衣物濕透，即是說隨時就會觸電。

王翦一陣愕然，想不到防電罩就這樣破功。

呵！

賴飛雲吆喝一聲，再來一輪猛攻，這一次王翦投鼠忌器，躲避稍緩，結果挨了一記橫劈的帶電重劍。

可惜賴飛雲疲憊至極，無法發出足以重創的電流。饒是如此，王翦觸電後全身麻痺，賴飛雲只要上前補一劍，就可以解決這個煩人的對手。

卻在此時，心臟悸動，突來一陣抽搐。

賴飛雲跪在地上，大汗涔涔，竟已無力乘勝追擊。

「嘿、嘿！」

王翦一看癥狀，便知毒效發作，這一次已再無懸念，賴飛雲接下來就會昏迷，絕不會再有回天之力。

殺人不宜遲，王翦貼身肉搏，一出招就踢走賴飛雲唯一的劍，下一步使出「腰車」，勾住賴飛雲的脖子之後，再迴轉摔出。

賴飛雲慘叫一聲，整個人倒地不起。

另一邊傳來了尖叫的女聲。

說時遲那時快，高逾五公尺的貨牆突然傾斜，紛紛朝向賴飛雲和王翦這邊倒下，裝載大蒸餾水的塑膠箱砰然散落，有如崩潰的骨牌般一瀉滿地。

阿紅倒在塑膠箱堆的空隙之中，一時間站不起來。

原來剛剛在莫邪和干將夾攻之下，阿紅已經避無可避，只好硬吃干將揮出的劍鞘，而那一擊落在胸脯之上。她爲了卸力，不得不向後跳開，衝力卻太大，整個背脊撞倒了貨牆。

在散開的箱堆之中，阿紅正要站起來，卻痛得連腰都直不起來。

前一刻她鬆開手，泰阿劍已脫手而出，掉在干將附近。就算劍在她手上，瞧著賴飛雲倒地葫蘆似的模樣，也知道他連握劍也握不了。

——這就是絕境嗎？

王翦拿出短刀，走向賴飛雲。

干將撿起泰阿劍。

莫邪急步跨過障礙物，劍尖向著阿紅的頭顱，喝道：「妳完蛋了！」

阿紅閉著眼。

忽然之間，倉庫燈光全滅。

全黑。

64

整整兩分鐘，就像停電一樣，倉庫內一片漆黑。

尖叫聲此起彼落，還有胡亂揮劍的聲音。

又過了一分鐘。

這一分鐘異常寂靜，死寂一般的寂靜。

當燈光再度亮起，只見倉庫內凌亂不堪，上百個塑膠箱散落各處。

賴飛雲倒下了。

干將、莫邪和王翦亦已倒下。

只有阿紅是站著的。

在全黑的空間裡，阿紅是無敵的！

憑著聽聲辨影，她就可以刺中敵人的死穴。

當這裡發生激戰的時候，張獒等人也沒閒著，急急去找總電箱，幸好在最後一刻趕上，終使阿紅化險爲夷。

「大獲全勝。」

阿紅拍了拍手，走向賴飛雲的當兒，順便撿起地上的泰阿劍。另一邊，掉在莫邪手邊的工布劍亦會很快成為她的囊中物。阿紅說得沒錯，這一次贏得漂亮，只要等警方來到，這一干「九歌」的戰將都一定要進牢，對整個組織來說必然是莫大的打擊。

就在此時，捲閘向上升起。

蒙武露臉。

阿紅瞪著他，還有他身旁的兩名年輕男人。那兩男穿著貨運工人的服裝，其貌不揚，沒有強者的氣場，看來只像小嘍囉一般的角色。

隔著一段距離，蒙武瞟了瞟地上的賴飛雲，目光便落在阿紅身上。他眼見自己的同伴大敗，竟然還笑得出來，泰然自若地說：「停電這一招眞是高明……以後向妳找碴，都一定要帶手電筒……妳贏了，妳有甚麼要對我說嗎？」

阿紅怒目攢眉，指著賴飛雲說：

「我要解藥。」

蒙武卻悶吭一聲，冷笑道：

「啊哈，妳憑甚麼跟我談條件？」

阿紅不回話，只是伸出手指，逐一指向倒地的干將等人。

蒙武有心耍賴，搖著頭道：

「我們『九歌』就是人多，少了幾名戰將，還會有千千萬萬人補上。但我幹掉了你們當中最強的要員，你們就是沒轍了。我說的對不對？」

阿紅手中暗藏刀片。

她可沒半刻鬆懈，準備擲出暗器。

蒙武察覺不妙，便佯裝讓步，試圖說服阿紅：

「好啦好啦！我們來做個交易吧。我要妳手中的劍，還有地上的工布劍。此外……我也順便帶走我的同伴好了，妳應該不會阻止吧？」

阿紅斬釘截鐵地說：

「我還要病毒的疫苗。」

「好、好，妳贏了，甚麼都順妳好了。這瓶是解毒劑，這瓶是疫苗……今天我做虧本生意，買一送一，順便也給妳製造疫苗的文檔好了。」

蒙武一邊說話，一邊由腰包拿出兩瓶注射劑，另外還有針筒和隨身碟。

正當蒙武將東西統統放在地上，突然感到一陣痛楚，原來有顆刺釘插在左邊臂膀上。蒙武抬頭看著阿紅，單憑眼神交流，就知道她有所顧忌，於是就撿起淬毒的刺釘，再迫使自己用藥解毒。

「妳這個女人，真是疑心重！」

蒙武拾回注射劑，先給自己注射，證明用的是真正的解藥。阿紅凝目，細看他的一舉一動，倒是詫異他沒有使詐，居然遵守了君子協議。

旁邊傳來了微弱的聲息，原來是蒙恬自行醒轉，緩緩站了起來。

蒙武走過去，跟蒙恬說了些話，蒙恬隨即有所行動，扛起了干將和莫邪。蒙武帶來的兩名嘍囉亦過去抬起了王翦，而蒙武自己則攜持著兩劍。

這時候，樊系數、瑪雅和張嫢也回到了現場。瑪雅不明就裡，而樊系數和張嫢身經百戰，一看之下，大概就猜出發生了甚麼事。

阿紅已替賴飛雲注射完畢，便向同伴解釋：

「抱歉我自作主張和他們做了交易……我拿到了疫苗。有言在先，這次要饒過他們的狗命。」

其實張嫢只要翻臉不認帳，憑他的槍術，立即就可以制伏蒙武等人。但蒙武一臉有恃無恐，反而令張嫢感到奇怪，一時委決不下，只得眼巴巴瞧著蒙武帶人走到門口。

電動捲閘又落了下來。

隔著捲閘，蒙武向阿紅冷諷熱嘲：

「傻B。就算我不給解藥，妳弟弟也不會死的……」

接著，蒙武望向樊系數，續道：

「我們在最終決戰再交手吧！老大說日期你會算出來。地點你也該猜到了，就是那個聖城。」

這番話就是下戰書。

樊系數瞪著蒙武，確認一件事：

「你們應該不會再用核武吧？」

「嘿，我保證沒這個必要，玉石俱焚根本毫無意義。我先說一聲好了，決戰規則很簡單，你們守城，我們攻城，戰至其中一方全軍覆沒，或者首腦陣亡……對，就像一場棋局。」

「我為甚麼要聽你的？這樣豈不是送死？」

蒙武露出詭異的一笑，伸手穿過捲閘上的疏窿，扔出一部手機，滑到樊系數的腳邊。

樊系數拿起手機，瑪雅也瞥到了畫面，兩人均露出錯愕的表情。

手機螢幕正在直播某處發生的事。

暗室裡有兩個女人，一個全身受綑，一個躺在擔架床上，連接著維生儀器。她倆的四周有幾個蒙著黑布和持著長槍的男人，橫看豎看都像恐怖分子。

安吉是瑪雅的妻子，小蕎是樊系數的妻子。

現在，兩人都在敵人手上。

「後會有期！嘿、嘿、嘿！」

蒙武說完這句話，就帶著全員離去。

樊系數握得拳頭幾乎出血，瑪雅亦怒火中燒立眉嗔目。

一切符合預言，總要有個了斷。

紀九歌和巫潔靈，應該會由美國那邊出發，全程由美軍護航。

當七個救世士全員集合，就是聖戰之時。

戰場為——

耶路撒冷！

《術數師6》完

台版誌

這本書的書名，靈感就是來自「曼德拉效應」。

在台灣，我問了不少朋友，他們竟然都聞所未聞，但這話題近年曾在香港和美國掀起熱議，神祕學愛好者無不趨之若鶩。

曼德拉效應是否眞有其事，我亦難以斷言，大家如有興趣，不妨以關鍵詞「MANDELA EFFECT」在網上搜索影片。

雖然我現居台灣，但保持自小養成的習慣，長期關注世界新聞，好讓自己有能力寫出具國際觀的小說。例如此系列第五卷於二〇一五年出版，內文已提及美墨邊境的偷渡問題，二〇一六年川普出來競選總統，邊境圍牆就是他的重要政綱。

這本書有不少匪夷所思的劇情，其靈感都是取材自現實：

- 香港與深圳之間的海域眞的有鯊魚！
- 水管屋是香港建築師倡議的概念式設計。
- 殷商文明源由西域傳入，而非「漢族」始創，此乃饒宗頤大師的見解，見於他的論著，當中羅列大量考古證據。

・歷史學家早就認定阿拉伯人和猶太人是親戚，根據科學家最新的基因分析，亦證實了這個說法。故此，猶太教、基督教和伊斯蘭教崇拜同一個神，這樣的事並非純粹胡扯的無稽之談。

網民談及曼德拉效應，常常都會和CERN扯上關係（誰教CERN擺了一尊濕婆像在總部外面），而二〇一二年是CERN建構LHC對撞機以來最關鍵的年分，偏偏這一年又是瑪雅預言中的太陽紀終結年——既是終結，也是新太陽紀的啓始。

時空是一個圓環的觀點，這亦與印度教的說法不謀而合。

假如時空是迴環重演的過程，術數所以能靈驗，就有了它的道理。

曼德拉效應主張「平行場景」，而非「平行時空」，這兩個概念可是兩碼子不同的事。

平行時空：世上有不同的時空，每個時空都有不同的「我」。

平行場景：時空始終只有一個，「我」亦只有一個。

打個比方，平行場景如同一齣舞台劇，場景重複，舞台上發生的事都在重演，演員都會按照劇本的指示唸出對白和互動。但縱使是同一齣舞台劇，演出時都會有細微的變化，而一些重大的變化可能導致劇情暴走，出現始料未及的結局。

「誰創造了這個世界？」

這問題我不會回答，假如有人回答是上帝創造了世界，尋根究柢的滋事者可以再追問下去：

「誰創造了上帝？」

但在我的小說，就是我創造了整個世界。

在我創造的世界，裡面有七個救世主，七是神聖之數，而我在十年前構思這個系列，就有意要出夠七本書。

這一趟穿越古今的奇幻冒險歷時十年以上，我眞的感慨萬千，亦常常因爲自己寫得太慢而「臉書思過」……第五卷的時候，兒子連個影都沒有。這一卷出版之時，兒子已經是幼幼班裡的破壞神童。

在此非常感謝各位台灣讀友，感謝你們支持我到最後。

明年七月，我的目標是提早交稿，港台兩地同時推出結局篇！

敬請期待最後一卷——

惡之華，聖光之十字。

天航

二〇一八年深秋

於台北

◆附錄資料

曼德拉效應——

宛如都市傳說或陰謀論的存在，曾經在香港及美國掀起討論熱潮。

於是有一派人認爲世界確有平行宇宙……

欲更加了解的讀者，可立即掃描隨書附錄QR Code，或上網搜尋關鍵字：「曼德拉效應」。

視頻／中字幕
曼德拉效應1972年電影《精武門》的兩個變動

視頻／中字幕
大學生對10個「曼德拉效應」案例的反應

視頻／英文
黑武士原演員也記錯了經典台詞

國家圖書館出版品預行編目資料

術數師.6，曼德拉超時空實驗 / 天航 著.
——初版.——台北市：蓋亞文化，2018.11
面；公分.（悅讀館；RE245）

ISBN 978-986-319-367-8（平裝）

857.7 107016215

悅讀館 RE245

術数師 *6* 曼德拉超時空實驗

作　　者　天航（KIM）
封面插畫　有頂天99
封面設計　莊謹銘
主　　編　黃致雲
總 編 輯　沈育如
發 行 人　陳常智
出 版 社　蓋亞文化有限公司
地址：台北市103赤峰街41巷7號1樓
電話：02-2558-5438　傳眞：02-2558-5439
電子信箱：gaea@gaeabooks.com.tw
投稿信箱：editor@gaeabooks.com.tw
郵撥帳號 19769541　戶名：蓋亞文化有限公司
法律顧問　宇達經貿法律事務所
總 經 銷　聯合發行股份有限公司
地址：新北市新店區寶橋路二三五巷六弄六號二樓
電話：02-2917-8022　傳眞：02-2915-6275
初版一刷　2018年11月
定　　價　新台幣 280 元
Published and printed in Taiwan

ISBN 978-986-319-367-8

RE245
GAEA

術數師 6

蓋亞文化　讀者迴響

感謝您在茫茫書海中選擇了蓋亞，您的支持是我們最大的動力。
不要缺席喔，讓我們一起乘著夢想的羽翼，穿越時空遨遊天地！

姓名：　　　　性別：□男□女　　出生日期：　年　月　日
聯絡電話：　　　　手機：
學歷：□小學□國中□高中□大學□研究所　　職業：
E-mail：　　　　（請正確填寫）
通訊地址：□□□
本書購自：　　　縣市　　　　書店
何處得知本書消息：□逛書店□親友推薦□DM廣告□網路□雜誌報導
是否購買過蓋亞其他書籍：□是，書名：　　　　□否，首次購買
購買本書的動機是：□封面很吸引人□書名取得很讚□喜歡作者□價格便宜 □其他
是否參加過蓋亞所舉辦的活動： □有，參加過　　場　　□無，因爲
喜歡出版社製作什麼樣的贈品： □書卡□文具用品□衣服□作者簽名□海報□無所謂□其他：
您對本書的意見： ◎內容／□滿意□尚可□待改進　　◎編輯／□滿意□尚可□待改進 ◎封面設計／□滿意□尚可□待改進　◎定價／□滿意□尚可□待改進
推薦好友，讓他們一起分享出版訊息，享有購書優惠 1.姓名：　　　　e-mail： 2.姓名：　　　　e-mail：
其他建議：

◎請沿虛線剪開、對摺、裝訂後寄出

◎請沿虛線剪開、對摺、裝訂後寄出

廣告回信 郵資免付
台北郵局登記證
台北廣字第675號

GAEA

蓋亞文化有限公司　收

103 台北市赤峰街41巷7號1樓

GAEA

GAEA